撒谎的女人

赵大河 著

河南文艺出版社
·郑州·

编委会

目　　录

瞧，我的外公

"重复"的爱才真正是唯一幸福的爱。

——凯尔克郭尔

我们从外公的葬礼上回来，看到外公悠闲地坐在葡萄架下那把老旧的藤椅上端着白搪瓷缸在喝茶，都非常惊讶，

但是，谁也不敢提出这样的问题：外公是人是鬼？

这是小舅的家，外公去世前跟着小舅住，外婆也是。外公外婆从来没分开过。小舅的房子是新买的二手房，他看中的是这个院子和院中的葡萄架。院子很大，葡萄藤爬满院子的上空，形成绿色的凉棚。小舅说外公外婆会喜欢的。他买这个房子为的就是将外公外婆接过来住。外公外婆不喜欢楼房。小舅原来住的是单位家属楼的五楼，每次要接外公外婆，外公外婆都说楼太高，不愿意来。那时候外公外婆跟着二舅住在周口。小舅买了这个房子之后，终于将外公外婆接了过来。藤椅是原房主留下的，一对。这对藤椅饱经沧桑，许多地方都出包浆了，又黑又亮。原房

主对这对藤椅很有感情，本来要带走，家人反对，便留下来。他对小舅说，别看旧，坐着舒服。小舅坐上去，是很舒服。原房主摩挲着藤椅说你千万别扔啊。小舅说不扔不扔。外公外婆一到小舅这儿，就喜欢上这对藤椅。小舅说可以买新的。外公说旧的好，外婆也说旧的好。于是藤椅留下来。外公外婆常坐在藤椅上，外公喝茶，外婆绣花。

我们刚埋葬的外公像什么事也没发生一样坐在院子里，这件事匪夷所思，超出我们所有人的认知。光天化日下，你不可能把一个真实存在的外公当作灵魂或鬼魂。外公看到我们一大群人进来，愣在院子里，感到不解。你们都愣着干吗？他说。这时候外婆从屋里出来，手里拿着绣到一半的鞋垫。外公去世，大家怕外婆受刺激，就没让外婆去墓地。这时候看外婆，她好像不知道外公去世一样。她看到这么多人出现在院子里，也不觉得意外。我们这个大家族聚会是常有的事。小舅热情好客，常张罗大家聚会吃喝。小舅是真正的美食家，会吃，也会做。小舅做菜肯下功夫，不怕麻烦。他做好菜端上桌，站到一旁看大家吃，大家说好吃，他就笑眯眯地点上一支烟，美美地抽一口，瞧那样子，别提有多惬意了。

小舅最先反应过来，招呼大家进屋，随便找地方坐，他来张罗吃的。不下馆子，就在家吃。他说他学了几道拿手菜，要为大家展示展示。气氛一下子活跃起来。院子里马上欢声笑语，如同过节。

撒谎的女人

外公外婆共养了六个子女，三男三女，依次是我母亲、二姨、大舅、二舅、小舅、小姨。小舅是老生子，只比我大哥大几个月，他能和我大哥一起吃我母亲——也就是他大姐的奶。外公外婆以为小舅会是他们最小的孩子，不期然又生了一个女儿。他们认为这个女儿纯属多余，于是给小姨起名叫小多。外公外婆、六个子女加配偶以及下一代，好大一群人，塞满整个院子。

小舅、小舅妈和大哥在厨房里忙碌。小舅和大哥是家族中最会做菜，也最热爱做菜的两个人，有他们在，厨房必是他们的天下。他们像英雄驰骋疆场一样，在厨房大展拳脚，砍瓜切菜，所向披靡。往往一眨眼工夫就变魔术般弄出一桌丰盛的菜肴。大聚会时，很多人进厨房帮忙，都被他们赶出来。小舅妈若不是有着女主人的身份，恐怕也很难在厨房立足。

大人们或在客厅或在院子里聊天，男人聊天气和政治，女人聊老公和孩子。小孩子们疯跑打闹，上蹿下跳，弄得乌烟瘴气。大人们心照不宣，都不提葬礼的事，怕小孩子们童言无忌，突然冒出一句不恰当的话。不过，今天也奇怪，小孩子们也特别懂事，打归打，玩归玩，谁也没有说错一句话。

外公是今天的主角。平常外公外婆是主角，但今天有所不同，外公独占主角之位。大家虽然还和平时一样聊天，没大没小地开玩笑，但免不了会偷偷观察外公，看他有无异样。外公和平时没什么不同，依旧声音洪亮，笑得爽朗，还偶尔和晚辈们开几句玩笑。只是对今天这么多人聚到一起感到不解，又不是什么节日，怎么都来了？这里指的是大舅一家和二舅一家。大舅一家是从郑州回来的，二舅一家是从周口回来的。外公问大舅，有什么事吗？大舅说没什么事，回来看看你们。他又问二舅，你呢？二舅也说没什么事，也是说回来看看。这么巧？可不。外公说，你们是不是有什么事瞒着我？大舅和二舅说，能有什么事，真没事。外公说没事就好，没事就好。其实他是不信的。外公多精明啊，能是那么好骗的？只是外公豁达，你们不愿让我知道的事我不打听就是了。

外婆，我留心观察，她的表现和外公一样——自然而然。这只有两种解释：一、外婆不认为外公死后归来这件事反常；二、外婆演技一流，她成功地掩饰了自己内心的情感，没有表现出激动、惊喜和诧异。今天大家没让外婆去墓地，是怕外婆过于悲恸，损伤身体。现在看，担心是多余的。外婆开心着呢。与外公的精明相比，外婆堪称智慧。外婆有一肚子的"古古子经"（我们那里对神话传说和民间故事的通称），一千零一夜也讲不完。那些"古古子经"不只是好听好玩，还指导她生活。她无论做出什么决定，皆能在"古古子经"中找到理论依据。对外婆来说，神话传说、民间故事和现实生活是一体的。鬼、神、妖、怪，都是存在的，各做各的事，各过各的日子。如果你问：

撒谎的女人

鬼神妖怪在哪儿，您见过吗？外婆会笑着说：没见过就不存在吗？……在外婆这里，没有什么是奇异的，生活和故事一样，说神奇也神奇，说平常也平常。

小舅第一次在家里招待这么多客人，院里摆两桌，男的一桌，女的一桌。小孩子们围着客厅里的茶几，自由自在，无拘无束，他们才不喜欢和大人在一起呢。桌椅杯盘碗碟都缺，唯有筷子不缺。凳子不够用，有人将酒箱摞起来当凳子，有人坐在花坛上，有人与他人合坐一张，有人轮流坐，有人一直站着。碗和杯子都是两人或多人合用。盘子嘛，循环使用。

外公这一桌是主桌，以喝酒为主。在南阳，喝酒，有文喝武喝之说：文喝，就是你敬我我敬你，斯斯文文一点一点地喝；武喝，就是猜枚划拳吆五喝六真刀真枪地干，喝不喝全凭本事。一般情况下，是先文后武，斯文敬酒是礼数，礼数走完，酒酣耳热，开始猜枚划拳，由文喝转为武喝。武喝是重头戏，不喝倒一两个，酒局是不会结束的。今天，都是自家人，不讲虚礼，一上来就是武喝。喝不喝，枚上见。为防有人作弊和胡搅蛮缠，需要执法者。酒桌上的执法者称酒司令。今天的酒司令自然是外公。首先交手的是大舅和二舅，酒盅全部集中起来，斟满。一枚一杯，大战百枚。两人豪情万丈，互不相让。三桃园、四季青、五魁手、六六顺……高声大调，热火朝天。那气氛划根火柴就能点着。突然酒司令提出异议：你们喝半天了，也不让让我，我还没喝酒呢。众皆大笑，赶快给外公敬酒。外公说这才像话嘛。

每次家庭聚会，大家最怕二姨父喝醉酒，可偏偏每次都是二姨父喝醉，今天也不例外。二姨父喝醉后怼天怼地，大闹天宫，谁也劝不住。二姨埋怨我几个舅舅，不该灌二姨父酒。二舅说大家都看着，谁灌他酒了？他腰里别副牌——谁说和谁来，不让他喝他还不依。二姨说没看看今天啥日子，你们这样喝酒。这时大家才意识到这是个非常的日子，太闹腾不好。

下午，大家散了。大舅一家回郑州，二舅一家回周口，住在南阳的也各回各家。外公外婆仍跟着小舅住。撇开葬礼不说，生活和以前一样。

外公的身体很健康，除了有心脏病。在来小舅这里之前，外公外婆一直在周口，跟着我二舅生活。二舅和二舅妈都在周口纺织厂职工医院上班。他们将外公外婆安置在一个闲置的库房里。库房还算宽敞，外公外婆很满意。这地方挺好的，他们说。外公外婆从不闲着。他们置办了一辆三轮车和一个烤红薯的大炉子。每天老两口都用三轮车推着大炉子到纺织厂门口卖烤红薯。外公外婆很喜欢这营生。外公的烤红薯是一绝，吃过的都赞不绝口。首先，外公选的红薯品种好，红心，糖分多，烤出来色泽漂亮，又甜又软，口感极佳。其次是红薯洗得干净，这要归功于外

撒谎的女人

婆，烤出来的红薯可以连皮吃。最后，是外公烤红薯的技术高超，火候掌握得恰到好处，烤出来的红薯外表半焦不焦，外皮不软不硬。掰开之后，热气腾腾，红薯的内里像熔化了一般，中间部分如同蜂蜜，用舌头舔一下，幸福的感觉立马传遍全身。据说厂里出差的人，回来的第一件事就是买一个外公的烤红薯，边走边吃，烤红薯吃完，旅途的劳顿便一扫而光，欢快地朝家里扑去。

外公外婆最稀罕小舅，只有小舅能将他们从周口接回南阳。外公外婆在周口卖烤红薯已经十来年了，他们习惯那种生活，乐在其中，不愿回南阳。小舅去周口，先做二舅和二舅妈的工作。二舅和二舅妈说只要老两口想跟你回去，我们没意见。小舅到外公外婆那儿，果然碰了钉子。外公说我身体好好的，卖烤红薯怎么了，丢人吗？小舅说劳动光荣，卖烤红薯有什么丢人的。只是二老长期住我二哥这儿，人们会说你们只有这一个儿子。我也是你们的儿子啊，你们只跟我二哥住，不跟我住，是不是太偏心了。我也想尽孝心，二老给我个机会吧。小舅说破嘴皮，外公外婆就是不答应。小舅改变策略，说将外公外婆接回南阳住一段时间，还送他们回周口，让他们继续卖烤红薯。外公外婆还是不答应。最后小舅说你们要不跟我回南阳，我就住这儿不走，不上班，工作不要了。小舅任性起来，什么事都做得出来。外婆说，就你最能磨人。外公说，你这是绑架。小舅笑了。小舅的笑是世界上最独特迷人的，我从没见过另外一个人笑得像小舅那样天真、纯粹、敞亮、得意、和善、热情。

外公外婆回到南阳后，再想走就没那么容易了。小舅变着花样为他们做好吃的，带他们出去游玩，这是其一。其二，是通知南阳的亲朋好友，于是前来看望外公外婆的络绎不绝。我们家族庞大，亲戚众多，光在南阳的就有二十多家。小舅在单位人缘好，同事也来探望。小舅的好朋友，五湖四海，走到哪里小舅都有朋友，朋友们也都来看望。其三，老家的亲戚听说我外公外婆回到南阳，也陆续来看望、叙旧。外公外婆只要一说要去周口，小舅马上说明天某某要来看望你们。后天呢？后天也不行，后天老家的某某要来看你们。大后天呢？大后天也不行，还有人要来。就这样，一推再推，外公外婆在小舅这儿已住半年有余。

一天，外公心脏不舒服，小舅领外公到医院去看病。医院离家不远，走路十来分钟。医生给开了药，让输水。护士给扎上针后，外公让小舅回家，说你不用陪着，一会儿输完水，我自己回去。小舅看外公状态不错，说也行，我回去炖甲鱼。水滴得很快，没多久就滴完了。护士拔掉针头，外公起身往家走。出医院门，过马路，进小巷，走约三分钟，外公突感心脏不适……有人看到这一幕，说我外公正走着，突然扶住墙，又往前走两步，想站那儿歇一会儿，站不住，身子往下出溜，那人上去扶，没扶起来，外公出溜下去……小舅在家里炖甲鱼，甲鱼还没炖好，他看看表说，输水差不多了。他将火关小，出去接外公。他心里掠过一丝莫名的不安。后来小舅说那时他头脑里突然出现一个声音，说：快！快！快！这个声音很陌生，口吻却很权威，如同命令，不容置疑。于是小舅加快脚步。医院门口的马路上人车混杂，小舅担心外公过马路不安全，想赶到医院陪外公一起过马路。小舅跑起来。前面一堆人，他过去，看到外公躺在陌生人怀里。怎么回事？没人回答他。一目了然，外公已没有呼吸。这是刚刚发生的事。小舅背起外公，往医院狂奔。几分钟就来到医院，直接进急救室。可是，没能抢救过来。

外公归来的第三天，心脏病又犯了。小舅在上班，接到电话立即赶到医院。有上次的教训，不敢掉以轻心。小舅全程陪护，寸步不离。外公对小舅说，老毛病，不用陪，你上班去吧。小舅说没事，我陪着您。外公说看看，尽给你找麻烦。小舅说不麻烦，哪里麻烦了。输水后，小舅说咱们坐一会儿再走。他们在医院走廊的长椅上坐了有一刻钟，才起身回家。小舅总怀疑外公去世与输水后立即回家有关。也许歇一会儿再回家就没事了。他怕悲剧重演，所以加倍小心。人的生命脆弱如芦苇，随时会折断。小舅提心吊胆。外公性格开朗，和小舅开玩笑说，别担心，我死不了，我福还没享够呢，阎王爷不会收我。

外公安然无恙。

第二天，外公背着半袋米意外地出现在小姨家。别看外公外婆给小姨起名叫"小多"，意为多余者，其实他们最亲这个小闺女了。小姨刚结婚不久，生活拮据。小姨父调到第十四中学任副校长。学校给他们一个大通间，他们便把家安在这里。十四中紧邻长途汽车站，长途汽车站对面就是火车站。优越的地理位置使小姨家成了客人进出南阳的第一站，自然宾客盈门。家族大，往来人多，来的都是客，都要招待。小姨和小姨父苦不堪言，有时青菜都买不起，不得不举债度日。

小姨和小姨父看到外公大吃一惊。外公汗流浃背，他从小舅家背半袋米走过来，穿越半个城市。小姨父接过米袋子，小姨眼圈红了。这是"劫富济贫"，外公常干这样的事。令小姨和小姨父诧异的是，外公去世的前一天给他们背过来半袋米，刚过去几天，又背来半袋，不是外公的作风。损不足以奉有余，不能这么勤。外公知道这个道理。只能归结为爱女心切。上次外公和小姨聊了很长时间，这是从来没有过的。这次外公又和小姨聊了很久，他夸小姨和小姨父争气，日子穷是暂时的，"面包会有的，牛奶会有的，一切都会有的。"外公引用的这句电影台词出自《列宁在1918》，都看过。小姨笑了，倍受鼓舞。多年后小姨仍然清晰地记得外公引用的这句台词。她说听了这句话，心里就像有一股暖流流过。以后，每遇到困难，她都会想

撒谎的女人

起外公这句话，并想起外公说这句话时的情景与神态，重新感到暖流流过，心里生出强大的力量。

外公提出要回周口。外公说"回"，而不是说"去"，是把周口当成家了。这并不令人感到意外，毕竟在周口生活了十来年，有感情。小姨问，我三哥同意您回周口吗？外公说没给他说，说了他肯定不同意。小姨说，您要先斩后奏？外公说，别给你三哥说。小姨说，这怎么行。外公说，你打算咋说？小姨说，照实说。外公说，给你三哥说，就说我已经坐上车了。

小姨和小姨父马上明白这是外公的"伎俩"，他并不是说要偷着回周口，而是以此向小舅施压，让小舅不再阻拦他。小姨与小舅联系后，小舅很快过来。

小姨将小舅拉到一边，先不说外公要去周口一事，先说半袋米的事。她说这不像爹的做事风格。小舅说咋不像，爹就喜欢"劫富济贫"。小姨说，爹做事是有分寸的，不会这样，前几天背来半袋，这又背来半袋。小舅说，凑够一袋，正好。小姨说，我觉得有些怪。小舅说，没啥怪的，爹就这样。

说到外公要去周口，小舅说，去可以，但他有一个条件，那就是外公不能再卖烤红薯了。外公说，不卖烤红薯，我干啥？小舅说，我们兄弟姊妹几个都参加工作了，你和我妈年纪大了，还风里来雨里去，我们于心不忍。外公七十四岁，外婆六十七岁，老吗？不算老。外公说他能扛一袋米从南阳这头走到那头。小舅说，那你咋一次只扛半袋。外公笑笑说，不说这，不说这。这是个尴尬的话题，外公不愿说下去。小舅笑笑，没往下说。

外公外婆终于又回周口，卖起了烤红薯。

一个奇异的事件似乎画上了句号。家族内部不再谈论此事。对所有人来说，外公的去世和葬礼如同虚无缥缈的梦境，是不真实的。大家共同做了一个梦，共同梦到外公去世，共同参加葬礼。舍此无从解释外公死后归来这件事。把梦忘掉，生活一如从前。

对我们来说，外公活着，外公来了一趟南阳，逗留半年，又返回周口了。如此而已。

大家都承认外公在周口的十来年是他一生中最惬意的时光。外公有几次对二舅说：我昨夜又笑醒了，我没想到我还能过上这样的好日子。他说的时候，脸上还挂着从梦中带过来的灿烂笑意。那是一个历经沧桑饱受苦难的人对来之不易的平静生活满意的笑。

每个人对生活的理解无不与其经历有关。我们所过的平常日子，在外公看来是能从梦中笑醒的"好日子"。好日子这里的引号，不是反讽，而是用于强调。

这次外公去周口之后，又有几次从梦中笑醒。每次他都说给二舅听，毫不掩饰他的幸福。二舅从周口打来电话，让外公梦中的笑声也在南阳的亲友间回荡，激起更多幸福

　　　　　　　　撒谎的女人

的涟漪。外公开心，大家都开心；外公幸福，大家都幸福。正如一首流行歌曲中所唱的：快乐着你的快乐，幸福着你的幸福。

我们都晓得此刻连接着过去和未来，既是未来，也是过去。此刻不是孤立的。要理解此刻，需考察过去，洞悉未来。未来不便言说，过去则有迹可循。此刻的一句话、一个表情、一个动作，莫不携带远古以来的信息，或者说是远古以来所有的"因"结出的"果"。

南阳的亲友聚到一起谈论外公"梦中的笑"时，自然而然追溯到外公的祖父，也就是我的外高祖。据说外高祖是个傻子，傻到什么程度，没人说得清，或者没人愿意说。总之，没有例证。外高祖结婚后，生育一子一女。"一子"就是我的外曾祖，不傻；"一女"是傻子。"一女"嫁人后生育两个儿子，一个正常，一个是傻子。此后家族中再无傻子。外曾祖生育四个男孩一个女孩。外公生于1917年，排行第二。外曾祖前期，家里有一百多亩地，还算殷实。外公出生前后，家里遭遇两次绑票。若没钱赎票，今天给你送来一个耳朵，明天给你送来一根手指，家里人哪受得了这个，于是卖房卖地也要赎票。两次赎票，家里的一百多亩地卖光了，一贫如洗。此后土匪再不来绑票，因为知道再也榨不出油水了。那个年代，土匪多如牛毛，老百姓活下去不是容易的事，何况地无一垄，田无一分。外公兄弟四人只能去给地主种地。外公的妹妹，我叫姑外祖母，被卖给人家当童养媳。俗话说兄弟同心，其利断金。外公兄弟四人经过多年奋斗，齐心协力，开了一个油坊。大外公是总管，外公负责进货和销售，三外公负责种地（那时又有了土地），四外公负责榨油。

外公走村串户，收芝麻卖油，十里八乡没有人不认识我外公。外公性格开朗，说话诙谐，心地善良，所到之处，有口皆碑。外公记性超好，凡他走过的地方，他都记在心里。二舅接外公外婆去周口时，一路上所经过的村镇，外公皆能说出名字。从南阳到周口，好几百公里，村镇之多，难以计数。二舅惊讶于外公记性之好和游历之广。外公不识字，但心算能力极强。他收芝麻卖油，几斤几两，几钱几分，他总是一口报出，毫厘不爽，分文不差。

外公走南闯北，见多识广。他说他在秦岭之巅看过日出，在敦煌的沙漠上曾与驼队同行，在武汉码头帮过马戏团捉狮子，在老河口被抢劫过……他到这些地方不是游玩，而是做生意。他说他到一个地方，站在那儿嗅一嗅，就知道什么东西能赚钱。外公喜欢泡茶馆，与南来北往的人海阔天空地聊天，他的许多商业信息由此而来。外公随身带着现金，捕捉到商机后，立即行动，倒买倒卖，赚上一笔。外公爱炫耀，不会低调。他赚钱后，买了一辆二八自行车骑着回村。这是村里的第一辆自行车。那个轰动啊，不亚于现在有人开回去一辆宝马，不，宝马产生不了那样大的轰动，开回一架直升机还差不多。外公很快为他的张扬付出了代价。他被定性为"投机倒把",自行车挂脖子上游街。

外公是农民,可他一辈子没种过地,也不会种地。改革开放,土地分下来,他学习种地,竟然收成很好。乐极生悲,他从拉麦的车子上掉下来,摔断了锁骨。二舅回家将外公外婆接到周口,从此外公短暂的种地生涯结束了。

了解这些,有助于理解外公"梦中的笑"所包含的沧桑与惬意,但是,这还不是全部。

十年前,外公刚到周口时,锁骨隐隐作痛,内心十分茫然。安度晚年吗?不,他不能够的。吃公粮的,这个年龄早已退休,可以逛公园、遛鸟,含饴弄孙。他是农民,是交公粮的,他没资格休息,他还要劳作。不种地,可以;但不挣钱,不可以。外公外婆生育六个子女,此时,他的大儿子在部队提干,结婚生子,日子过得不错。二女儿在南阳油泵厂是领导,双职工,两个儿子,日子也不错。再就是他的二儿子,大学毕业,刚结婚,日子蒸蒸日上。另外一双小儿女还在上学,每学期需要学费生活费。更放心不下的是大女儿(我母亲),守寡多年,拉扯三个孩子,日子过得紧巴。也就是说,外公六个孩子中,三个过得可以,三个还需要钱。虽然孩子们互相帮衬,但他作为父亲,不能放弃自己的责任。这时候他不会从梦中笑醒。

外公烤红薯需要买煤和红薯。他不管自己有钱没钱,每次都向二舅借。他喊着我二舅的名字说，借给我点钱买煤，过两天还你；或者，红薯没了，借给我点钱买红薯，过两天还你。"过两天还你"，只是说说而已，仿佛口头禅。二舅从没见过外公还钱。钱，外公是不会还的。外公清楚，二舅也清楚。下次还是同样几句话，外公照样张口借钱，二舅照样借给外公。彼此心照不宣。后来小姨父戏称外公这种做法是"劫富济贫"。外公卖烤红薯的钱差不多是净利润。这钱哪儿去了？不外乎给我妈、小舅和小姨。小姨每个假期都到周口去，帮着种菜、洗红薯。后来二舅有了孩子，她还帮着带孩子。离开周口，学费生活费自然是有着落的，不光她的有着落，连小舅的也有着落。

外公从没忘记过我们一家。多年后，二舅妈讲的小故事听得我颇为心酸。二舅妈说："我拆洗被子，把被面被里拿去洗，回来，被套不见了。问你外公，他不说话；问你外婆，她也不说话。我说这院邻居都熟悉，还没出过贼，要我去一个个问问吗？你外公还是一句话不说。他起身出去了。过半小时，他将被套抱回来放下，不说话，又出去了。我知道他把被套拿到一个老乡那儿，让老乡拿到南阳捎给你妈。还没捎走，他又去要回来了。我说不管啥东西你'要'可以，但你得跟我说，你不能偷我的。"

二舅妈明大理，识大体，但讲原则，较真儿。这件事如果让二舅处理，恐怕会是另一种结果。二舅会将被面和被里也交给外公，然后掩盖痕迹，再也不提这个被子，好像这个被子从未在世界上存在过一样。

我理解二舅妈追问被套去向时外公的沉默。不说话，但心中波涛汹涌。尴尬，如芒刺背，恨不得找个地缝钻进去。生气，生谁的气？生自己的气！

之后，还有一件更尴尬的事，二舅妈一条前开衩的裤子洗后晾在绳子上不见了。再看，竟穿在外公身上。外公以为这条裤子是我二舅的，他看合适，就穿上了。这件事谁也没有声张。外公归还裤子后，二舅妈也没有计较。无法想象，外公得知他错穿了儿媳妇的裤子后，是什么心情。这时候，外公不会从梦中笑醒。

四五年过去了，在我们家族的天空上出现了欣欣向荣的曙光。小舅、小姨大学毕业，参加工作，各自找到伴侣。我们家迁到南阳，在城里买房，安顿下来。大哥二哥校油泵挣了不少钱，我上学也一帆风顺。哦，那真是一段好时光！难怪外公会从梦中笑醒。

至此，我感觉多多少少有点理解外公"梦中的笑"了。这笑是命运的馈赠，是老天对外公一辈子艰苦奋斗的奖赏，是难得的福报。我不知道有多少人有过从梦中笑醒的经历。就我所知，原谅我孤陋寡闻，周围无论是发财的、升官的、成名的、住豪宅的，没有一个人有过。我，不用说，也没有。我从可怕的梦魇中醒来过，从不安中醒来过，从惆怅中醒来过，但从来没有笑着醒来过。

由二舅打电话说外公"又有几次从梦中笑醒"，我们感受到外公的幸福，并理解了这种幸福。但所有人都忽视了"又"所包含的神秘征兆。其实，在此之前和之后的很多征兆都同样被忽视了，直到很久之后，我们才恍然大悟：原来如此！于是所有征兆被一一发现，变成证据链上不可或缺的一环。

小姨去周口看望外公外婆，回来后，她说他们还住在原来的地方，还卖烤红薯。外公很精神，看上去年轻了许多，不像七十多岁，顶多六十来岁。外公的白头发也比原来少了。小姨回南阳时，外公又给她钱。小姨不要，她说她现在有工资，不缺钱。外公坚持让她拿上，小姨只好接住。她再拒绝，外公会生气的。

小姨说外公背着手从纱厂大街走过，所有人都和他打招呼，他很高兴。小姨学外公背着手走路的样子，惟妙惟肖。小姨虽学得像，也只是表面上像。外公的神态难以模仿。当我现在试图描述时，我发现文字很苍白。我从书桌前站起来，也像小姨那样模仿外公走路，稍稍能体会一点外公的神韵。那是走过大江大河见过世面的从容，那是历经劫难看淡生死的淡定，那是坚忍不拔从不言败的自信，那是浴火重生睥睨万物的骄傲，那是原谅一切扫除烦恼的敞亮……总之，这些都包含在外公的神态中，至于哪些成分多一些哪些成分少一些，恐怕谁也说不清楚。

小姨带回来的这条信息没有被大家真正理解，连小姨

撒谎的女人

自己也没意识到这句话的正确含义：外公看上去年轻了许多。后来，又发生了两件事，首先引起二舅妈疑惑。这里，请注意"又"。我要叙述两件重复发生的事。一件是外公又一次将二舅妈晒在院子里的被套拿给一位老乡，让他捎回南阳，交给我母亲。他还在"劫富济贫"。二舅妈感到不可理解，她说大姐家已经比我们有钱了，还要往她家"扒"。二舅妈又将被套追回来。她和上次一样，没有和二舅说这件事。另一件事，外公又错穿了二舅妈晾在绳子上的前开衩的新裤子。这次二舅妈真生气了，同样的错误怎么能又犯一次呢？再说，这事好不尴尬啊。二舅妈向二舅抱怨，说外公太不讲究。二舅妈尽量心平气和，她为自己寻找到"讲究"这个词小小得意了一下。她成功避开了"恶心""过分""肮脏"这些可怕的词语，这些词语是情绪失控时最容易蹦出来的。"讲究"比较中性，这个词像变色龙一样在不同语境下随意变换着褒贬。她知道二舅会向着外公。她与二舅结婚前，二舅对她说：我在家中不是老大，也不是老小，但我要养活父母。二舅妈说：谁不养活父母！有了这样的保证，或者说共识，他们才结婚。二舅妈为了说明外公"不讲究"，将外公两次要往南阳捎被套、两次错穿裤子一股脑都说了。第一次没什么，怎么还会有第二次呢？二舅妈说着说着疑惑起来，她说外公不是这样的人。

接下来发生的事让二舅和二舅妈非常震惊。外公外婆收拾东西，要回老家种地。二舅问，为什么？外公说，不为什么。二舅妈说，是为裤子的事吗？外公说，不是。是为被套的事吗？外公说不是。那是为什么？外公说不为什么。二舅说，卖烤红薯又轻省又比种地挣钱多，为什么要回去种地？外公说想种地。二舅问外婆，到底为什么？外婆说她也不清楚，外公说回她就跟着回。二舅说，地里的活你干得动吗？外公说咋干不动，我身体好着呢。外公当即来了一个倒立。你看，怎么样？二舅记得几年前他从老家将外公外婆接过来时，外公倒立过一次，之后再没见过外公倒立。那次倒立，外公是为了说明他摔断的锁骨已经长好，他的身体没问题，能干活。倒立后，外公的锁骨一阵疼痛，他吸溜一下。这次倒立后，外公又吸溜一下。二舅问，怎么啦？外公说锁骨有点疼。二舅要外公去医院看看，外公说不用，不碍事。

当时情况有些微妙，二舅和二舅妈竭力劝外公外婆留下，外公外婆坚决要回去种地。二舅说，我不让你们走。外公说，你能拦住我吗？除非你把我捆起来。二舅想知道他们坚持要回去的原因。外公说没有原因。二舅看二舅妈的眼神，让二舅妈觉得很委屈。二舅的眼神说：是你赶他们走的吗？二舅妈的眼神说：天地良心，我没有！二舅妈对外公说，你们要是真走了，你儿子会怪罪我的，好像我容不下你们。外公再次强调他们回去与二舅妈无关，外婆也说与二舅妈无关。

二舅灵光一闪，忽然明白了一切。他说他明天亲自送外公外婆回乡。二舅妈诧异地看着二舅，看二舅是说气话，还是真的答应外公外婆回乡。二舅冲二舅妈点头，表示他所说属实。

晚上，关上卧室房间的门，二舅兴奋地对二舅妈说他有一个重大发现。

——什么发现？

——你没见爹越来越年轻吗？

——是，他身体越来越好。

——我说的不是身体，是年龄。从爹倒立那一下，我明白了，爹在往回走。

——往回走？

——我们都走向未来，爹走向过去。

——走向过去？

——是，他的时间与我们相反！

在外公这里，时间如同一根折断后又合到一起的箭，折断后箭头改变方向，朝向根部。用二舅的话说，外公在往回走。

有了这一重大发现，外公归来后的一切——合常情的与不合常情的——便都能得到合理解释。外公在反方向经历他的一生。

外公死于心脏病，归来后，首先犯的就是心脏病。外公死的前一天给小姨家背去半袋米，归来后又给小姨家背去半袋米。原来从周口回南阳，现在从南阳回周口。原来卖烤红薯，现在又卖烤红薯。原来从梦中笑醒，现在又从梦中笑醒。原来小姨去周口，外公给小姨钱，现在小姨去周口，外公又给小姨钱。原来要往南阳捎被套，现在又往南阳捎被套。原来错穿二舅妈的裤子，现在又错穿二舅妈的裤子。原来去周口前在老家种地，现在又要回老家种地。

瞧，过去发生的事，现在重复一遍，只是方向相反而已。二舅说，过去是由远及近，现在是由近及远。

二舅妈认可二舅的发现，她说，爹和十年前刚来周口时一模一样。又说，这才刚过去大半年，爹就年轻了十岁？二舅说，爹的时间和我们的不一样。

——爹过一段时间会不会和你一样年轻，你们看上去像兄弟？

——会的，还会比我更年轻。

——真想看看爹年轻时候的样子。

——你会看到的。

二舅突然心中生出一团阴云。年轻是好，可是过去并不美好，那是连绵的苦难，是颠沛流离，是饥饿，是恐惧。外公来周口前曾从拉麦的车上摔下来，摔断了锁骨。外公回去后，还会摔断锁骨吗？还有……

二舅将外公外婆送回老家。原来的房子还能住人吗？锁已锈蚀，这好办，砸开就是。砸锁时惊飞一群麻雀。院子里的野草有一人多深，高过院墙。看到这种景象，二舅

撒谎的女人

说没法住，不如送你们到南阳吧。外公不同意，说野草清理一下不就行了吗，怎么就没法住了？二舅无奈，招呼邻居过来帮忙，很快将一院子野草清理干净。三间房屋：一间卧室，一间客厅，一间厨房。打开门，两只狐狸闪电般蹿出，后面还跟着三只小狐狸。二舅要用镰刀砸小狐狸，外公拦住，说让它们去吧。五只狐狸眨眼间就不见了，屋里有一股臊味。因为有狐狸活动，还算有点生气。屋顶有两处能看到天空，到处是尘土。二舅原来觉得房子好大，好宽敞；现在，又小又矮，仿佛被施了魔法，变成了迷你房屋。他站在里面觉得憋气，一会儿就受不了了，必须到外面呼吸几口新鲜空气。二舅心里难受，怎么能让父母住这样的地方呢？外公竟然很满意，说挺好。外婆也没什么意见。

屋子打扫干净，桌椅板凳都还能用，床也很结实，铺上带回来的被褥，像那么回事。厨房里的锅碗瓢盆都是重新置办的。只半天工夫，房屋焕然一新，虽然说不上有多舒服，至少住人没问题。

外公站到院子中间，四下看看，满意地点点头：嗯，不错，不错。

二舅在老家安顿好外公外婆后，来到南阳，向众亲友报告外公外婆近况。大家仍旧聚在小舅家。暮春时节，天气热起来了。小舅院子里的葡萄藤枝繁叶茂，遮天蔽日，站在下面还有清凉之感。大家在院子里就座。这次聚会规模小多了，参加的有二舅、二姨、二姨父、小姨、小姨父、小舅、小舅妈、母亲和我。大舅一家在郑州，没有通知。大哥二哥在山东校油泵，也没通知。小孩们都没让参加。

二舅说把外公外婆送回老家了，大家都感诧异。为什么？几个人同时发出疑问。二舅接着说出他的重大发现，大家就更诧异了。小姨恍然大悟。她说，我说爹越来越年轻，原来如此。小舅说出了一个很时髦的词：逆生长。人们接受超现实的事情并没有想象中的那么难，只片刻工夫，大家就见怪不怪了。随后，大家提出另外一个问题，外婆是否也逆生长？二舅说看不出来。外婆本来就比外公小七岁，现在两个人看上去年龄相当。

小舅突然提出一个很尖锐的问题：爹知道他逆生长吗？

二舅说不知道爹知道不知道。他和外公没交流过这个问题，表面上看，外公没认为他的时间方向与大家相反，他只是觉得越来越有劲。

母亲和二姨要结伴回去看望外公外婆。二舅说你们俩回去可以，大家不要一窝蜂都回去。小舅说，对，别让邻居起疑。

二舅特别关照，要母亲和二姨问问外公的锁骨，看还疼不疼。

突然一只翠鸟吸引了大家的注意力。翠鸟是就它的颜色说的，第一时间我头脑中闪现出来这个名字。我不能确定，问度娘，度娘说翠鸟是一种中型水鸟，喙又大又长，善于捕鱼。这个鸟非常小，不比刚刚出壳的麻雀大，不可能是翠鸟。那么是黄鹂吗？它背上翠绿中有一片明亮的鹅黄，非常漂亮。再问度娘，度娘说也不是黄鹂。该怎么称呼它呢？我给它起个名字叫黄翠鸟吧。我从未见过这么漂亮的鸟。大家都没见过。这是一只超现实的鸟。它在葡萄叶间翩翩飞舞，快活自得。它会是外公吗？我头脑冒出这样一个荒唐的念头。我没说出来。我看大家的表情，好像每个人的头脑中都冒出一个类似的荒唐念头。谁也不说话，沉默。在我们家族聚会中，多是喧嚣热闹，沉默极为罕见。

母亲和二姨因为有事耽误，六月中旬才回老家。后来她们都为这次耽误懊悔不已。她们去晚一步，没见到外公。外婆说外公不会种地，出去做生意了。一个人吗？一个人。母亲想起二舅的话，问外公的锁骨还疼吗？外婆说刚回来时很疼，割麦那几天疼得他睡不着觉，拉麦那天最疼，让他爬上车躺着，他大叫一声从车上摔下来，之后，竟然不疼了。看他的表情，像是真不疼了，奇怪吧？母亲和二姨想到二舅的发现——外公的时间是反的——便不觉得奇怪。母亲和二姨去的前一天外公刚出门。外婆为外公炖一只老母鸡，正炖时没柴了，外婆将门闩劈开填进炉灶，才把老母鸡炖熟。外公美美吃一顿，勒上战带，作别外婆，出门闯天下去了。他就这样，外婆说，喜欢跑，喜欢折腾。二姨说，你为什么不拦着他？外婆说，拦他干啥，拦住人，能拦住心?! 外婆虽然说得平淡，眼中却蓄满泪水。她扭过头去，悄悄擦去眼泪。

母亲和二姨将外婆接回南阳，让外婆住我们家。我快一年没见外婆了，外婆仍是去年的模样，没变得更年轻，也没变得更老。

我问外婆发现没发现外公越来越年轻。

外婆说，他不光越来越年轻，心也越来越野。

我说外公正在逆生长，马上意识到"逆生长"这个词外婆不好理解，就改为返老还童。我说外公返老还童了。外婆说她也想返老还童，谁不想返老还童。我们都笑起来，外婆也笑起来。

外婆的笑慈祥、宽容、含蓄，看上去与世无争，其实是世事洞明的豁达和释然。外婆的笑是有温度的，你总能感觉到融融暖意，无论你有多少烦恼，都会在外婆的笑容下冰消雪融。外婆的笑还能排忧解难，无论你在外面遇到多大挫折，看到外婆的笑，你会马上明白一个道理：没什么大不了。于是，放下包袱，该吃吃，该喝喝。过一段时间忽然天宽地阔，你想：幸亏听了外婆的。其实，外婆什么也没说，只是冲你笑笑而已。哦，笑也是一种语言，甚至是更丰富的语言。

外公出门闯荡，撂下外婆一个人独自在家，外婆仍能宽厚地笑，这是何等的胸襟，或者说何等的无奈。

外婆怨恨外公吗？当然怨恨。她说他走的时候头都不

　　　　　　　　　　　　撒谎的女人

回，好像回一下头，我的目光能把他拴住似的。不过，更多的是心疼。每逢变天，她就茫然地看着门外，嘀咕着：他冷吗？他会生病吗？他在哪里？

晓得外公"往回走"之后，我的舅啊姨啊到一起便免不了猜测外公的行踪。这是几个成年人的"猜猜看"游戏，他们乐此不疲。外公正在敦煌沙漠里找水，还是正吃力地翻越秦岭，抑或在武汉街头徘徊？他们确定不了。他们发现他们所记的时间、次序相互矛盾，更可怕的是其中存在大量空白。一团团迷雾升起，遮蔽由时间和空间建立的坐标。如果按他们的记忆绘制外公的路线图，会得出这样的结论：要么外公有分身术，可以同时出现在千里之外的两个地方；要么外公像孙悟空一样会腾云驾雾，一个筋斗十万八千里。

外婆不参与这个"猜猜看"游戏。起初大家是在背后猜，后来当着外婆的面猜，也征求外婆的意见，外婆总是笑笑，说她不知道。她的笑似乎蕴含深意，或者藏着秘密，她和外公两个人的秘密，谁知道呢。我们感到疑惑，外婆真不知道外公在哪里吗？外婆说真不知道。

外公的时间与我们的时间，不但方向不同，速度也不同。方向不同，前面已说过，外公死的那天掉头往回走，逆生长，他将依次经历老年——壮年——青年——少年——童年。速度不同，我想起了"烂柯"的故事。说的是晋朝时一青年进山砍柴，遇到几个小孩下棋，他放下斧子，看他们下棋，一局结束，一个小孩说你该回家了，他去拿斧子时发现斧柄已经朽烂，回到村子，一个人也不认识，问起来，才知道已过百年，与他同时代的人皆已作古。这是神话传说。但爱因斯坦的相对论是科学，他说一个人坐到飞船上，如果飞船的速度超过光的速度，便可以回到过去。在荣格那里，过去与现在往往纠缠在一起，剪不断，理还乱。这些有助于我们理解时间的复杂。外公这次在周口待了八个月。他之前在周口卖烤红薯十来年。也就是说，外公用八个月走完了十来年的历程，外公年轻十来岁。这样看，他如今的一个月相当于以前的一年多。但回到老家只两个月，外公就出去闯天下。而外公原来种地有四年时间，如此算来，在这里，外公如今的一个月相当于以前的两年。看来外公"往回走"的时间并不是匀速的。如此一来，推测外公现在在哪里就更困难了。

外婆有办法，那就是：等待。无论外公在外游荡多久，他终究要回家。只要住回老家，不愁等不到外公。想到这一层，外婆立即行动：回老家。

老家条件艰苦，外婆一个人回去，大家都不放心。可是每个人都有工作，谁也不可能陪外婆在老家一直住着。小舅提出为外婆找个保姆，外婆笑道：我有那么不中用吗？我有手有脚，要别人伺候？我能照顾自己。

外婆回老家需要人送。舅啊姨啊都说忙，没时间，我

　　　　　　　　　撒谎的女人

恰好有时间（我大学毕业，在家等待分配工作），我说我送。那时我不知道舅和姨并非没时间，他们是想用这种方法挽留外婆。

我和外婆坐三轮车到长途汽车站，买了票，还有两个小时发车，我们就到十四中小姨家喝茶。十四中紧挨着车站。小姨在上班。小姨父是十四中的副校长，二十多岁就当上副校长，很了不起。门卫问我们找谁，我们报上小姨父的名字，门卫说他正在上课。于是我们在门卫室等。小姨父下课后，刚走出教室，门卫叫一声校长，小姨父看到我们。小姨父跑过来拉住外婆的手，领我们到家里。看到我拎着行李，小姨父明白我们要去哪里。他对外婆说，妈，你在这儿住几天，我送你。外婆说票已经买好。小姨父说退了。外婆说那哪行。小姨父说我去退，我能退掉。外婆笑笑，说别退了，我还是回去吧。小姨父嘴甜心细，深得外婆喜爱。他虽然当了副校长，但笑起来还带着天真和顽皮，甚至可以用灿烂来形容。多年后小姨父走上仕途，主政一方，偶尔仍然会绽放出这样的笑。外婆夸小姨父能干，她说，你们会过得很好的。小姨父说会的，我们不能给您丢脸。

时间到了，小姨父送我们到车站。临别，小姨父对外婆说，爹要回来，就别让他再出去了。外婆笑笑，说我哪拗得过他。

回到老家，外婆如鱼得水。兄弟、妯娌、侄儿、侄媳、侄孙纷纷来看她，请她吃饭。我跟外婆在农村待了三天，感觉好极了。农村天宽地阔，所有人见面都热热和和打招呼。夜晚天上的星星像葡萄架上的葡萄一样一嘟噜一嘟噜，层层叠叠，繁密得像鱼子。城市里从来没有这样神秘深邃硕果累累的夜空。

四外公家种了很多花生，花生起回来扔在院里，七八个妇女帮着摘花生。我和外婆也加入其中。这活轻松省力，大家边摘边聊，东家长西家短的，有说不完的话。

四外婆管外婆叫二嫂。亲二嫂。二人处得比亲姐妹还好。四外婆是东乡的，"吃食堂"时两个孩子饿死了，她也奄奄一息。外公看到，给她两个烤红薯，说跟我走吧。她说好，于是跟着外公来到郭沟村。那时她瘦得像个纸片，走路摇摇晃晃，风一吹就能将她吹跑。外公不确定她能不能活下来。外公说，我有个小兄弟，没结婚，你愿意嫁给他吗？她说愿意。外公就这样为他的小兄弟捡了个媳妇。四外婆活下来了。嫁给四外公之后，她又生育了四个孩子，个个都很有出息。谁也没想到这个曾经要向阎王爷报到的人，会成为家族中最长寿的人。她晓得感恩，外公救她一命，她感激一辈子。她有什么好吃的，一定会与外婆分享。两个人拉着手拉家常的场面，普普通通，平平常常，却能穿越时间，二三十年后还鲜活地浮现在我的头脑里，一如我刚刚看到时的样子：一缕金色的阳光打在她们身上，风

　　　　　　　　　撒谎的女人

撩动着她们耳边的头发……

我在乡下那几天，所有人都回避一个话题——外公，谁都不提外公。但我能感觉到这个话题在每个人的头脑里盘旋，像蜜蜂一样发出嗡嗡声。可能人们在背后谈论，在外婆和我面前不谈论；也可能人们在背后也不谈论。是怕外婆伤心吗？也许吧。外婆总是面带微笑，谁愿意驱散这片轻薄的祥云呢？

我也没和外婆谈论外公，尽管我心里知道外婆是愿意谈论外公的，但我还是不谈。为什么呢？我觉得我对外公了解太少，不配谈论，至少不配和外婆谈论，我没有资格。有些事，只有共同经历的人才能谈论。我在等待。既然外公往回走，要重新经历他的一生，那我就等着看外公的传奇吧。

外婆在我面前也不提外公，她只等，不说。等，她也不想让人看出来，她在心里等，外表看不出来。人们即使看出来，也不说破。看破不说破，说破没意思。外婆愣神的时候，我知道……还是不说的好，我悄然躲开，不去惊扰外婆。

我离开郭沟村时，下着小雨。外婆不让我走，我说这点雨不算啥。我不知道为什么一定要走，其实完全可以在那里多待两天。可能是担心分配工作的事吧，我心神不定，莫名地烦躁，非走不可。这一走，我错过了与外公的见面。

瞧，我的外公

我走后没多久，外公就回来了。可能你们坐的是同一辆车，外婆后来说。从郭沟出远门，都是走二里路到公路边等班车。班车一天两趟。如果外公确实是我刚走就回去的，理论上我们有可能坐的是同一辆班车，他下，我上。可我清楚地记得，那天班车上没有下来过客人。

　　下面的这段故事是外婆后来讲的——

　　我离开不久，一个胡子拉碴、头发乱蓬蓬、穿得邋里邋遢的流浪汉出现在外婆门口。他勾着头、缩着肩、弯着腰，一副可怜兮兮的样子。不，他不是流浪汉，他是乞丐。他向外婆伸出手去。这是乞讨的动作。在农村一般饭时才会有乞丐，乞丐也多是讨饭的。现在不是饭时，乞丐手中也没有讨饭的碗。该怎么打发他呢？外婆心善，遇到乞丐都是要打发的。外婆犹豫一下拿出一个馒头放到乞丐手上。乞丐咬一口馒头，又伸出手。噢，这是要水喝。外婆又给他倒了半碗开水，热，慢慢喝，别烫着。这时候外婆还没看到乞丐长什么样子，乞丐总勾着头。外婆有些好奇，围着乞丐转一圈，还是没看清乞丐长相。乞丐蹲在门口吃馍喝水。外婆给他一个凳子，他也不坐。外婆越来越好奇，他为什么不让我看他长什么样呢？外婆又围着乞丐转一圈。乞丐像刺猬一样缩成一团。外婆突然抓住门钉锔，弄出声响，吃惊地叫道：咦，这是啥东西？乞丐抬起头看一眼，门钉锔上啥也没有。外婆是在骗他。外婆大笑起来，乞丐也大笑起来。这个乞丐就是外公，他假装乞丐逗外婆玩，

被识破了。两个人哈哈大笑，笑得眼泪都出来了。外婆笑
着笑着，眼泪变成了真的，她哭了。外公赶紧向外婆道歉，
说他不该这么捉弄她。接着他又解释说，他这么做也是出
于安全的考虑，他从怀里掏出一沓钱让外婆看。他说带这
么多钱，我怕被抢。外婆又笑了。外公理发刮胡子之后，
显露出真实的年龄：不到五十岁，正当盛年。这时他头也
不勾了，腰也不弯了，是一个伟岸的男子汉。外婆说你再
年轻下去，我都不敢和你一起出门了。外公嘿嘿笑笑。外
公要买自行车，外婆坚决反对，说太烧包不好。外公说好
吧，不买。可转过身，外公就将一辆锃亮的永久牌自行车
推进村子。当初是计划经济，买自行车光有钱不行，还得
有票，不要说自行车这种大件商品，就是买一两盐、一尺
布、一个馒头，也需要有票。不知道外公是从哪儿弄的票。
总之，外公有的是办法。这件事在村里引起轰动。村里男
男女女老老少少都围过来看外公的自行车。农村把自行车
叫洋马。这马好啊，不吃草，骑上就跑。日行千里，夜行
八百。有人想摸，外公说摸吧，它不咬人，脾气好着呢。
外公得意时，眼睛都在笑，笑得让人妒忌。外公为此付出
了惨痛代价。一队民兵突然分开人群，来到外公面前，宣
布外公投机倒把，捆起来！外公被五花大绑。洋马洋马，
其中一个民兵叫道。另一个马上明白他的意思。两个民兵
将自行车抬起来挂到外公的脖子上。外公立马矮了一截儿。
他们糊一顶高帽子戴到外公头上，帽子上写着：投机倒把

分子。他们在村子里将外公从这头游到那头，又从那头游到这头。刚才人们脸上羡慕妒忌的表情，此时换成了幸灾乐祸。瞧，洋马骑人了，洋马骑人了。咦，颠倒了，颠倒了。外婆在家里哭啊哭啊，她抓着衣襟擦眼泪，把衣襟弄湿好大一片。傍晚，外公被放回来。他踉踉跄跄走到门口，斜倚着门框，在门槛上刮鞋底的泥。外婆去搀扶外公，外公摇摇头说，我能行。他继续刮鞋底的泥。外公借刮泥的动作，倚着门框歇息一会儿，免得跌倒。外公说我真该听你的话，不买自行车。外婆说吃一堑长一智。外公笑道，长一智，吃一堑。外婆说你还能笑得出来。外公说笑也这样，哭也这样，为什么不笑。

二八自行车有多重？外婆讲这段故事时，小舅也在场。他想体验一下二八自行车挂在脖子上的感觉。多年前外公被批斗时，小舅还小，他不记事，或者在上学，总之，没有看到那一幕。现在，让我体验一下，小舅说。家里没有二八自行车，只有二六的，二六比二八轻多了。二六就二六吧，先体验一下二六。小舅将二六自行车挂到脖子上，怎么样，应该是这样吧？小舅说。小舅喜欢嬉戏，大家习以为常。这就是个游戏。在场的还有母亲、二姨、小姨、小姨父等。大家说说笑笑，看小舅表演。小舅笑嘻嘻的。重吗？小姨问。还行，小舅说，就是硌得厉害。外婆突然扭过头去抹眼泪。二姨说快放下来。小舅不放，他还要继续体验。你就逞能吧，我母亲说。小舅说爹可不是刚挂上就放下来。所有人都不再笑了，气氛突然变得很压抑。小姨父说，三哥，我支持你。小姨呛他一句，要不你去试试。小姨父说试试就试试，三哥，我来。小舅没让小姨父来。他又坚持了一会儿。小舅脸色煞白。他咬紧牙关。小姨父说，体验一下就行了，放下来吧。帮我，小舅说。自行车取下来后，小舅揉着脖子，说快断了。

试想，当初外公挂的不是二六，而是二八自行车，游街不是一会儿，而是半天，那种疼，那种脖子快要断掉的感觉……怎么能够忍受呢？而外公还能笑得出来，说笑比哭好。瞧，这就是我外公，不由得人不佩服。

外婆说那天她帮外公揉脖子揉了好半天，还用热毛巾敷，总算没落下什么毛病。

还出去吗？外婆问。不出去了，外公说。不出去，是指不出远门，外公说到做到。但这并不等于外公要在家种地。前面说过，外公是不会种地的农民，他只是到了晚年才学着种地，结果摔断了锁骨。不种地，外公干什么呢？卖油。外公兄弟四人开了个油坊。大外公是总管，负责管理油坊和二十二口人的大家庭。三外公负责种地。四外公负责出力，抡大锤，榨油。外公负责购进芝麻和卖油。外公挑着油担，走村串户卖油。

外公卖油一般都在附近村庄，不过一二十里，最远也就二三十里，基本上当天都能回家。在老家那一带，外公是响当当的名人，没有人不认识他。外公记性好，凡他见过一面的，就不会忘记。那时候，农村人识字的少，基本上没有写信一说，往往都是捎口信，比如妈给嫁出去的女儿捎信，说想她了，意思是女儿该回来看看妈了。或者，女儿给妈捎信，等秋收后去看她。或者，某人给老表捎信，狗下崽了，我给你留一只，你可得快点来逮，来晚了怕被别人逮走。等等。外公是热心肠，凡是托他捎信的，他都能捎到。即使绕路，也在所不辞。有时，人们不捎口信，只是关切地问问亲戚家的情况，外公都能说个一二三。外公的朋友遍天下。无论到哪个村，人们都争着请外公吃饭。当然，外公也不白吃，总会送上一勺油。一勺油够一家人吃一个月。外公在方圆百十个村庄有很高的威望。到底有多高呢？这样说吧，邻里纠纷、家族矛盾，人们都愿意请外公调解。若外公不在，有的甚至相约，先搁置矛盾，等外公去了，再让外公摆摆理。据说没有外公搞不定的事。凡外公调解的，当事人都心服口服。外婆问外公，你是怎么做到的？外公说，简单，一是公道，把理讲透；二是将心比心，让他们都替对方想一想；三是大事讲原则，小事讲风格。有理的，给他戴个高帽子，他就会让一让；没理的，他自知理亏，给他个台阶下就好了。

　　对外公外婆来说，那是段幸福的日子。外公卖油回来，就给外婆讲外面的见闻。时间一久，外婆也对各村的情况了如指掌，说起来如数家珍。比如谁家娶了一个恶媳妇，谁家的驴子丢了，谁家的猪下了多少个猪崽，谁家的男人又打老婆了，谁家的姑娘跟戏班子跑了，谁家的小子打伤人赔了一笔钱，等等。有时外公会很兴奋地说，你猜我今天看到谁了？外婆能猜到，但她故意不说。看到谁了？外公说，我看到咱闺女了，骑白马，挎长枪，威风着呢。外公说的是他们的大女儿，也就是我母亲。母亲十五岁就当了团支书，后来又当民兵连长，负责养老院和幼儿园。养老院和幼儿园都设在邻村。母亲到乡里办事或开会，总是借油坊的白马骑。外婆说，大女儿像谁呀？外公说，这闺女了不得，要早生二十年，也是叱咤风云的主儿，敢领兵打仗，说不定能当将军哩。外婆撇撇嘴说，舞马长枪，哪像个女孩，将来谁敢娶她。

　　写到这里，我就顺便说说我母亲吧。我母亲并没有像外婆担忧的那样，嫁不出去。她二十岁时喜欢上一个英俊的卡车司机，义无反顾地嫁过去。这个英俊的卡车司机就是我父亲。他们之间的爱情故事母亲从来没讲过。母亲婚后仍然住娘家，因为她下面有五个弟妹要照顾。母亲最小的弟弟，也就是我小舅，和我大哥是同一年出生的。小舅吃过我母亲的奶。大哥刚会说话时，跟着我的舅和姨喊母亲"大姐"。虽然家庭负担重，但母亲从没耽误过工作。她当民兵连长时，怀孕八个月，冲锋号一吹，她第一个冲上灵山。她肚里八个月的胎儿就是我。我说过我外公在方圆几十里很有名。后来母亲的名气甚至超过了外公。母亲到省里参加过两次党代会。要知道能作为代表出席省党代会，无论对谁都是巨大的荣誉。一个县百万人口，七千多名党员，能出席省党代会的也就一两人而已。那是母亲的高光时刻。

外公外婆很为我母亲感到自豪。外公说起母亲眉飞色舞，用我们的方言说，叫"谝"，夸耀的意思。外婆会撇嘴，但撇得艺术，也撇出了"谝"的味道。

幸福的家庭生活没能羁绊住外公，外公继续"往回走"。他再一次消失时已是身强力壮的年轻人。他和外婆在一起，仿如母子。

外婆对外公消失是有预感的，她知道会有这一天，她有思想准备。这天早上起来没见到外公，她房前屋后找了找，连个影子也没有。卖油的挑担在家放着，说明他没去卖油。走了，外婆说。外婆甚至没有伤感。走就走吧。外婆收拾收拾屋子，没告诉任何人，也悄悄离开村子。

外婆没有回南阳，而是又去了东乡。我们那里，人们把最东边——太阳升起的地方——天边外——叫作东乡。东乡是外婆的老家，外婆少女时代生活的地方。外婆已经几十年没回过老家，因为那里早就没亲人了，回去干什么。是啊，外婆为什么要回东乡呢？外婆说她去那里等外公。于是，我明白了，外公"往回走"，必然会走向他的传奇——

　　　　　　　　　　　　　　撒谎的女人

那时候，1941年，外婆十七岁，如花似玉，是烟厂一枝花。据说烟盒上的招贴画用的就是外婆的照片。外婆很不喜欢这张照片，说太艳了。外婆天生丽质，她喜欢自己不施粉黛的样子。照相时，化妆师为外婆涂了口红，搽了胭脂，画了眼影。化妆师很得意，拿过镜子让外婆照，瞧，像不像仙女？他没想到外婆不领情，说像什么，丑死了。外婆要擦去妆容，化妆师赶快拦住，说不能擦，不能擦。厂里让外婆去照相，答应给外婆两条烟作为酬劳。如果不照，两条烟就没了。为了两条烟，外婆妥协了，照吧，就这样照吧。照出来的样子比镜子中的好看，但外婆仍然不喜欢。有人问起来，她总是否认招贴画上的照片是自己。她说那不是我！

外婆有一颗纯朴的心，对自己的美貌浑然不觉，直到成群结队的追求者环绕身旁，扰得她没有一刻安宁，她才意识到她的美。然而这美貌带给她的不是骄傲，而是烦恼。那些追求者，她一个也看不上。怎么摆脱这些讨厌的家伙呢？她毫无办法。

一个十七岁的少女，情窦未开，不善将烦恼转化为骄傲。她的心冰封着。她把追求者视为骚扰者。一天，一个英俊的军官出现在她面前与她搭讪，她习惯性地逃走了。她过于慌乱，以至于他说的什么话她全不记得。逃走之后，她再想那军官的样子，一点也记不起来。原来她没敢正眼看他，她只记住了他的笑。那笑那么独特，声音仿佛不是由声波组成，那是连绵的一个个笑模样在荡漾，她用耳朵就能"看"到。她睡觉时，那笑模样在空中飘。她在黑暗中也能看到。她想象烟盒上的招贴画——她的俗艳的形象——也在空中飘，与那笑模样一起飞，像两只蝴蝶。想到这里，她第一次有了害羞的感觉。她把脸埋进枕头里窃笑，旋即又惆怅起来，这个军官如果就此消失了呢？她被恐惧攫住，不由得一阵哆嗦，她失眠了。

后来三天，那军官没有出现。她失魂落魄。她后悔没和那军官说过一句话。她生病了，无精打采。谁也不知道她生的什么病，她自己也不知道。她恨那个军官，他不该出现在她面前，不该和她说话，不该对她笑。她也恨自己，为什么要逃走，为什么不多看他一眼，为什么不理他。时间也和她作对，原来日出日落，一天很快就过去了，现在，太阳走得很慢，黄昏更是难挨，夜晚则仿佛没有尽头。工作呢，差错不断。她是最熟练的工人，将切好的烟装入烟盒，每盒二十根，她下手一抓，往往一根不多一根不少，正好二十根。人人都佩服她：快、准、齐。现在，她不是多抓，就是少抓，效率降低许多不说，装出来的烟还不如原来整齐。

外婆说她走火入魔，这样的日子再持续下去，她就完了。所幸，那个军官又出现了。他再次站到她跟前。她的心像被揪着一般难受。他和她说话，还是那个笑模样。她突然感到特别委屈，想大哭一场。可是，在一个陌生人面前大哭多么丢人啊，她又逃开了。过后，她沮丧极了。你真是不可救药啊，怎么如此胆怯呢，和他说句话又怎么啦，他能吃了你吗？那天，她不知道自己是怎么走回家的，也不知道眼泪是什么时候流出来的。到家后，母亲问她，怎么哭了？没有啊，她说，是灰尘眯了眼睛。

那个夜晚漫长得无穷无尽，黎明仿佛在非常遥远的地方，难以企及。外婆不知道在床上翻过多少个身，也不知道在头脑里翻滚过多少个念头。天亮时，外婆筋疲力尽，两眼通红。她变了。她对自己说，要么爱，要么死，别无选择。

那个英俊的军官第三次出现在她面前时，她没有再逃。这个军官滔滔不绝，说了一大堆话。他必须抓住这个机会，打动她，让她别再逃跑。他并不知道她这次没打算逃，即使他不说一句话，她也会跟他走，不管去哪里，哪怕是下地狱。外婆说她那时候就是个傻瓜，他把她卖了，她还会帮他数钱。

读者一定能够猜到，这个英俊的军官就是我外公。没错，的确是外公。外公当过军官吗？没有。他不但没当过军官，甚至连一天兵都没当过。你们这时候要疑惑了：你刚才还在说军官。现在我告诉你怎么回事吧，外公是冒牌军官，他只是借了一身军官的服装穿在身上罢了。他说自己是国军连长，正在休假。外婆深信不疑。外公说要带外婆回老家结婚，外婆毫不犹豫地答应了。

外公不但巧舌如簧，还胆大包天。他借来一匹高头大马，驮着如花似玉的外婆返回家乡。从东乡到家乡，有三四百里地，要穿越七八个州县。那时候，烽火连天，日寇虽然没打过来，但国军、民团、土匪皆有，哪一个都可能找你麻烦，你谁都惹不起。外公嗅觉灵敏，知道哪里有国军，哪里有土匪，也知道如何避开。民团他不怕，只要不为非作歹，民团不会惹他。他有那身"虎皮"，民团不敢拿他怎么样。

外公回到宛西，在内乡县城住下来，并不急于回家。他找熟人往家里捎信，让准备婚礼，他明天带新娘子回家拜堂成亲。家里人将信将疑，并没当回事。拜堂成亲，和谁拜堂成亲？想得倒美！再说，家里没钱，拿什么给他准备婚礼。

半个世纪后回望外公的传奇，不得不说外公是一个戏剧大师，他将"戏剧性"发挥得淋漓尽致。他知道如何延宕，如何制造期待，如何渲染气氛，如何将故事推向高潮。他既是导演，又是主演，大地就是他的舞台。外公成功地将他不光彩的骗婚故事，变成故乡到处流传的传奇和传说。就连剧中的受害者——我外婆——最终也欣然接受了自己的角色。非但如此，许多年之后，她还愿意重复当年的故事，由此可见外公的魅力。

　　　　　　　　　　撒谎的女人

外公一身戎装，骑着高头大马，驮着花枝招展的城市姑娘，出现在灵山头，引起极大轰动。全村人都从村里出来，站在村边引颈张望，谁也不愿错过见证奇迹的机会。一个穷小子，房无一间，地无一垄，离开村子时是说出去要饭，回来时却如此风光，怎能不让人惊讶、感叹和羡慕。

外婆以为高头大马会将她驮到一个青堂瓦舍的大宅子里，门前洒扫干净，丫鬟仆役站成两排，夹道欢迎，不料外公在一个又低又矮又老的茅草房前勒住缰绳，停下来。她还没弄明白怎么回事，鞭炮就噼里啪啦响起来。她头脑一片空白。外公跳下马，将她抱下来。她不知道她为什么那么听话，任由外公将她抱下来。她已经傻了。有人将两朵大红花别到他们胸前，他们就是新郎新娘了。外婆如同木偶，被簇拥着，与外公在茅草房前面空旷的地方拜堂成亲。

这时候外婆还心存侥幸，以为外公虽然家里穷，但毕竟是军官，骑上高头大马依然威风凛凛。

到了晚上，入洞房之后，外公不忍心再欺骗下去，将一切和盘托出。衣服？假的。军官？假的。马呢？借的。什么是真的？只有这个露天的能看到星星的茅草棚是真的。接着发生了一场激烈的战斗，地动山摇，把听墙根的人都吓住了。但听"轰隆——呼呼啦啦——"听墙根的人大吃一惊，目瞪口呆。发生了什么事？"轰隆"是床塌了，"呼呼啦啦"是墙倒屋塌。房顶掉下来，把外公外婆压到里面。听墙根的人七手八脚将我外公外婆从废墟中扒出来。两个人狼狈不堪，但毫发无伤。那群听墙根的人突然爆发出一阵大笑，笑声响彻整个村庄。

外婆回到南阳后，给我们讲述她最后一次回东乡的经历。她说非常奇怪，东乡还是原来的样子，烟厂还在，烟盒上还印着她的照片。她的工友也还那么年轻，且都认识她。外婆觉得不可思议，已经半个世纪过去了，怎么什么都没变呢？她照照镜子，惊讶地看到自己回到少女时代。一阵眩晕，她如同喝了孟婆汤，把未来的记忆全忘了。年轻的外公穿着挺拔的军官服出现在她面前，她心头一阵慌乱，飞快地逃走了，连军官长什么样都没看清楚。当军官第二次出现在她面前时，她还是逃走了，与第一次如出一辙。过后她懊悔不已。军官第三次出现时，她就毫不犹豫地跟他走了。接下来，军官带她回老家，与她拜堂成亲……

外婆讲的和她五十年前的经历完全一样。也就是说，外婆重新经历了一次浪漫的欺骗。一直到进洞房，外公和盘托出真相，她与外公在床上打架，"轰隆——呼呼啦啦——"床塌了，房屋倒了……都没有变。所不同的是，听墙根的人从废墟中只扒出外婆，外公又消失了。

外婆讲这些时全无伤感，她对外公的欺骗已经释然。外婆笑眯眯地说：这个骗子！

　　　　　　　　　撒谎的女人

过一会儿，外婆又说：傻瓜！

然后，外婆又说：骗子！

外婆看着远处，脸上浮现出神秘而温暖的笑。外婆在看什么？我循着外婆的目光看去，什么也没看到。

自从外公在废墟中消失之后，再也没有人见过外公。按外公"往回走"的逻辑推理，外公应该回到他的少年时代，回到那个兵荒马乱苦难深重的岁月。由于外公"往回走"的时间不是匀速的，所以我们无法推断他某时某刻处于哪个年龄段，以及身在何处。

到此，外公的故事讲完了。需要补充的一点是，若干年后，外婆临终时似乎又看到了外公。不过，无法确定。外婆弥留之际，面带微笑，看着虚空说：你这小孩儿，你要带我去哪里？我们都以为外婆在讲梦话。后来我们猜测，那个小孩儿会不会是外公呢？接着外婆说出了她临终前最后一句话：

你个骗子，等等我！

（原载《中国作家》2020年第3期）

撒谎的女人

　　她叫宁英。我第一次见她是在朋友的聚会上。人差不多到齐了，大家犹有所待。还等谁？没有人回答这个问题。空气中弥漫着神秘的气息。给人的感觉是，大家心照不宣地在保守一个秘密。什么秘密？不会有人告诉我。如果告诉我，就没有后面的效果了。这越发激起我的好奇心，等的是什么人？何方神圣？什么来头？男的女的？奇丑奇美？会是一头恐龙吗？

　　少顷，一个装扮怪异的女人闪亮登场。说她装扮怪异，并非我少见多怪。大都市里什么个性女人我没见过，但我仍然觉得用"怪异"形容她是恰当的。她长发披肩，发色红白蓝相间，让人联想到法兰西国旗。还有几个小辫子，辫梢上扎有饰物。屋里光线不够明亮，看不清楚是什么饰物。她脸宽，眼大，颧骨高，嘴唇厚。面色说不上来，黑、红、褐兼而有之。也许是灯光造成的错觉。但绝不白，这一点可以肯定。可是，随后某个瞬间，你会对自己这一判断产生怀疑，她也许挺白的。她长衫长裙，如同从电影中走出来的吉卜赛女人。她脖子上戴绿珠项链，挂一块鸽子蛋那么大的蜜蜡。十指上戴有七八个大小不一、材质不一、色彩不一的戒指。红绿黑相间的佛珠手链在手腕上缠绕十几圈。好夸张啊！说她闪亮登场，可不是讽刺，瞧吧，她像明星一样，把所有的目光都吸引到了自己身上。

她说她刚从西藏回来，下飞机，没回家，就直接来参加聚会。

行李呢？

旁边有个如家，存在前台，他们以为我要住店，我说先把行李放这儿吧，他们同意了。

这只是一个普通的文友聚会。大伙有段时间没见，聚一起喝喝酒，聊聊天，吹吹牛，并没什么特别，她竟这样重视！噢，她这身行头，是要做西藏旅游的代言人还是形象大使？

我旁边有个座位，是为她预留的。她坐下来后，一股浓烈的香味凶猛地弥漫开来，将我们吞噬。

她马上成为中心人物。西藏、布达拉宫、雪山、圣湖、纳木错、扎什伦布寺、五世达赖喇嘛、大昭寺、文成公主、阿里、高原反应、林芝、磕长头、唐卡、安检等，都成了热词。西藏是唯一去过和没去过的人都知道一二并可以谈论的话题。她表现得很随意，没有炫耀。你说什么，她都微微一笑。她说得最多的话是：西藏嘛。这三个字从她口里说出来足以解释一切应付一切。我曾去西藏旅游过，本想与她多交流一些，但没好意思将话题深入。瞧，你去过的地方她都去过，你没去过的地方她也去过。她到过边境洞朗，去过阿里，差点儿被大雪困在那里回不来。她到过珠峰一号大本营，申请登峰，没有一个登山队愿带她。她在海拔5200米的大本营待了十天，只得悻悻然下来。她说她没想到那里有那么多垃圾。我去西藏只半个月，她在那里三个月。我是旅游，她是探险。我走马观花，她深度体验。和她相比，我自惭形秽，不配谈论西藏。你怎么和她聊？你能将话题引向深入吗？深入下去你会不会显得可笑？你不怕被秒杀吗？我悄悄观察她，留意她的语言和表情。不知不觉间，我不再觉得她夸张。她不夸张，只是有魅力。天啊，我是不是爱上她了？别自作多情，你们根本不是一路人。她看出我对她的欣赏，多看了我两眼。我观察她是悄悄的，她看我则是明目张胆、肆无忌惮的。她的目光里伸出两只手，牢牢抓住我：啊哈，逮到你了，你跑不掉的，你是我的，我的！我回避她的目光，她不肯善罢甘休。她目光中又放出两只猎狗，猎狗扑向我，令我难以招架。朋友们都在窃窃私语。他们要的就是这效果，一个穷凶极恶，一个狼狈不堪。

你叫什么？她问。

我把我的名字告诉她。

她这样问其实是不太礼貌的。她到来时，主持人已向她做过介绍，她应该记住我的名字。一桌人，对她来说，只有我是陌生面孔。对我来说，只有她是陌生面孔。我记住了她的名字，她却没记住我的名字。她真直率。我不计较。或者说，我不让自己计较。当你对一个人有好感时，你不会计较她的小毛病，你甚至会觉得那些小毛病很可爱，比如我把她的不礼貌解读为"直率"。

她说，我对你有好感。

我说，谢谢。我不明白她的好感指的是什么，在座的朋友似乎都明白。你看他们的表情，全是心照不宣、高深莫测的样子。

你不喜欢我吗？

我说，没有，你挺好的。

那你不应该说"谢谢"，你应该说你喜欢我。她亢奋，咄咄逼人，与刚才那个低调微笑，总是说"西藏嘛"的女人判若两人。也许，这才是她的真面目。我不知道该如何接她的话，有些窘迫。她看着我，哈哈大笑，其他人也跟着哄笑。

你结婚了吗？

没有。

你有女朋友吗？

没有。

我结过婚，也有男朋友，你介意吗？

介意什么，我干吗要介意，我们又不谈恋爱，这和我有什么关系。我装糊涂。我看不出她的年龄，她也许二十岁，也许四十岁。我也听不出她的意思，她是试探我，还是捉弄我，抑或仅仅出于无聊，找点乐子。这个女人，你最好当心点，我告诫自己。

她又说，我结过婚，离了。我有男朋友，死了。死于一次雪崩，为了救我，他献出了生命。为了他，我发誓三年不谈恋爱。今年是第三年，我熬不住了。

你弄不清她是厚颜无耻，还是纯真，或者是傻。她说"我熬不住了"，如同说"我渴了，要喝杯水"那么自然。她真实。你不能批评真实。我们这个群体反对装×。一个朋友说，熬不住就不熬呗。她说，不熬就不熬，喝酒，他娘的。

她喝酒很豪爽。她和每个人都碰杯，一碰就干，一会儿工夫，她已喝了不少。真是好酒量。她没醉。她要和我碰杯，我说我开车，她说没劲，接着又说，我喝醉了，你送我吗？我说送。一言为定，她说。又拍拍我的肩，搂住我的脖子，呼出的热气吹进我的耳朵里，痒痒的，就差亲我一口了。她说，够哥们儿。其他人怪怪地看着我，什么意思？

聚会结束。我搞不清她是不是喝醉了。说她喝醉吧，她还记得要我兑现承诺——送她。送我！她指着我，口气霸道随意，仿佛我们很铁。说她没喝醉吧，她站都站不稳，一个朋友要扶她，她推开说我没事。没事？你看她摇摇晃晃的样子，好像随时会摔倒，但每次即将摔倒时不是有人扶就是自己又站稳了。

送！我说，还有谁要搭顺风车？

小铭举起手说，我，算我一个。他坐上了车。好，这下有人照顾宁英了。我怕她吐我车上。宁英把着车前门，我怕她坐前排，我说后面宽敞。她说，我就坐前排。她坐到副驾驶上。只好由她。

我不会吐你车上，这点儿酒，老娘不怕，她哼一声，老娘不怕，小意思，小意思……她前一句还清醒，后一句就胡言乱语了。她迷迷糊糊，似睡非睡，但没有要吐的迹象，我放心了。小铭半路下车。后半程，车里只有我和她。她把手放我大腿上。我看一下她，无法判断她是否清醒。我没动那只手，任她放在那儿。

她手动一下，碰到我的敏感部位，我已经有反应了。我说，开车呢。她嘟囔一句伪君子，把手拿开了。随后无语。我尽量全神贯注地开车，紧张得手心都出汗了。

送到地方之后，我把车停在一棵大树下。到了，我说。她抬起头看看车窗外，冷冷清清，一个人影儿也没有。此时是夜里 11 点 58 分。这会儿人们都睡觉了，谁还会在外面晃荡。我突然想起她的行李。她说过行李放在如家前台。她喝醉酒忘了，情有可原。我怎么也忘了呢？我没喝酒，也醉了不成？行李，我说。什么行李？她说。我说你的行李，她说不管它。她转向我，手又伸过来，拉开我的裤链，然后低下头。我目瞪口呆。忙活了一会儿，她抬起头问我喜欢吗？我说喜欢。她又埋下头去。我有些受不了，提出到她住的地方去。她说，有个女孩和我同住，你想三人行啊？我说不。她又继续刚才的动作，加快速度，几分钟后，突然起身在我嘴上亲一下，飘然而去。

接下来是梦游时光。我神思恍惚。深夜路上车辆很少，路两旁黑黝黝的，像幽暗的大海。海水分开，我开车走在海底。这个世界真实吗？我爱宁英吗？这样的女人我能接受吗？我要和她结婚吗？爱是什么？她是什么样的女人？她会嫁给我吗？

我头脑中冒出一堆问号，却一个答案都没有。嗯哼，你想要什么答案，难道那些问号会散发出一丝肯定的气息，会让你犹豫彷徨？别自欺欺人了，对你来说，每一个问号都是一个"NO（不）"，不过"NO"而已。我决定远离这个女人。这时候我才意识到，我们互相连电话都没有留，按弗洛伊德的理论，我们潜意识里已经决定不再联系了。

第二天，太阳出来，新的一天开始了。我不是随随便便写下这个句子，从修辞上来说，这意味着告别过去，面向未来。我心情很好。有必要说一下我自己了。我本科学的是编剧，毕业之后在一家影视公司做策划，业余时间写科幻小说，如今我的第一部小说终于要出版了，能不高兴吗？我来出版社签合同。走出电梯，迎面碰到宁英。她和一个穿西服的中年男人一起，正要进电梯。我和她打招呼，她装作不认识我，毫无表情。我愣在电梯门口。认错人了吗？如果是别人，有可能。可是宁英，怎么会呢？尽管她换了行头，穿着没昨天那么夸张，但红白蓝三色的头发，以及宽脸庞、大眼睛、高颧骨、厚嘴唇等醒目标志，一目了然，无可替代。

我打电话给昨天的聚会召集者孙皓，说昨天把宁英安全送回家了。他"噢"一声说，行李呢？你帮她拿行李了吗？

行李？

行李，放在如家的行李，你没拿吧？

没。开始真忘了，送到地方之后我才想起来，问她，她说不用管。

她说不用管，你就没管？

嗯，我说。难道因为行李的事，她生气了，不理我？不会是行李，和行李无关。我想，肯定不是行李一事。

你真老实，孙皓说。

我……

你相信有行李吗？

相信。

你相信她刚从西藏回来？

难道不是吗？

我听到电话那头孙皓在笑。

你笑什么？

我笑你，他说，有谁会下飞机就来喝酒，连家也不回，这个聚会有那么重要吗？西藏，她去没去过我不知道，但她说刚从西藏回来，则百分之百是扯。行李，真有行李才怪呢。他强调，从她嘴里冒出来的全是谎言。全是！

何以见得？

你信我的就行，绝对错不了。什么时候你从她嘴里听到真话，你告诉我，我给你发红包，恭喜你中彩了。

我不知道该说什么，毕竟我对宁英一无所知。她为什么要撒谎呢？

孙皓说，宁英人不坏，她只撒谎，不害人。

好，我知道了。

孙皓又说，你要当心，她说她要搞定你。

好啊，让她搞定吧。

我没说宁英今天不认我的事。就此画句号吧，没有比这更好的结局了。你正要远离她，她已远离你。权当你从未认识过她，生活该怎样还怎样。我签了图书出版合同。如此大事，我竟然没有高兴得跳起来。准确地说，我没感到开心。天啊，怎么啦，千万别说你爱上了她，说了，你自己也不会信。

半个月后，我把宁英忘了。生活在继续。忘掉这样一个女人并不容易。但我确实把她忘了，我不再想她。我把她的影子从头脑中清扫出去。

生活喜欢和我们开玩笑，我以为我和宁英再无关系的时候，坊间却流传着我和她热恋的故事。如果将故事中的我替换成别人，我也会相信。

故事是宁英讲给别人的。她说我们已经到了谈婚论嫁的地步，她带我去见她父母，她父母坚决反对她嫁给我。理由是门不当户不对。我有房有车有事业，可在她父母眼中，这什么也不是。四十平方米的房子，标致307，公司小职员，对于拥有上市公司、资产几十亿的家族来说算得了什么。嘿嘿，我以为我是钻石王老五，可到人家跟前，算个屁呀。她父母的大别墅像宫殿，金碧辉煌。在她的讲述中，我还算有种，没有被吓着。我对她父母说，我爱宁英，我要娶她，我会给她幸福。

你拿什么给她幸福，你有这个能力吗？她父亲有涵养，说话不温不火。

我说我会百分之百对宁英好，我的命都是她的。

她要你的命有什么用，你的命值几个钱？宁英的母亲说话尖刻，一针见血。

我的命是不值几个钱，也不是拿来卖钱的，我不卑不亢地说，我说"我的命都是她的"，是一种修辞手法，表明我爱她的程度和决心，如此而已。

宁英的舅舅是公安局局长，脾气火暴，他不和我啰唆，直接掏出手枪拍桌上说，别癞蛤蟆想吃天鹅肉，赶快滚蛋。

我的倔脾气上来了，我说你不用吓唬我，我不怕，谁也别想把我和宁英分开。

嗬，还来劲了，宁英的舅舅抓起手枪，指着我，你不怕死吗？

我说不怕。即使怕，我也不能说怕。那一刻，我豁出去了，不能让宁英小瞧我。我说除非你一枪把我崩了，否则我不会放弃宁英。

你以为我不敢吗？宁英的舅舅将我提溜到院子里，按到草坪上，用枪指着我的脑袋开了一枪。砰！我以为我死了，死后的世界如此寂静，一点儿声音都没有。

我一动不动。宁英的舅舅用脚踢踢我，装死啊！这时我才知道我没有死，还活着。原来，子弹擦着我的头皮射入了草坪中。我爬起来，宁英的舅舅说，还追宁英吗？我斩钉截铁地说，追！

这就是坊间流传的我和她的故事。这个故事中我的形象堪称理想，我很愿意相信。

宁英为什么要编造这样一个故事，我不得而知。女人的心思谁能琢磨得透，恐怕魔鬼的姥姥也无能为力。这个故事并没让我损失什么，由它去吧。

半夜，一阵急促的敲门声把我惊醒。深夜听到这样的敲门声，难免让人心惊肉跳。谁会这时候敲我的门？我爬起来，披件衣服去到门口。从猫眼里什么也看不到，走廊的灯坏了，外面漆黑一片。

谁？我问。

我，宁英，快开门！这语气，啧啧，好像她是这里的主人。我打开门，她闪进来，飞快地关上门，反锁。她这是干吗？她说有人追杀她。天啊，会有这样的事。我背顶着门，怕人一脚将门踹开。

谁追杀你？

一个疯子。

疯子？

我前男友，宁英说，他疯了。

月黑风高，一个疯子手持寒光闪闪的砍刀，追杀手无寸铁的弱女子，好可怕啊！报警了吗？宁英说没。快拨110。宁英说，别，我不想闹得满城风雨。他闯进来怎么办？宁英说，也许我摆脱他了，你听，外面有动静吗？外面没什么动静，细听，我听到远处传来的汽车噪声。再听，有秋虫唧唧。平常此时我都在睡梦中，从没想到能听到秋虫鸣叫。

又过一会儿，外面还没动静，我想，那个疯子肯定找不到了。再看宁英，她坐到床上，跷起二郎腿，点燃一支细细的烟抽起来。

怎么回事，他为什么要追杀你？

还不是因为你，宁英说，他听说我要和你结婚，受不了刺激，就发疯了。

因为我？这是什么逻辑，什么时候你要和我结婚，我怎么不知道。

这是我的事，你不用管，她说。

要和我结婚，却没我什么事？

就是一个说法而已，她说，伤害你了吗？

没有。

我还能说什么，想想看，婚礼、鲜花、彩门、来宾、伴郎伴娘、洁白的曳地婚纱、《婚礼进行曲》……新娘，漂亮的新娘，光彩夺目，迈着神圣的步子，走向……走向哪里呢？婚礼的祭坛。她，像一朵怒放的鲜花，艳丽，芬芳，光芒四射。走在她身边的那个将要成为她丈夫的男子，却面目模糊，如同木偶，可有可无。那就是我。这个婚礼与我无关。"这是我的事。"她说。我是一个纸人。"伤害你了吗？"她说。我能怎么回答。说伤害，就真被伤害了。我只能说没有。

接下来，她给我讲她与前男友的故事——

她前男友叫邦。管他叫邦吧，她说。她与邦是在一家医院里认识的。她住院是因为遭受了无妄之灾。她正在马路上走，一辆货车从她身边开过去，车上掉下来一块木板砸到了她，差点要了她的命。邦为什么住院？保外就医。他强奸未遂，被抓了起来。后来她才知道，当时她并不知道他这档子事。他说他冤枉，她信了。他向她求爱，他说，你不答应，我就跳下去。她说，你跳下去，我就答应。这是三楼。邦站在窗口，他没犹豫，推开窗子就跳下去。邦后来说，要么死，要么成。他没死，只是摔断一条腿。下

　　　　　　　　　　　　撒谎的女人

面的车棚救了他的命。宁英兑现自己的诺言，嫁给了邦。邦的案件，后来女方撤案，邦免予起诉。新婚之夜，邦就折磨宁英，因为宁英不是处女。他打宁英，宁英反抗。宁英越反抗，他下手越重。第二天宁英无法下床。宁英提出离婚，他威胁要杀宁英全家。他说得出做得出。宁英怕了，好，不离。水深火热，不离。痛不欲生，不离。皮开肉绽，不离。生不如死，不离。邦并非一味打宁英，他也哄宁英，给她下跪，说尽好话。但喝酒后，或一言不合，还打……讲到这里，宁英讲不下去了，她沉默。我陪着她沉默。

她说，邦不是人，是禽兽。

我说，禽兽不如。

她说，和他在一起，每天做噩梦。

后来呢？

后来，她说，我逃出来了。我满世界躲，他满世界找，猫和老鼠。她苦笑一下。

她的故事有一个漏洞，那是前夫，不是前男友。

你们没离婚？

没，我要离婚，他非杀了我不可，他有刀，这么长。她比画了一下，大约二尺长。我可不想死在他的刀下，她说。

她看我露出疑惑的表情，马上解释，我和邦只举行了婚礼，没领结婚证。

噢——

我想起孙皓说的话：从宁英嘴里出来的话全是谎言。全是！……什么时候你从她嘴里听到真话，你告诉我，我给你发红包。我差点被她骗了。我一副洞若观火的表情，笑着说："你说的是真是假？"

　　这句话毁了一切：这个夜晚全毁了，宁英的故事毁了，恐怖的气氛毁了，彼此的信任——如果有的话——毁了，同情毁了，亲密关系毁了。如一块大玻璃平放在一个小石子上，突然碎裂。她怔了一下，转身看着我。

　　宁英冷冷地说，假的。

　　一般来说，话语都有温度。"假的"这两个字，温度在冰点之下。

　　天亮，宁英飘然而去。我提出一块吃早餐，她没答应。哐的一声，门在她身后关上。屋里只剩下我一个人。她，来了，又走了，只留下淡淡的烟味和几个烟蒂。还有，恐怖的气氛和一个真假难辨的故事。我莫名其妙烦躁不安。有什么不对劲？有。这次见面居然没有任何性元素，连一丝暧昧都没有。多么奇怪啊！

　　我去上班，刚走出院子，就看到一个疯子。这是个文疯子，没有暴力倾向，只是自己嘟嘟囔囔地说个不停，说的什么，我一句也听不懂。他穿得很普通，稍有些旧和脏，但不能说邋遢，更不能说破破烂烂。他如果不是神情异于常人，你不会把他当作疯子。他不可能是邦。他突然站住，陷入沉思。他在思考什么？难道在思考：我是谁？我从哪里来？我往哪里去？

宁英消失了。我有一个月没有她的任何消息。她人间蒸发了。这一个月我在怀柔山上参加一个影视培训班，与外界联系也少。

下山后，我遇到的第一个朋友是小铭。他在盛世卓越图书公司做编辑，我们是在地铁站碰到的。

嗨——

我本能地感到背后传来的这声"嗨"是冲着我来的，我转过头，便看到了小铭。他说，果然是你，我没认错人。

小铭，我说。

回来了？

嗯。你怎么知道我出去，我没告诉过你啊。我也没告诉过别人。这个时代已毫无隐私可言了。

你竟然没晒黑，他说。

我已经够黑了，还要往哪儿黑。

我在海南，一天就晒脱皮了，他说。

他是在炫耀他去过海南吗？

他又说，我想，马尔代夫的太阳不亚于海南。

马尔代夫？

他看我疑惑，就说，你不是刚从马尔代夫回来吗？

我说我在怀柔参加影视培训，没去马尔代夫。他笑了。

我从小铭这儿知道我和宁英的故事又有了新进展，我们去马尔代夫度蜜月了。

　　在马尔代夫，我和宁英入住一家叫红树林的五星级酒店。开始时服务员给我们带的房间看不到海，宁英进去看一眼就出来了。她说，我订的是海景房。服务员说，这就是海景房。海呢？服务员指给我们看，从阳台上斜看，目光越过一片屋顶，能看到一片白海滩。宁英说连海水都看不到。服务员比画着说涨潮时就能看到海水了。

　　宁英突然发火，拎着行李怒气冲冲地跑到前台大吵大闹，英语汉语夹杂一起。前台服务员即使听不懂也能猜得到为什么，一再表示没有空房，无法调换。惊动了经理。经理说面朝大海的只剩总统套房，并且不要我们再加钱。经理万岁！

　　总统套房好大啊！一面墙全是落地玻璃，拉开窗帘，蔚蓝的大海仿佛要涌进房间来。圆形大床，足够大，可以翻跟头。圆形浴缸，十个人跳进去洗澡都没有问题。沙发坐二十个人也不嫌挤。地毯软得像新下的雪，你恨不得在上面打滚。墙上挂着真正的油画。桌上摆着新鲜的水果，花瓶中插着怒放的鲜花……要对得起这么好的客房，我们在床上做爱，在浴缸里做爱，在沙发上做爱，在地毯上做爱，在茶几上做爱，在阳台上做爱……尽管我们在总统套房只住一天，但到处都打上了爱的烙印。

第二天，我们换到豪华间，也面朝大海，虽然没有总统套房奢华，也相当宽敞舒服。我们仍然没完没了地做爱。

食色，性也。除了做爱，就是吃各种各样的海鲜，每餐都换，尽量不重样。即便如此，三十天下来，我发现还有我们没尝到的海鲜。

食色之外，就泡海水，吹海风，听音乐。每晚都有乐队演出。露天的木制平台上，边吃消夜，边喝酒，边看演出，别提有多惬意。宾馆内还有淡水游泳池，我教宁英游泳。她学过很多次都没有学会，我把她教会了。她说，你真是个好教练。我很有成就感。

博尔赫斯将天堂想象成图书馆的样子，我把天堂想象成马尔代夫的样子。

一个小插曲：

雨过天晴，天蓝如宝石，海光滑如婴儿皮肤，沙滩细软如女人肚腹。一轮巨大的红月亮升上天空。宁英忽然来了兴致，要为我唱首歌。她唱英文版的《我心永恒》。且歌且舞。"我歌月徘徊，我舞影凌乱。"她唱歌，月来听，云来听，风来听，海浪来听，游客来听。她不再是她，而是一个精灵。唱得曼妙，舞得曼妙。她通体放射柔光，轻盈欲飞。她成为海滩一景。酒店老板请她上台唱歌，说有乐队伴奏。她拒绝了。

为什么不唱？我问。

为什么要唱？她说。

撒谎的女人

一天，我竟然接到孙皓的电话，他说，你不去看看宁英吗，她关在西山看守所。

我很诧异，怎么回事？

她杀人了，孙皓说。

杀人？我非常震惊。

是的，孙皓说，杀了一个男人。

是她自己说的吗？

孙皓马上明白我的意思，因为他说过"从宁英嘴里出来的全是谎言"。

不是宁英说的，孙皓说，这事是真的，千真万确，我一个同学在西山当警察，他告诉我的。

孙皓的同学叫孟卓，是刑警大队大队长，他问我是宁英什么人，我说我是她男朋友。他开警车将我带到西山看守所。

按规定是不能让你见的，他说。

我笑笑，点点头。看守所高墙电网，戒备森严，三道门岗，没有他我是进不去的。

孟警官和看守所的人很熟，边和他们笑骂，边带我过一道道门岗，最后来到会见室。和电影中见到的一样，下半截是墙，上半截是铁栅，内外隔开。孟警官敲敲铁栅，那边出来一个看守，见是孟警官，脸上堆起笑，说又来了。孟警官说，少废话，去把宁英提出来，这是她的未婚夫。

　　　　　　　　　　　　撒谎的女人

看守对我说，全程录像，说话注意点。我点头。看守去了之后，我抬头看到了摄像头。

等待。和她说什么呢？我不知道。我来看看你。也许什么都不用说。她明白我在关心她。

看守一个人回来，他身后没有跟人。他说宁英不愿见我。孟卓说，你真是个骡子，这点事儿都办不成。看守说，你说咋办？孟卓看着我。我说，不愿见算了，以后再说。

从看守所出来，我问孟警官，她杀的人是不是叫邦？

邦死在宁英的租住房内。血从门缝流到楼道里，有人看见报警了。警察打开房门。室内一片狼藉，邦躺在血泊中，已经咽气。他的颈动脉被玻璃割破，流血过多而死。墙壁上有喷溅状的血迹。扎破邦颈动脉的玻璃来自打碎的啤酒瓶。具体说，是啤酒瓶的下半截，即连着瓶底的那一部分。啤酒瓶的上半截在楼下的垃圾桶里被找到。上面有宁英的指纹。有目击证人看到宁英慌慌张张地从楼道里跑出来，丢下半截啤酒瓶，出了小区。宁英是犯罪嫌疑人。宁英再次回到小区时，被办案警察拘留。

宁英说她没杀邦。

邦怎么死的？警察问。

我不知道，她说，我离开时他还活着。

下面是宁英对事件的说明——

邦是我的前男友，我们分手一年多了。他不甘心，总是威胁我。为摆脱他，我辞去工作，不断换手机号，换住处。他还是找到了我。他喝醉酒闯进来，要强奸我。我敲碎啤酒瓶，用半截酒瓶指着他，不让他过来。我退到门口，打开门，出去，从外面将门锁上，我怕他追出来……

宁英说的是否属实，警察正在调查。

三天后，我接到孙皓的电话，他说宁英放出来了。警察撤案，将邦之死定性为事故。

事故？

……宁英将邦锁到屋里后，邦乱砸东西，将冰箱里仅剩的两瓶啤酒和半瓶干红也喝了。他还想找点喝的，可是什么也找不到。没有喝的，他继续砸东西。他醉了。他来的时候就已经醉了，这时醉得更厉害，脚步踉跄，身体摇摇晃晃，他被自己踢翻的凳子绊倒，玻璃扎破颈动脉，血喷出来，一会儿就挂了。

你说得这么清楚，是推断，还是有人看到？

有人寄了 U 盘给警察，孙皓说，U 盘里是摄像头拍下的视频。警察从拍摄角度推断出摄像头安装的位置。检查时，摄像头已经不见了。但安装的痕迹还在。顺着痕迹，警察找到宁英的邻居，一个宅男。偷窥狂。他很快就承认摄像头是他偷装的，用以偷窥宁英。事情就是这样，真相大白，宁英被放了出来。

我去找宁英，房东说宁英没再回来过。

我问孙皓，宁英可能去哪儿，他也不知道。

　　我发疯一般寻找宁英。为什么要找她？我也说不清楚。找到她干什么？我也不知道，我只是找她。我只知道找她。仿佛有个权威的声音在我头脑里说：去找她，找到她。有这样的声音吗？有，也是我的声音，另一个我的声音。人有时会分裂成不同的人。一个黑脸，一个白脸，或一个正，一个邪。一个要这样，一个要那样。一个理性的，合乎道德规范，一个则荒唐野蛮任性胡来。不是东风压倒西风，就是西风压倒东风。你听从更强大的声音，那是命令，你依令行事。如果二者势均力敌，不相上下，你就只能彷徨徘徊，陷入痛苦，犹豫不决。现在，我没有犹豫，我听从荒唐的声音，愿意荒唐行事，愿意做一个荒唐的人。

　　我从小一帆风顺，上学总是名列前茅，重点小学、重点初中、重点高中、名牌大学，一路走来，不费吹灰之力。我是一个听话的孩子，青春期也没有叛逆。我不知道我身体中还沉睡着另一个我。如今，另一个我醒了，他要荒唐一把，胡来一把。你是宁英什么人？我是她男朋友。我是这样回答孟卓的。总得有个说法，要不我以什么身份探视宁英呢？按弗洛伊德的理论，不经意的说法，反映的正是你的潜意识。弗氏理论我并不完全认同，但我喜欢他的潜意识理论。潜意识，好吧，潜意识里我把她认作女朋友。对朋友我没这么说，但对陌生人，我说宁英是我女朋友，她失踪了，我在找她。

全是徒劳。我没能找到她。一点线索都没有，她又人间蒸发了。曾经，我收集到一些信息，比如她工作过的单位。她干的工作五花八门，当过杂志主编、乐队主唱、策展人、娱乐记者、明星经纪人、操盘手、公关经理、网红等。不知道有多少。核实之后，竟然没一个真的。一个人全说真话不易，但全说假话也要个本事。她有这样的本事。她撒起谎来面不改色心不跳，我见识过的。这时候，我知道她是个撒谎的女人，我不再只是听说她是个撒谎的女人，而是亲自验证了。我是一个严谨的人，厌恶所有谎言，可是，亲自给她下定义——撒谎的女人——之后，我对她的看法并没改变多少。我对她的情感（如果有的话）更没什么改变。我还要寻找她。失败、挫折、碰壁、绝望等，都不能让我改变初衷。我铁了心要找到她。

朋友们对我寻找宁英没有异议。他们认为理所当然应该我来寻找。他们怎么会有这种想法，我不得而知。试着猜一猜，大概与传闻有关吧。不会没来由，任谁都会这样想。没有必要解释。解释什么呢，越描越黑。时间会澄清一切。

孙皓对我最为关心，时不时打电话问问情况，帮着出出主意。他古道热肠，对谁都这样。最后，还真是他帮了大忙。他说何不去她老家打听打听。我也想到这点，可她老家是哪儿，谁也说不清。有的说开封，有的说南京，有的说杭州，有的说大连，有的说舟山，有的说扬州，有的说青岛，有的说郑州，有的说洛阳，有的说昆明，有的说太原，有的说武汉，有的说运城……所有人提供的答案后面都带着一个问号，意思是不确定，道听途说，猜测。我说，她老家——

孙皓知道我要说什么，他说，别人说的都不靠谱，你不要信，也不要在那上面花费时间和精力。他为我提供了一个思路，他说，你应该问警察，现在公安都联网了，一查就能查出来。他自告奋勇说，我问问孟卓吧。很快，他给了我一个地址。户籍上这样登记的，身份证也是这个地址，他说。

开封。曾有人提到过她可能是开封的。开封，这个古老的城市，人口少说也在百万以上，找人谈何容易。现在，孙皓提供的是具体地址，城市、区、街道、门牌号，一样不少，按图索骥即可。

我前往开封。下高铁后，我打的，将写有详细地址的字条递给师傅，我说去这个地方。师傅接过字条看一眼，说也行，走着。他没用手机导航。你熟悉这地方？我问。他说知道。开封也堵车。他征求我的意见后，绕了点道。虽然远点儿，但快，他说。的士穿街过巷，七拐八拐，最后在一家超市门口停下来。

到了，他说。

是这儿吗？我很怀疑，这儿哪有住家户，他欺负我是外地人吗?

就是这儿,他坚定地说,原来的房子拆了,建了个超市。他等着我掏钱下车,他好继续拉活儿。他看我犹豫,有些不耐烦。要不你下去问问,他说。有一个女孩拿一大包东西从超市出来,东张西望,然后盯上这辆的士。她走过来。师傅已停止打表,的士显示空车。下吧,他催促道。

我别无选择,只好下车。女孩上车,车开走了。我茫茫然,不知该往何处去。

街头是危险之地。突然一阵枪响,从街东头传来,仿佛回声似的,街西头也响起一阵枪声。人们都知道发生了什么,纷纷躲避。只有我傻乎乎地站在街上,不知所措。旋即一群持枪黑人从天而降,将我围在中间。他们都很年轻,最大的二十多岁,小的十几岁,看上去还是个娃娃,但是他手里有枪,AK47。从他拿枪的姿势——自然随意,一点儿也不紧张——你就知道他不是新手。这是他们的生存方式,靠枪,枪给他们底气,给他们饭吃,给他们力量。为首的黑人留着唇髭,显得成熟些。看得出他是头儿,其他人都听他的。他盯着我,就像狮子盯着猎物。他用英语问我是哪国人,我说中国人。此时,我在津巴布韦的一个城镇上。

钱!他们叫嚣。

我把身上的钱都掏给他们。他们看到人民币都很开心,他们认识人民币,信任人民币,喜欢人民币。他们不喜欢

　　　　　　　　　　　撒谎的女人

本国货币。我看到旁边店铺里也有一个中国人，她是宁英。她看着我。为什么不躲起来？我不敢给她使眼色，怕被那伙人看见，我看向别处。但宁英还是被发现了。

中国人，中国人，他们叫嚷，钱，钱！

宁英被洗劫。我担心的不是钱，我们身上现金都不多，全给他们也没什么，我怕他们伤害宁英。我主动将手表摘下来交给他们的头儿，以示态度好。你看我什么都可以给你们，求你们别伤害我们。

这伙人为的是抢钱，看我们没什么油水，就将我们放了。

头儿枪一挥，撒！一个小喽啰，就是那个十几岁的娃娃，朝天空扫一梭子，呼啸而过。空气中弥漫着挥之不去的火药味。这伙人整队行动，将街围住，却只抢劫了两个中国人——我和宁英。他们走后，街道又恢复了喧嚣，好像刚才那一幕没有发生过。

——这是宁英给别人讲的我们在非洲的历险。我转述的时候不免加入想象，甚至还有对自己不经意的塑造。我感受到非洲的干燥灼热、尘土飞扬和喧嚣混乱，那个我从未去过的地方给我留下烙印般的记忆，比我去过的任何地方都让我印象深刻。我们还算幸运，只是损失了点钱，人安然无恙。这是宁英的结束语吗？还是我想象她会以这样的话语结束她的故事或谎言？

那个的士司机说得没错，他将我放下的地方正是我给他的字条上的地址。原来的房屋拆迁了。在中国，这一点儿也不奇怪。哪个城市不是拆拆拆，建建建，概莫能外。说夸张点，即使你生活过的城市，睽违十年回去，将你往街头一扔，远离地标性建筑（如果有的话），你多半晕头转向，心想，这是哪里？原来的城市仿佛被飓风从地球上抹去，现在这是新城。高楼大厦像雨后春笋蓬勃生长。一切都是新的，祖国的发展一日千里。我找一家快捷酒店住下来，又向单位请了几天假。我要当私家侦探吗？要荒唐就荒唐到底，要疯狂就疯狂到底。我，确切地说是另外一个我，要坚持下去，寻根究底，将所有的谎言都戳穿。不，这不是我的本意，我的本意只是寻找。我要找到她。

派出所。户籍科。找到这里，我觉得我已经接近成功。值班的是一位肥胖的中年妇女，身上所有的地方都往外鼓胀着，她的坏脾气也往外鼓胀着。我进去的时候，她叉着腰，正对着话筒发泄满腔怒火："这么说都是我的责任了，我不该洗，我应该穿着它一直穿到老死吗？别说那么多废话，你说赔还是不赔？赔，好说。不赔，走着瞧！什么态度，还敢挂我的电话，店不想开了？"

她怒火万丈，如果挂断她电话的人在这个屋子里，我相信她会毫不犹豫把他掐死，或者拧断脖子。我见过有人拧断鸡的脖子，那种凶猛、残忍和冷漠，让人不寒而栗。她压制住怒火，心不在焉地问我什么事。我说想查一个名字叫宁英的户籍。她盯着我，你是她什么人？男朋友，我

　　　　　　　　　　撒谎的女人

说。她向我要身份证，我将身份证掏给她，她拿住看了看，扔到我面前的桌子上。不行，她说，户籍信息是保密的，不能给你看。我怎么求情都没用，她说这是原则。我本不想麻烦孟卓，此时不得不给他打电话，求他帮忙。孟卓让稍等，他帮我联系。等一会儿，户籍员接到一个电话，她瞅着我，嗯嗯两声。孟卓打来电话说好了，你去查吧。我走过去，户籍员不高兴地帮我查了宁英的户籍。与我掌握的一样。我说那儿拆了，这个地方已不存在。她说没变更。我问搬哪儿了，她说这哪儿知道。也不是全无收获，至少我知道户籍册上宁英和她父亲在一起。她父亲叫宁原，是户主。我走出户籍科，听到户籍员在背后不屑地哼了一声。

找不到宁英，我改找她父亲宁原。宁原好找吗？也不好找。我相信只要方法得当，腿勤嘴勤，总能找到。俗话说，蠓虫过去都有个影儿。一个拆迁户不会像一滴水那样蒸发掉，无影无踪。中间的周折不再说了，我猜你们也不感兴趣。我们直接跳到公园吧，据说他常在公园活动，你看，那里有个小老头坐在长椅上晒太阳，我去问问他。

大爷，请问您认识宁原吗？

小老头上下打量我，揣测我的身份和动机。我说我从北京过来，找宁原有事。

小老头说，他欠你钱吗？

我说，不欠。

你欠他钱吗？

不欠。

他不欠你钱，你不欠他钱，你找他干吗？

打听点事。

你一个京城人，他一个开封人，互相不认识，你找他打听啥事？

打听点私事，我说。我不想与他多费口舌，他认识就认识，不认识就不认识，哪那么多怪话。我想从他身边走开。听他的口气，他认识宁原。说不定他就是宁原，试试看。我说，你就是宁原老伯吧？他没有否认，他说，刚才还是"大爷"，现在变成"老伯"了。我说在北京"大爷"和"老伯"是一个意思，都是尊称，晚辈对长辈的尊称。

你想问啥？他说。

您是宁原老伯吗？我知道他默认了，但我还是要确认一下。

我是，他说。

我说我是宁英的朋友，我没敢说我是她男朋友，那样太冒昧，我说我联系不上她，想知道她在哪儿。

你问我，我问谁？他说。

她是您女儿，我想——

她不是我女儿！他说，我没有女儿。

户口上——

那是胡写的，她不是我女儿，我没有女儿。

父亲不认女儿，嗯哼，这可是新情况。父女之间发生

撒谎的女人

了什么？他是一时生气，还是早就将女儿赶出家门，断绝往来了？他看上去不像个严厉的父亲，可是——也难说。

您为什么不认女儿？

她不是我女儿，我为什么要认。

她那么让您失望吗？

他不说话，沉默。是勾起了不愉快的回忆，还是他在整理思路，不得而知。他表情麻木，好半天吐出三个字：不说她。

为什么不说她？他站起来准备离开，他想摆脱我，就像牛甩甩头，想摆脱一只牛虻。我不能放过这个机会，不能让他就这样走了。我说，看在我跑这么远的分儿上，说说吧，有什么不能说的。

他有些气恼，他说，我说过了，她不是我女儿，不是！

我仍然"纠缠"他，我说，户口上写着呢，她是您女儿。

户口胡写的。

到底怎么回事，她不是您女儿，她是谁，怎么会上到您的户口上，还有，她也姓宁，难道是巧合？

他不理我。我缠着他。继续不依不饶地提问题，什么都提。比如：宁英是哪年出生的？她几岁上学？幼儿园、小学、中学、大学在哪儿上的？她有哪些同学？她有哪些朋友？她喜欢什么？她害怕什么？你们经常联系吗？她常回来看您吗？她最近一次回来是什么时候？等等。他走哪

撒谎的女人

儿我跟哪儿。他走，我走。他停，我停。他摆脱不了我。
他烦不胜烦，最后对我说：

我实话告诉你，她真不是我女儿。她是我老婆捡的弃
婴，我不同意收养，我有两个儿子——现在在国外——干
吗还要再养一个。老婆将她送到乡下找人代养，每月给人
家钱，户口在我们这个户口本上。后来我老婆死了，没人
管她，她就到社会上混……

那时她多大？

十几岁吧。

能告诉我养她的人的地址吗？

不知道，他说。

语气坚决。他大概后悔说得太多，闭上嘴巴，再不和
我说一句话。我梳理一下从他这儿获得的信息：一、宁英
是弃婴；二、他不同意收养；三、他不认这个女儿；四、
他老婆死后，宁英开始闯荡社会；五、他与宁英老死不相
往来，他不知道宁英现在的情况，他也不想知道。

幸运的是，我遇到宁原的一个老邻居，他给我提供了
另外一些信息，他说宁英在宁家生活了很多年，宁原老婆
出车祸后，宁英失踪了。

宁原老婆怎么出的车祸？

过马路被一辆大卡车轧死的。

大卡车！

颠簸几个小时后，大卡车驶进一个大院子，停下来。发动机熄火。像一个长途跋涉的人终于回到家，一屁股坐到椅子上，再也不愿动弹。我们——二十个不同国籍、不同肤色的人——都还好，没有被颠散架，全须全尾地活着。下车。这是一处基地，一排平房和一个大院子。院里空荡荡，什么也没有，尤其是没有树。大约三十名黑衣黑裤的"圣战士"在平房前一字排开，多数端着 AK47，少数拿着大砍刀。他们站姿端正，神情严肃。这是迎接我们吗？

指挥官名叫 B，他指挥我们站成两排。我和宁英站在一起。宁英有些紧张，我攥一下她的手，意思是：别怕，有我呢。B让一个黑衣人从屋里搬一张桌子出来，再搬一个凳子。第一项工作是登记，我们每人交出护照，那名黑衣人将我们护照上的名字记下，然后发给我们一个号码。我的号码是 F15，宁英的是 F16。所有的号码都是 F 打头。在基地，我们不需要名字，号码就是我们的名字。护照被没收，在基地我们也不需要护照。然后男女分开，进到不同的房间换衣服。我们都换上灰衣灰裤。号码要别到新换的衣服上。我们从屋里出来，按刚才的顺序站成两排。B给我们训话，讲世界的不公，讲西方帝国的邪恶，讲神圣的使命等。最后带着我们喊口号：必胜！必胜！必胜！

拜宁英所赐，我现在在叙利亚北部的一个训练营。我们在伊拉克旅游，正在探访一处古庙，这个地方突然被占领了。所有外国人被集中一处，抱着头蹲地上。B来招募

"圣战"成员。和我们在一起的一个英国人罗伯特低声说，如果我们不应征，一会儿就会被杀死。他率先站起来，表示愿意加入。我们没有思考时间，周围几个人就都站了起来。我们共二十人。都是受了罗伯特的蛊惑。还有三十多人在那儿蹲着。B挥一下手说，都杀了。他说得轻描淡写，他挥手的动作，似乎是说让他们走吧。接着，我们还没反应过来，枪就响了，哒哒哒哒哒哒，血花飞溅，三十多人全部当场殒命。

从第二天开始，我们接受军事训练。这里戒备森严，逃跑不可能。反抗死路一条，开始我们没枪，后来有枪，枪里没子弹，而周围的黑衣战士荷枪实弹。怎么才能活下去呢？

第七天，B将我们集中起来，宣布我们中间有两名间谍。他让间谍自己站出来。没人往外站。这可不是儿戏，这是生死问题。B不这样看。他说，真主会帮我找出间谍。他准备二十个小木棍攥在手里，让我们抽。他说，其他木棍儿一样长，只有两根稍短，抽到短木棍的就是间谍。我悄悄和宁英比了比木棍儿，一样长。这下我放心了，要活一起活，要死一起死。事后，宁英问我，如果不一样长呢？我说，如果我的短，就这样；如果你的短，我们换过来。这话把宁英感动了，她偷偷亲了我一口。

"中奖"的是一个塞尔维亚人和一个加拿大人。B让他们出列，他们跨前一步。他们说他们不是间谍。B问他们谁是间谍，他们说不知道。B说，你们就是间谍。B让他们跪下，他们不跪。B用手枪指着他们，他们还是不跪。B开枪，砰砰两枪，两个人倒下。B的枪法很准。

我并不是要挖掘宁英的隐私，或解开她的身世之谜，我只是想找到她，仅此而已。

宁原的老邻居不知出于什么动机，为我提供了许多宁原的情况。

宁原这个人，他的老邻居提起他来很不屑，他说，你别看他现在这个样子，（哪个样子，一个人畜无害的小老头嘛。）他以前打老婆打得可凶了。皮带、棍子、藤条、拖把、铲子……抄起什么就用什么打，打得他老婆鬼哭狼嚎，几次送医院抢救。他老婆是出车祸走的，没出车祸也会被他打死。他不光打老婆，也打两个儿子。他两个儿子出国后就再也没回来。宁英他倒没打，可是也失踪了。啥失踪，离家出走了呗。找过吗？找过，说是没找到。也有人说找到了，她不回来。据说……毁了。

毁了？

和社会上不三不四的人混，能不毁吗？他一声叹息。

宁英失踪前是什么样子？

内向，不爱说话，干脆不说话，走路头低着，沿着墙根儿走，不看人，不和人打招呼，你和她说话，她装作没听见，脸一红就过去了……她比同龄女孩身体长得快……

她为什么离家出走？

这我真不知道，你得问她爹。

她回来过没有？

好像没有。没有，应该是没有。

B将我和宁英叫到他的办公室。他已经知道我和宁英是情侣。他问我们愿意为神圣事业献身吗，我们能怎么说，敢说不愿意吗？我们说，愿意。他说，好。好是什么意思？好就是现在有一个机会，我们两个人中间有一个人要去执行"光荣任务"：自杀式炸弹袭击。他给我们选择的自由，让我们自己决定谁去。去的执行任务成功，留下的可以活着。去的执行任务失败，留下的将被处决。

你们去商量一下吧，B说。

我和宁英到院子里商量这件事。我们之前有过交流，即使死，也不会去伤害无辜。自杀式炸弹袭击，我们是坚决反对的。如果让我们去，我们就借机逃跑。现在摆在我们面前的是：去执行任务有可能活下来，留下必死无疑。我是男子汉，我不能逃避。

我说："你去，我留下。"

她说："你去，我留下。"

我说："你要活下来。"

她说："你要活下来。"

我说："我是男人，我应该去。"

她说："我是女人，我应该去。"

我们争执不下。问题终究要解决，怎么解决呢？交给命运吧。我提议抽签，我攥两根小木棍子，她抽，抽住长的她说了算，反之，我说了算。或者，她攥住木棍，我抽，规则不变。这显然是受了 B 的启示。偶然性决定命运。她同意了，她说，你攥住，我抽。

　　我从地上捡起两根小木棍儿，悄悄地将长木棍折得似断非断，如果她抽中长木棍儿，我就攥紧，让她用力抽，这根长木棍儿就会断掉一小截儿，变成短木棍儿。总之，不管怎么抽，她拿到手中的只会是短木棍儿，她得听我的。

　　宁英大概猜出我要作弊，她改变策略，捏住一根木棍儿不往外抽，而是让我摊开手。

　　我摊开手。

　　她捏住的是那根短木棍儿，天意，她该听我的。

　　没什么好说的，我说，这是命，就该你去，我留下。

　　宁英只好接受。

　　我们去向 B 汇报，我说："宁英去实施自杀式炸弹袭击，我留下。"

　　B 盯着我们看。

　　他问我："你同意吗?"

　　我说："同意。"

　　他问宁英："你同意吗?"

　　宁英说："同意。"

　　B 盯着我们看了一会儿，突然变卦了。他说，还是我来决定吧。F15 去，F16 留下。

我提出抗议。

B 盯着我：你不愿意去执行光荣任务吗？

我说：这次机会属于 F16，你说过让我们自己选择的，我可以下次再去。

B 说：是我说了算，还是你说了算？

宁英说：你说了算，我可以等下次。

B 说：就这么定了。

接下来是录像。我要照着他们给我提供的稿子念反美的话，这段录像在我死后会被放在互联网上，全世界传播。再接下来是在我身上绑上炸药，给我罩上宽松的阿拉伯袍子，粘上假胡子，缠上头巾。我的肤色不需要怎么伪装，连日来的训练，我的皮肤已经晒成土地的颜色，然后，我被秘密送到巴格达。

我说过我不会实施自杀式炸弹袭击，可是如果我不实施自杀式炸弹袭击，宁英就会被砍头，而这是我最不愿意看到的结果。我该怎么做，才能既不实施自杀式炸弹袭击，又救得了宁英呢？这是摆在我面前亟待解决的难题。

以上故事是我回北京之后听来的。宁英将我囚禁在她用谎言编织的故事中。在她的故事中，我们的境遇越来越可怕，越来越恐怖，越来越无处遁逃。我在她的故事中表现得很高尚。当然在转述过程中我站在自己的立场出于维

撒谎的女人

护形象的需要，对自己有所塑造。我想，这是可以理解的。参与到谎言中，我是不是也在说谎？我为什么要这样，是对平庸的现实生活的反抗吗？我在她的故事中经历的是另外一种人生，惊心动魄。

当你成为别人故事中的角色，而你又具有自由意志，有时你会对故事走向不满，会想反抗。在宁英的故事中，我就处于这种境遇。我主要是对她的故事结尾不满。前面之所以打住，没往下叙述，并不是故事的结尾没出现，结尾已有，在我听到的时候，故事就是完整的，主要是我不满意，很不满意，怎么能那样结尾呢！

在她的故事中，炸药背心是锁在我身上的，自己脱不下来。不光我能引爆，他们还能遥控引爆，在劫难逃。我死不足惜，但如何救宁英？唯一的办法就是在走向人群前引爆，自我毁灭。这样，不伤害无辜，也许还能保住宁英的命。我正是这样做的，提前引爆，将自己炸成齑粉，没伤到任何人。宁英呢？她被砍头了。

这不是我想要的结局。

我回到北京，出现在朋友的聚会上，没人感到惊讶。他们并不把听到的故事当真，因为故事有可能来自宁英。他们是对的。我的出现再次验证了他们的判断：宁英是个撒谎的女人。

同样，如果宁英出现在聚会上，他们也不会觉得惊讶，谁

撒谎的女人

会相信宁英在叙利亚被砍头了呢。

可是，宁英没有出现。朋友们也不知道她的行踪。

顺便说一句，我和宁英的叙利亚历险故事是我在这次聚会上听说的。他们拿这件事和我开玩笑，说我和宁英已经经历了生生死死，我们的爱情坚不可摧。小铭说，没有爱就没有故事。孙皓说，只有能变成故事的人生才是有意义的。好吧，好吧，你们说的都没错，可是宁英在哪里？

我再次见到宁英是在一个很特殊的场合。她站在万达广场的楼顶，正准备跳下来。

广场上挤满了围观的人。这是周日，商场里外都有很多人，里边的人听说有人要跳楼，也纷纷跑出来看。最先发现宁英要跳楼的是一名保安。他发出警报，让人们闪开。他怕宁英跳下来砸着别人。警察很快到来，拉起一道警戒线。

我怎么会到这儿？是一个电话将我叫来的。警察与宁英谈判，劝她放弃自杀的念头。宁英提出要见我。警察就打电话给我，让我快过来，十万火急。警察问我和宁英是什么关系，我说我是她男朋友。她为什么要自杀？我不知道。警察说，她说什么你都答应，先稳住她，千万别让她跳下来。我说，我会的。警察又说，即使劝不下来，也要想办法拖延时间，我们好安放充气垫。我说我会的。

宁英只允许我一个人上到楼顶。

我小心翼翼地向她靠近。

　　　　　　　　　撒谎的女人

停！她说，别再走近。

我停下来。我们之间的距离约有十米远。她背对太阳，我面向太阳。她的影子投射到我脚边。

我们总算见面了，我说，我找你找得好苦啊！

你为什么找我？

我要向你道歉。

为什么道歉？道什么歉？

我有一句话伤害了你，我要收回。

哪句话？

那天半夜，你躲避前男友追杀，跑到我那儿，给我讲你和前男友的事。之后，我说了一句不该说的话，我一直后悔，你还记得那句话吗？

你说——

我说"你说的是真是假"，这句话说出口我就后悔了，可我当时没有收回。我现在向你道歉，并且收回这句话。

宁英哈哈大笑，笑得比哭还揪心。后来她的眼泪出来了，搞不清是笑出来的，还是哭出来的。

你为什么要收回？

我相信你讲的故事是真的。

我从来没说过一句真话，从我嘴里出来的哪会有真话，假的，全是假的。

如果我相信你的话，你就不会去杀人。

宁英吼叫：我没杀人，没杀人！可他妈的，我真想亲手把他宰了，把他碎尸万段！

我又向前一步，她的影子落到我身上。

别过来，再过来我就跳了！她说。

我停住。我说，我去过你老家开封，见到你养父了……

别提他！她说。

她的声音坚定有力，像锤子击打木桩，一下子将木桩砸进泥土中。

我愣住了，头脑中一片空白。我不是谈判专家，不知道如何让她平静下来。到目前为止，我的努力适得其反。我和她聊天，不但没使她放松，反而使她更为激动。她为什么不让提养父？她和养父共同生活多年，之后，她离家出走，中间发生了什么事？因为养母去世吗？之间的逻辑关系是什么？一个十四岁的女孩独自跑到社会上与不三不四的人鬼混，为什么？她毁了，谁把她毁了？她为什么要撒谎？她不愿面对什么？她在掩饰什么？

十四岁，对你是很艰难的一年，我说，你从那时开始撒谎，为的是掩饰一桩可怕的秘密。

不关你的事！她眼泪飞溅，吼道，你为什么要打听我的秘密，为什么？

我没打听你的秘密，我只是想帮你。

你是谁啊，圣母吗？你帮我，帮得了吗？

帮得了要帮，帮不了也要帮，我们经历那么多生生死死，我不会放手，我说。我的潜台词是叙利亚，ISIS，抽签，人体炸弹袭击,等等。将她编造的故事拿出来打动她,管用吗? 我也不知道,但我没别的招儿。

生生死死? 她说。

是啊,全是拜你所赐,我说。

我又向前挪一小步,她看到,没什么反应。她头部的影子正好落到我胸前,看上去像是她依偎着我。

她又是一阵嘲讽的笑,她说:你个傻瓜,这你也信。

我信。

这世界只有一个人信我的谎言,她说,你是个大傻瓜!

我说,我愿意做这样一个大傻瓜,和你一起去马尔代夫,去非洲,去战火纷飞的叙利亚⋯⋯

故事结束了,她说,我们在故事中已经死了。

我不同意故事的结局,我说。

你想要什么样的结局?

大团圆。

我又向前一步,距她咫尺。下面传来一阵喧嚣,她扭头往下看,我一个箭步上去抱住她。我不知道踩住了什么,脚下一滑,身体前冲。我无法遏制身体的惯性,抱住她的一瞬间,我心里说糟了,完了,我和她一起向楼下坠落。

我听到爆炸般的惊叫声,听到风声。太阳受惊,张大嘴巴,吐出巨大的火球。

我想,她的故事已经预言了我们的死亡,只是故事中我们是分开死的,现实中我们是死在一起,也算一个安慰吧。

撒谎的女人

我听到嘭的一声,这是我听到的最后声音吗?接着是可怕的寂静。再接着,我们的身体被弹了起来,然后又落下。太阳悬在头顶,血红血红的。天上还有云,刚才怎么没看到。再接着,我又听到喧器,我看宁英,她正在看我。我们双双躺在气垫上。

　　你十四岁为什么离家出走?
　　我怀孕了。
　　谁的?
　　我永远不会告诉任何人。我从十岁就和他在一起,我怕挨打,他说我要敢说出去,他就将我的嘴缝上。他拿出缝衣针,他什么都做得出来,他真敢把我的嘴缝上。
　　后来呢?
　　我养母发现了,她受到刺激,精神恍惚,出了车祸。我离家出走,我把孩子生下来。
　　再后来——
　　孩子死了,我完了。
　　你靠撒谎保守秘密。为什么要说给我听。
　　你以为我现在没撒谎吗?她狡黠地说。

　　上面这段,是我们结婚前的一次对话。
　　这个撒谎的女人,现在是我的妻子。她依旧撒谎,没什么改变。

我？我是有改变的，我现在和她一起撒谎。

　　如果她说，我们刚从南极回来，我会说，那儿的企鹅很漂亮。如果她说，因纽特人很好客，我会说，我们在那儿住了一周，他们才放我们走。如果她说，我们准备要小孩，我会说，我正在锻炼身体。当然，我很清楚，朋友们没人拿我们的话当真。但他们从不戳穿。其实，在和宁英确定恋爱关系之前，我已学会了撒谎。你看"跳楼"一段像真的吗？会不会是我对"死亡结局"的改写？

　　不要对故事中有这么多谎言感到吃惊。亲爱的朋友，如果你对这个故事不满意，我可以重新给你讲，并发誓句句是真的，只是恋爱故事有些平淡，你还愿意听吗？

（原载《小说月报·原创版》2018年第10期）

少女和摇滚

1

——我们的爱情是如何开始的？

——我追的你呀。

——怎么追的？

——打电话。我给你打电话。你们的电话永远都占线。

    十年后，他们再次聚首时，很自然地探讨起这个问题。她不记得他们是如何相识，以及如何开始恋爱的。她头脑中永远是他弹吉他或者炒菜的画面。他弹吉他总是在阳台上。位置，永远不变。他坐下前，会将椅子摆放好，与阳台呈45°角。精确到什么程度呢？椅子腿永远放在四个不变的点上。只有那个位置，那个角度，他弹吉他最舒服。他永远坐的是同一把油漆剥落的木头椅子。椅子结实得很，一辈子也坐不坏。甚至可以当传家宝传给后代。只可惜椅子不是他的。椅子连同房子都是贝斯手的。他坐在椅子上，一条腿伸直，一条腿曲着，姿势永远不变。他弹吉他。她看他弹吉他。他问她，好听吗？她说好听，他脸上就露出灿烂的笑，得意地说那是他写的。如果她说不好听，他就说不是他写的。永远如此，一成不变。那么简单，那么美好。不需要"之前"，也不需要"之后"，掐头去尾，只要这一段。之前归于虚无，之后归于黑暗。记住这一段就好。但愿如此持续下去。当初，她看他弹吉他时也这样想过吧。我不要什么，我只要这样看着他，看着他就好。沉浸在音乐中，世界在旋律中展开，五彩纷呈……另一个画面，是他炒菜时的样子。他热爱炒菜，一如热爱弹吉他。他总是炒一个菜：土豆丝。那时，他们只吃得起土豆。土豆便宜。他炒的土豆丝很好吃。他向她传授过秘诀：土豆丝要焯一下，油烧热，将花椒煸煳，铲出花椒，放土豆丝，快速翻炒，三下五去二，OK。就这样简单。没别的。然而很好吃。这是她学会炒的第一个菜，也是她一直爱炒的一个菜。她百吃不厌。她总能在土豆丝中吃出爱情的味道。他炒菜时，阳光照进来，打在他身上，他看上去特别明亮，好像会发光似的，好美啊！她走过去，从背后抱住他，脸贴在他背上……他虽然不方便，但不会赶她走。

　　记忆如同植物，有的生长得好，蓬蓬勃勃，占去好大一片空间；有的却枯萎，乃至消失，一点痕迹都不留下。物竞天择，适者生存。在头脑中，这法则也适用。他弹吉他和炒菜，这两个画面覆盖了她所有的记忆吗？

　　——打电话。我给你打电话。你们的电话永远都占线。

　　她想起来了。她的大学宿舍楼是曲尺形，电话在拐角处，每层一部，放在一张破桌子上。桌子摇摇晃晃，没有人修理，但也不会歪倒或散架。就像有的人，看上去病病歪歪，但一直活着，仿佛能活到世界末日似的。电话机又黑又旧，一副饱经沧桑备受摧残的样子，仿佛电话刚发明时制造的机子，在那儿一直忠心耿耿服务到现在。换个地方，这电话机就是古董了。电话机前，永远有人在打电话，永远有人在排队等着打电话。还有人在队列外等电话。她们提前给家人或朋友说好，这时候她们会回到宿舍楼，可以这时候给她们打电话。等电话不需要排队。电话响，会有人拿起听筒：喂，你找谁？对方会说我找某某。接电话的人会高声喊：某某，电话！更多的时候，等电话是纯粹的徒劳。电话根本打不进来。什么时候能打进来呢？上一个电话挂断，下一个还没拿起听筒，只有这短暂的几秒、十几秒，电话能打进来。瞧，想打进来一个电话有多难。运气好，也许一拨就通。运气不好，可能一天都拨不通。

　　他不知拨多少次电话，才能打通一次。当她听到有人喊：格格，电话！她马上冲出门，飞快跑过去。不能耽搁时间。那么多人等着打电话呢。每次都是还没说上几句话，她就说：先这样吧，还有人等着打电话呢。拿听筒时，她不看排队者的表情和眼神。她有洁癖，必须用手绢垫着听筒。她知道这一动作不但耽误时间，还令人反感，但她不得不如此，因为她怕听筒上的细菌。她背对她们。她们的目光，如芒在背。即使你沉浸在柔情蜜意中，即使后面排队的人不催你，放开了，让你打，你敢打几分钟？你不会忘记时间。谈情说爱，好意思一直霸占电话吗？她每次放下电话都意犹未尽。话没说完。恋恋不舍。恋人间的话永远不可能说完。她希望在下一个人拨打电话前突然响铃。那样，她可以马上抓起话筒：喂，你找谁？她期望是他打来的。她给大家一个不好意思的表情，我的电话，然后再说几句。他说我刚才话还没说完。她说我知道。她催他快说，后面有人等着打电话。说什么呢，这么短的时间？但他得说，否则就辜负了这个打通的电话。于是他又说几句，至于说的什么，他也不清楚。他头是晕的，幸福的眩晕。这次能说完吗？还说不完。恋人间的话是永远说不完的。她会再次对他说，该挂了，有人等着打电话呢。当然，这样的场景没出现。

——你就没想过挂断再打给我吗？
——我试了几次，可一次也没打通过，永远占线。

有一次，她接电话时用眼角的余光瞥一下后面，看见大家表情怪异。她们回避她的目光，尽量掩饰，但她还是看出幸灾乐祸和忍俊不禁。好奇怪，她们笑什么？她低下头，看到自己穿了一只红拖鞋，一只绿拖鞋，也不禁莞尔。回到宿舍，站到镜子前，转身，她才发现真相：她背后连衣裙拉链是开的。从颈部到臀部，像被刀划开的一般。她的脊背裸露出一条线。准确地说，是裸露出一片楔子形状的区域。醒目的白。她愣了。刚才正要换衣服，有人喊：格格，电话！她就意乱情迷了。没人提醒她把拉链拉上。楼道里不时有男生出没。有个男生快步越过她回头看她一眼。那怪异的眼神，她至今都记得。她站在镜子前，一阵羞愧。羞愧过后，她开始端详自己的身体。那裸露出来的一片，白，像月光。脊椎弧线优美，引人遐想。她索性脱下连衣裙，锁上宿舍的门，青春的身体像从笼中放出的兽，怯怯的，好奇地感受着自由。她的身体该凸的凸，该凹的凹，和谐美妙。她仿佛第一次看到这个身体，如此陌生，如此美好。

她记得有一次去男生宿舍楼，在走廊里碰到一个男生端着一盆水从水房里出来，看到她，"哐当"一声，盆子掉落，水泼洒一地。他的表情好夸张，眼睛瞪那么大，没见过女人吗？还有一个男生抱着吉他，拦住她：美丽的姑娘，让我为你唱首歌吧！

更为不可思议的是，有天早上醒来，她朝窗外看去，竟然看到一个男生笑眯眯地看着她，冲她点头致意。她以为是在梦中。她的宿舍在四楼，窗外怎么会有男生的脑袋呢。再看，男生还在。不是梦。男生说他在练习攀岩。他确实是沿着垂直的墙壁像壁虎一样爬上来的。

可是，她的心思全在 L 身上。她每时每刻都在等他的电话，魂不守舍，不可救药。别人进入不了她心里。

2

——我们是怎么认识的？

——这你也不记得吗？

——忘了。

——眼神，眼神！

他在台上演出。她站在台口的位置。他们的目光碰到一起，火花四溅，噼啪作响。之前，如果读到这样的句子，她会说这是文学修辞。现在，她确信这是化学现象。如同化学课堂上，老师将燃烧的镁条放入氧气瓶中，瞬间猛烈燃烧，耀眼夺目。啊，多像奇迹。震耳欲聋的摇滚乐中，心脏狂跳，血液咆哮。他像孩童一般天真，有着天使的面孔，纯真到了极致。音乐石破天惊，仿佛在创造一个新世界，时间开始了！吉他发出富有穿透力的声音，制造出炫目的幻象。强有力的歌词在展开全景式的场面，见所未见的史诗般的场面。一切都是新的。一切都强健有力。一切都光彩夺目。

男同学们感到危机：完了，要出事。他们的梦中情人动情了，要恋爱了。瞧，她的眼神！多年之后，聚会时他们承认，那时他们都爱她，但是谁也没有勇气追她。让 L 捷足先登了。瞧，她的眼神！他们知道，完了，没戏了。他们的女神要恋爱，他们谁也阻止不了。什么眼神？放电。这两个字太准确了。放电，是的，她与 L 在互相放电。

那是 1986 年。莫言发表了小说《红高粱家族》。巩俐正在中戏读书。音乐学院的刘索拉的小说《你别无选择》，正火。同学们都在谈萨特和加缪，谈《恶心》和《局外人》。羡慕萨特和波伏娃超越婚姻的新型关系。弗洛伊德关于性和潜意识的理论振聋发聩。长江第一漂，引人关注。崔健的《一无所有》响彻校园。

那年她 19 岁。

开始恋爱。

3

——你第一次来我们学校演出？

——是。

云端乐队来学校演出，是学生会张罗的。

醒目的海报贴在三角地。这是图书馆、生活区、教学区交会之地。熙来攘往。广告牌上每天都贴满各种海报，大多是讲座信息。讲尼采，讲李敖与柏杨，讲大国关系，讲晚年马克思，讲两弹一星，讲气功，讲特异功能，讲后现代文学，讲第三次浪潮，讲文明与冲突，讲海洋文明与黄土文明，讲新儒学，讲禅宗，讲历史与教科书，讲中日关系，讲长征，讲新启蒙，讲偶然与必然，讲英雄与超人，讲宽容，讲《金枝》与民俗，讲图腾与崇拜，讲本我与超我，讲自卑与超越，讲集体无意识，讲法国大革命，讲世界洪流，讲使命与担当，讲改革与革命，讲存在主义，讲波普艺术，讲美的历程，讲问题与方法，讲宗教与信仰，讲鲁迅，讲胡适，讲金庸与梁羽生，讲古龙，等等，不一而足，真是讲座满天飞。所有讲座都是免费的。新信息新观念像炮弹一样在校园上空呼啸，爆炸，摧枯拉朽。摇滚演出的海报比其他海报都大，如同羊群里的骆驼。海报上是一个人弹吉他的剪影，姿势充满动感，仿佛正有音符源源不断地飞出。

演出地点：大饭厅。

大饭厅并非饭厅。以前曾是饭厅。现在改成大剧院，但"大饭厅"的名字沿用下来了。大饭厅很大，每年的开学典礼都在这里举行。

她是学校歌舞队成员。有他们一个节目，她是主唱，要唱《采蘑菇的小姑娘》。扈小凤找到她恳请她把这个机会让给自己。扈小凤说这次演出对她很重要，关乎她一生的幸福。一次演出怎么就关乎一生幸福了？她不明白。她不记得扈小凤具体说了什么，但她清楚记得扈小凤期盼、恳求、忐忑不安、可怜巴巴的神情。面对那样的神情，你不让你就会觉得自己在犯罪。好，让。她把登台演唱的机会让给了扈小凤。扈小凤对她千恩万谢。这是当时。之后，她和扈小凤成了敌人。扈小凤最终将她排挤出校歌舞队。

扈小凤是她见过的最有心计的女人。因为一次登台演唱，将自己包装成明星，招摇过市。这不算什么，她真正的大手笔在后面。毕业时，小三上位，成功嫁给了香港百万富翁。五年后，她离婚，嫁给美国亿万富翁。前者比她大 20 岁，后者比她大 39 岁。她与前夫没有孩子，与后来的丈夫育有一儿一女。

不说扈小凤了，这不是关于她的故事。

说扈小凤是为了说格格为什么站在台口。近在咫尺，格格心有不甘。她后悔吗？若说没有，那是假的。若说有，当时的她是不会承认的。她心情复杂。站在那里，看着台上，于是她的目光与他的目光碰到一起，火花四溅，噼啪作响。男同学看到，说要出事。她那时全然不知道男同学们站在哪里，她没看到他们，她眼里只有流光溢彩的舞台，只有大放光芒的 L。

演唱会结束，L 问她要电话号码，她将宿舍楼四层的电话说给他。她脸红心跳。她应该矜持点，不告诉他电话。

让他从别处打听。让他着急。让他受点挫折。可是，没有，她马上就把电话号码说给了他，摆脱了他的纠缠，摆脱了尴尬的处境。他和她站在一起，引人注目。她不想引人注目。甜蜜，慌乱，手足无措。如果不告诉他电话，他会追着问。她不想这样。她不想成为人们注目的焦点。她要赶快离开他。她心跳得厉害。她快不会呼吸了。必须逃走，赶快！告诉他电话，摆脱他！之后，他就经常给她打电话。虽然那个电话永远占线，但只要锲而不舍，总有拨通的时候。

说到眼神，她讲了她闺蜜的一个故事。她没说闺蜜的真名，只说叫她媚吧。媚有一次开车在高速公路上与对面车道上一个开车的男人对上了眼神，电光石火间，也许十分之一秒，也许百分之一秒。他们靠眼神确认彼此的好感、欲望、希冀、允诺。她心跳加快，面红耳热。将车停在路边临时停车带，下车，点上一支摩尔烟。等。天蓝得像刚出窑的青花瓷，大朵的云像棉花一样堆在天上，洁白美丽。难得的好天气。第一支烟抽完，他没出现。她又点上一支烟。第二支烟抽完，他还没出现。她点上第三支烟。第三支烟抽完，他还没出现。于是她不再等了，她开车重新上路。一脚油门，飞驰而去。到第一个服务区，她减速，驶进去。她心中快快不乐。判断错了吗？会错意了吗？她将车停下，熄火，懒洋洋地打开车门，下车。刹那间，她愣住了。一辆嘶鸣着的宝马在她身边停下。马身上汗津津，明亮亮，热腾腾。他从马上跳下。正是他！他们相视一笑……

格格说，如果不是媚亲口告诉我，我很难相信这个故事是真的。又说，台上台下看一眼就爱上，别人会相信吗？

4

尽管父母为他安排了正式工作，他仍然选择不务正业，无所事事，搞音乐。为此，他不惜与父母决裂，自我放逐，在北京漂着。他是最早的"北漂"，有北京户口的"北漂"。

他与几个朋友组建云端乐队。他是乐队的吉他手。

乐队共五个人，分别是主唱、贝斯手、吉他手、键盘手和鼓手。这群人，主唱最帅，长发飘飘，声音具有穿透性。他唱歌的时候，每个人都觉得他是对自己而唱，无尽的倾诉，仿佛只为一个人，一个特定的人。每个听众都认为自己是那个特定的人，尽管他们知道不是，但歌声营造了幻象。他就有这种本事。鼓手块头最大，一个人相当于两个人，他笑口常开，像弥勒佛，他打起鼓来，三头六臂，一个人如同一支交响乐队，喧嚣的声音能把整个世界掀翻。键盘手最腼腆，喜欢沉思，像个哲学家，他的音乐神秘莫测，让人想到诗和远方。贝斯手光头，三角眼，凶神恶煞，像个不折不扣的土匪。别看他外形凶悍，其实最温柔了，说话慢声细语。他会绣花，这是他一大爱好。他不但给自己的衣服上绣出一个个图案，还趁别人不注意时，给别人的衣服上也增添一点装饰：一枝玫瑰，一只蝴蝶，一个蟑螂，一个猪头，一条蛇，等等。L也是长发，头发的长度和主唱差不多，但他没有主唱帅。他看上去有点忧郁，深不可测。有时又像孩子般单纯。他反叛家庭最彻底，三年都不回家一次。他们以为我死了，他说，我也当我死了。这样最好。

他住在贝斯手家里。

贝斯手家是乐队的根据地。那个年代，住房极为紧张，可贝斯手父母竟然有两套房子。他们是马戏团的台柱子，各有一套房子。贝斯手从父母手里要来一套，大家共用。因为这套房子，L才没睡到大街上。

L第一次将格格领进这个小屋时她很惊诧，世界上还有这么脏乱的地方！她没法下脚，不是怕踩住乐谱，就是怕踢倒瓶子。L脸红了。他提前偷偷打电话给门卫宋大爷，让他通知几个伙计将屋子收拾一下，看来宋大爷没通知到。后来，L问宋大爷，宋大爷说敲门没人应声，还以为屋里没人。宋大爷满脸歉意，他也不好说什么。

他说不好意思，屋里这么乱。她说没什么。和屋子里的几个怪物比起来，脏乱倒可忽略不计。L向她介绍主唱、键盘手、贝斯手、鼓手。她说都认识，在舞台上见过。台上和台下真不一样。台上他们是一个协调的整体，如同一个人的五官，各不相同，各司其职，谁也代替不了谁。台下，他们一盘散沙，每个都可有可无，存在是荒谬的。台上他们光芒四射，每个都是发光体，光与热总是相伴的，他们的热情能够点燃整个剧院。台下，他们就像燃烧过的煤球，徒具煤球的形态，但谁都知道，不可能指望它做饭了。台上，哇噢——！台下……

她笑了。你笑什么？我没笑，她说。她哈哈大笑，笑声惊动了对面屋顶上的一群鸽子，鸽子飞起来，在空中盘旋，发出哨音，它们大概从来没听到过这么清脆的笑声，想知道笑声是从哪儿发出的。几个人被她笑得不好意思，面面相觑。之后，他们跟着也笑起来，笑得前仰后合，放肆无忌。

——我第一次到你们住的地方，和几个人都不熟，我怎么会笑呢？

——你真笑了。

——我记得他们手忙脚乱一通收拾，屋子稍稍像个样子。

——屋子是你收拾的。他们还不乐意，说那样挺好，你一收拾，他们就找不到东西了。哎，我的被子呢？哎，我的杯子呢？哎，我的刮胡刀呢？哎，我的铅笔呢……

真是这样吗？她是帮他们收拾过屋子，但那是以后的事。

　　　　　　　　　撒谎的女人

她喜欢干净，喜欢秩序，喜欢整齐。她住进去后，收拾屋子便是她的事了。她当仁不让。他们开始不习惯，后来也喜欢上了整洁。有时他们故意乱放东西，为的是让她有活干。或者，为的是"经她手"。他们喜欢物品"经她手"各就各位。

　　屋子那么小，住着五个大男人，她怎么就住进去了呢？起初，贝斯手的母亲也住在这里。她和贝斯手的母亲住一起。后来，贝斯手的母亲出国演出，她一个人住那间小屋，夜里 L 进来，赖着不走……你走。我不走。你走。我不走。别。就。别。就。不行。怎么不行？不行。怎么不行？就是不行。你……

　　L 动手动脚，得寸进尺，得陇望蜀。她半推半就。这个词让她脸红。如此准确，仿佛为她而造。

　　故事推进得太快了，且慢，且慢，那年头从约会到拉手，从拉手到接吻，从接吻到上床，是个漫长的过程……

　　此前，他们已交往一段时间了。拉过手，亲过嘴。她和他在湖边散步，然后拐上小路，来到陌生的园子，校园里还有如此荒凉的地方，她以前从没来过。一个人也没有。安静得很。树木黑魆魆的，草长得很高，蚊虫乱飞。他抱住她亲嘴。她料到会这样，既期待，又忐忑。她不但没躲，还鬼迷心窍将舌头伸到他口中大胆地探索。他们自学成才，一会儿工夫就吻得有模有样，如饥似渴。他总不满足。他想要更多。要迁就他吗？不。她有要坚守的防线。她和他

少女和摇滚

无声地搏斗。但他将搏斗误会成调情与鼓励。直到她咬住他嘴唇,他才罢手。不能咬,我还要上台演出,他说。她要他老实点。他说他够老实了,否则……他没说出的话,让她自己意会。她面红耳热,心荡神驰。她说这里有蚊子,咬死了。他还不肯走。她说好东西要慢慢享用。这句话将他说服了。他下边硬得像铁棍。蚊虫真多。但这里真安静。后来她再没领他进过这个园子。有一天,她拉他到三角地看布告。瞅瞅,她说。他无言。布告上说某男生与某女生在男生宿舍发生性关系,情况属实,依据校规第几条,给予二人开除学籍处分。还是纯洁点好,她说。好,纯洁点,我们给他们看看什么叫纯洁。他抱住她亲吻。要知道这儿可是学校最热闹的地方,人来人往,熙熙攘攘。大庭广众之下接吻,像什么话。她推开他说,你疯了。他说接吻不会被开除吧。他声音好大,马上引来一堆目光。她觉得丢人,面红耳赤。他突然又抱住她接吻。她想挣脱,可是挣不脱。他劲好大。她头脑一片空白。天啊,这下丢人丢大了。他为什么要这样?小树林里还没亲够,非得在人最多的地方亲吗?头顶就是开除学生的布告。这儿,可真是地方!现在,可真是时机!她突然明白他为什么要这样了。他在表达不满,他在反抗。那时,她没听过行为艺术这个术语,不知道这叫行为艺术。他也不知道。她先是反抗,后来是配合。吻,不再是吻,与平时的滋味大不相同,没有渴望、陶醉、甜蜜,代之以惊恐、羞愧和愤怒,之后,

撒谎的女人

是兴奋、奉献和光荣，是叛逆，是抗议，是斗争。她头脑中响起摇滚的旋律。这是现实生活的摇滚，行动的摇滚，是自由，是表达，是表演。她由配合变为主动。吻。大胆。无耻。刺激。忘我。冒犯。哦，接吻吧，朋友们，生命短促啊！观众很多。观众都很聪明，很快就理解了他们的行为艺术，报以热烈的掌声。光有掌声是不够的，得有行动。以行动来表达支持。你们对布告满意吗？如果不满意，就行动起来吧。先是情侣效仿他们，当众接吻。接着，不是情侣的也行动起来，男生抱住身边的女生接吻，女生抱住身边的男生接吻。很快，男男女女，都吻在一起，一对，两对，三对……无数对。这是接吻的盛会，接吻的狂欢。不断有新人加入。青春在燃烧，荷尔蒙在燃烧……蔚为壮观。

多年后，她在网上看到一则新闻，宋庄两个行为艺术家在平房顶上当众性交。还配有照片。他们要表达什么，她不清楚。但她想起了 L 与她当众接吻的事，不知那时他内心有没有更进一步的想法。

电影《香水》（2006 年公映）最后的场面极为震撼。广场上，成千上万人，受到一种香水的蛊惑，集体交媾，场面宏大，情欲滚滚……啊，真够疯狂！

那天，L 钻进她房间攻城掠地，城池将要失守时，她想起了那张布告，说你想让我被开除吗？他愣了，会吗？她说会。你不想？她说想。你怕吗？她说怕。他也怕。他可不想让她因为这件事被开除，上大学不易，他担不起这个责任。善罢甘休，他又不肯。笨蛋，只有被发现才会被开除，谁来发现我们呢？

她看过一本《性知识》，知道性是怎么回事。但知道与体验是两码事。有些事，你如果不体验，就不能称之为知道。语言无法描述那些微妙的感受。慌乱，心跳，渴望，兴奋，羞涩，敏感，忐忑，激动，害怕，羞耻，勇敢，挑战，孤注一掷，不管不顾……这些词语都与平时的含义大不相同。平时，词语只是词语，这时候词语都活蹦乱跳，有呼吸，有性格，有气息，有形象，令人印象深刻。

"第一次"，这个词语从此有了属于她的注解。

5

——我给你织的围脖你一直在用？

——是。

——旧了。

——是。

——我有你们所有的唱片。

所有唱片的封面都是乐队的合影，正是从这些合影上她发现他一直都勒着她给他织的那条围脖。第一张专辑《哐，哐，哐》，五个人大步流星走在宽阔的大街上，有风，

　　　　　　　　　撒谎的女人

主唱和 L 的长发飘起来，L 的围脖向后轻扬，动感十足。他们那么自信，仿佛在说：世界是我们的，我们来啦！第二张专辑《汹涌的光》，五个人自由自在地站在一个朱红大门前，仿佛某人刚讲了一个笑话，他们正在笑，L 一只手捂着肚子，一只手攥着围脖。这时候他们事业蒸蒸日上，开心得不得了。第三张专辑《我来了》五个人全戴着墨镜，黑衣黑裤，像黑社会"亮队"，站在高处，俯瞰下面，L 的围脖是一抹亮色。他们那么严肃，好像预感到了什么，严阵以待。第四张专辑《全速前进》，五个人站在一辆敞篷跑车上，跑车风驰电掣，长发与围脖一同飞扬……车要开向哪里，会失控吗，谁也不知道，管他呢。

格格原来不会织围脖，她什么都不会织，她没摸过毛衣针。她从没想过要学，也没想过要给谁织东西。宿舍里六个女生，五个都会织毛衣，只有她不会。她看她们打毛衣，就撇撇嘴。然而，有一天她买回一堆毛线，说要学打毛衣，让上铺的王洁教她。王洁打毛衣又好又快。王洁说，不会吧，太阳从西边出来了？她说，是。王洁看看她，又看看毛线，这么说真要学？真要学。有耐心？有耐心。她学打毛衣成了新闻。同学们都笑话她，爱情的力量真大啊，把我们的格格改变了。织毛衣难吗？会了不难，难了不会。她没想到她学得这么快，只几天工夫就学会了。织毛衣太麻烦，她决定给 L 织个围脖。这个简单。她不眠不休，三天就将围脖织好了。她展示给宿舍里的姐妹们看时，她们

少女和摇滚

都啧啧称赞。这是她一生中织的唯一一件东西。她将剩下的毛线，连同毛衣针都送给了王洁。不再织了吗？不再织了。为什么？不为什么。一件就够了。唯一的一件，送给L。一个小小的惊喜。

她把围脖装进书包里，弄得书包鼓鼓囊囊，像孕妇的肚子。围脖被她施了魔法，是活的，像一头小兽，不安分地动来动去。她时不时拍拍它，让它安静下来。

因为书包里装了围脖，整个世界都与以前迥然不同。光线更为明亮。鸟儿叫得更加婉转。湖边的柳条更加情意绵绵，湖水泛起温柔的涟漪。塔影倒映在水中，那么安静。她想起弗洛伊德的理论，湖是女性的象征，塔是男性的象征。其实，先人何尝不是这样想的。大自然也要阴阳和谐，于是湖边往往建有塔。她在校园内徜徉。看到一对对情侣，她也不羡慕，只是祝福他们，祝他们有情人终成眷属，祝他们在尘世获得幸福。他们该羡慕她才对。她书包里揣着的爱情，胜过所有人的爱情，她是最幸福的人！

她想象：L会突然出现在校园，她带他到湖边，让他转过身去，不许看，她从书包里掏出围脖，围到他脖子上，给他一个惊喜。

回到宿舍，她支起耳朵，听楼道里的动静，盼着有人喊：格格，电话！她干什么都心不在焉。不能错过电话。错过了，他很难再打进来。她找各种借口，不断从楼道里走过，看看什么人在打电话。电话机前老有人。L打不进

　　　　　　　　　　　撒谎的女人

来。她想，她要是有勇气将排队打电话的人都赶跑就好了。或者大叫一声：地震啦！人们都飞快地跑出去，楼道里一下子变得空空荡荡。那样，L的电话就能打进来。她相信L此时正在电话机旁拼命拨打这个永远占线的电话号码。

没接到L的电话，她有些生气。她将围脖装进书包背了三天。她怕有人问起：你书包里装的是啥？那样她将不知如何回答。说是围脖，岂不成了笑话。还好，没人问。

已经一周了，L没打来电话，这不正常。他再不打来电话，她就将围脖拆了。织着费事，拆着还不容易。

上课，老师讲《楚辞》，她一个字也没听进去。痛饮酒，熟读《离骚》，方得为真名士。她知道她一辈子也做不了真名士。不要说名士，连学者她也做不了。青灯古卷，荒江野老，那不是她的追求。她头脑里全是围脖。围脖是何时何人发明的？古代最早勒上围脖的人是谁？他的围脖是谁给他织的？

下课，走出教学楼，她远远看见L在一棵银杏树下等她。她心里顿时涌出……委屈，眼泪都快出来了。她装作没看见，从他身旁走过。L那时还没成名，云端也没火。他虽然来学校演出过，有人认识他，但没人和他打招呼。那个年代没几个大学生追星，何况他还不是星。人们听侯德建，听程琳，听李宗盛，听邓丽君……L，他的长发很醒目，不过，没人多看他一眼。

L跟在她后面。他一定看到她鼓鼓的书包了。他会猜

少女和摇滚

109

里面装的是什么吗？

　　他说，我打不通你的电话，打一百次，一次也没打通，永远占线。

　　他说，我为你写了一首歌，很好听。

　　他说，美苏首脑建了热线电话，我们之间也该建一个。

　　他说，我给你背首诗吧，顾城的，"黑夜给了我黑色的眼睛，我却用它去寻找光明。"

　　他说，我这一周都在排练，没时间过来，我不能太散漫是吧。

　　他说，我做梦梦到你，你站在高处，光从你背后照过来，光太强，我看不到你的面容，你被光淹没了，好像你在发光，光芒四射……

　　走到图书馆后门，她突然站住，从书包里掏出围脖塞到他怀里说，给你！L将围脖在鼻子下闻闻，毛线的气味很好闻。他把围脖贴脸上，好柔软啊！他勒上围脖，笑了。他没有说谢谢。他抱住她亲吻。她不配合。她还在生他的气。他用围脖将两个人的脖子围在一起。她挣一下没挣脱，便不再挣了。在他热烈的吻中，她融化了。

　　你坏，她说。

　　你欺负我，她说。

　　你不给我打电话，她说。

　　你不爱我，她说。

　　…………

　　　　　　　　　　　　　　　撒谎的女人

其实她一句话也没说出来，她的嘴被他的吻堵得严严
实实，没有一丝缝隙。她以为她说出来了，他听到了，并
给了回应，用吻。可以这么理解。行动胜过语言，亲吻胜
过千言万语。

6

——这条围脖是我的幸运符，它带给我好运。
——是吗？

他自从有了这条围脖，每次登台演出都勒着，无论冬
夏。这是他的爱好，他的迷信，他的执着，他的标志。他
得了一个外号，叫围脖男。细心的歌迷发现了其中的秘密，
他不是喜欢围脖，他是喜欢"这条围脖"。这条！新，也是
它。旧，也是它。演出，勒它。拍摄封面照，勒它。接受
采访，勒它。总之，在公开场合，他勒的都是"这条围
脖"。

有一次，演出前他找不到这条围脖。这下可糟了，他
拒绝登台，谁劝也不行。所有人都疯了。经理火冒三丈，
又拿L没办法，气得要找根绳上吊。主唱在骂人，还把一
个倒霉的凳子踢飞了。鼓手拿着鼓槌乱舞，想狠狠敲L几
下，又不敢，他一跺脚，快把台子震塌。键盘手在向上帝
祷告，上帝啊，为这件小事麻烦您，很不好意思，您帮帮

忙，让 L 找到他该死的围脖吧。贝斯手将一条类似的围脖拿给 L，说这条一样，还比你那条新，有啥不行的。但 L 只要他那一条，别的不行，他不要。真够死劲的，贝斯手摸着自己的光头说。一时间，鸡飞狗跳，乌烟瘴气。观众热情爆棚，不断有欢呼声、口哨声传来。经理要给 L 跪下，答应给他一千条围脖，只要他登台演出。L 说一万条也不稀罕，他只要他那一条。这可要了命，到哪儿去找回他那条围脖呢？

　　——找不到围脖，你真的不登台吗？

　　——真的。

　　——不会吧，俗话说救场如救火，你能让演出黄了？

　　——演出黄不了。我相信有人和我开玩笑，只要我坚持，围脖自己会出来。

　　——自己出来？

　　——是的，围脖自己出来。

　　——嗯，怎么回事？

　　——后台一个女员工是我的歌迷，她用一条新围脖换走那条围脖，后来看到自己闯祸了，哭着将我那条围脖拿出来……

　　——你让人家伤心了。

　　——伤心了好。你没见她哭的样子，谁也不敢责备她，怕她寻短见。

——人命关天。

——是啊，我安慰她，没事，没事，我只是……只是离不开这条围脖，你的心意我领了……

——她会恨你的。

——也许吧，我不知道。

这件事过后，这条围脖成了"圣物"，谁也不敢轻易触碰。主唱说，那是L的命。贝斯手说，比命都金贵。鼓手说，睹物思人。键盘手说，唱歌，唱歌……

L能写歌，能作曲，是乐队的灵魂人物。若非如此，他早就被开除了。

贝斯手时不时给这个衬衣上绣个蜘蛛，那个裤子上绣个蜈蚣，这个帽子上绣个锤子，那个包上绣只扒窃的手，谁的物品他都敢拿来恶搞，唯独L的围脖，他敬而远之，碰都不碰。那会出人命的，他说。

有一天鼓手抱回来一只小狗。小家伙只有巴掌那么大，黑得像炭块，还瘸着一条腿。乐队成员马上围过来，问他狗哪来的，他说捡的。你要养吗？他说是。尽管大家都对这只小狗没有恶感，甚至还蛮同情，可谁也不同意他养。乐队里弄只狗，还怎么排练。鼓手说它不叫，它是哑巴。哑巴也不行，不能养狗，都养起宠物来，我们这儿成什么样子了。大家表决，4：1，不同意养狗。鼓手急了，他说这是我的"围脖"，我的"围脖"！

什么围脖?

L有他的围脖,我有我的"围脖",我的"围脖"就是这只小狗。

鼓手如此说,大家马上明白他养狗的决心不容撼动。L说好吧,我同意你养,但别再提围脖,更不许给狗起名叫围脖。3∶2。键盘手宣布他对鼓手养狗不持态度。外交辞令都出来了。中立吗?可以这样理解。好,2∶2。主唱说我也不持态度。嗯,1∶2。贝斯手说你养吧,养吧,不让你养是为你好,我们颠沛流离,狗跟着你别饿死就行。鼓手说有我一口吃的,就不会让它饿着。0∶3,OK!

鼓手给小狗起名叫列巴。可是私下里都叫它围脖,开始是背着L叫,后来当着L的面也叫。L无可奈何。——围脖,过来!——围脖,握握手。小狗被他们教会了握手,一说握手,它就抬起右前腿,与人相握。——围脖,打个滚!——围脖,去!

没过多久,大家都喜欢上了小狗。拍封面照时,鼓手要抱着它,经理不同意。鼓手说为啥L的围脖就行,我的"围脖"就不行。经理说你想让别人叫你们黑狗乐队吗?当然不想。那不就结了。鼓手说谁会因为我抱只黑狗,就叫我们黑狗乐队?经理说歌迷,歌迷会。

最终,此"围脖"输给了彼围脖。

　　　　　　　　　　　　撒谎的女人

7

——那时，对你来说，是我重要还是音乐重要？

——都重要。

——哪个更重要？

——要听实话吗？

——算了，我还是听假话吧。

　　在他们热恋的时候，她就清楚，没有她他能活下去，而且能活得很好，但是，不让他搞摇滚，他必死无疑。

　　L说他为摇滚而生。他做爱都按摇滚的节奏来。出去玩他总是背着吉他，吉他仿佛长在他身上。他一有灵感就拨弄几下，一个A，一个C，或一个降E。他说E调安定，D调热烈，C调和缓，B调哀怨，A调高扬，G调浮夸，F调淫荡。有时，他突然停下来若有所思，那是头脑中响起了某个旋律，他要记住。随后他弹出来，让耳朵再做一次判断。有一次看完电影出来，下雨了，他脱下衣服包住吉他，拉上她飞奔。他问要不要避雨，她说避什么雨，跑！他们在雨中奔跑。他说这样会生病的。她说没事。雨突然停了，他们已淋湿。街面上有积水，月亮出来了。一轮圆月，像水洗过一般皎洁。一朵朵白云镶着金边，悠然向月亮飘去。积水中有月和云的倒影，好美啊！L像个傻瓜一样站住。他被雨后的美震惊了。他即兴创作一首曲子：
《雨后》。他取下包吉他的外套。外套已湿，吉他还好，大
部分是干的。他拨动琴弦，声音依然清脆。他将湿外套搭
肩膀上，开始弹奏曲子。刚才还在奔跑的人们都慢下脚步，
听他弹奏。世界安静下来。她瑟瑟发抖。L看到她发抖，
却没有采取任何措施，甚至连一句温暖的话也没有。他也
在发抖。此时，他的注意力不在这方面。他在创作，他沉
浸在他的音乐世界。他以为声音能取暖。在他，也许是这
样。他在弹吉他，他在运动，运动产生热量，他很快就不
抖了，寒冷离他而去。他对着她弹吉他，他希望她也能靠
音乐摆脱寒冷。没有《雨中曲》的浪漫，他更像是一个疯子。
他像是走在陌生城市的街头，他不顾忌周围人怎么看他。
当成歌手也好，当成疯子也好，他都不在乎。

　　多年之后，他才向她道歉，对不起，那天让你淋雨了。
她说我喜欢淋雨，还是我提议的。他说我怕你冻感冒。她
说那是夏天。他说夏天也很冷。她说你还知道冷。

　　那天回去之后，他们做了什么，她已不记得了。她唯
一记得的是他没向她道歉。她感到被他冷落了。对了，回
去他第一件事是记谱，他要将灵感记下来，免得忘记。

8

　　——我那时简直疯了。

　　　　　　　　　　　　　　　　撒谎的女人

——我看也是。

　　她回到学校，碰到歌舞队的队长马远和副队长吕方在宿舍楼前打架。她从没想过这俩人会打架。马远平时衣着讲究，头发梳得一丝不乱，看上去文质彬彬，说话都不大声，怎么会打架呢。吕方是学霸，还是校足球队的守门员，他一米八五的个头，很壮实，但不笨重，据说扑球时身体能飞起来，轻盈似蝴蝶。他是出了名的好脾气，谁和他开玩笑都行，谁捉弄他也不恼，他还会打架？可是，确实是这两个人在打架。马远被打成了青眼窝，衣服也扯破了，一身尘土。门口是一片柿子林，正是柿子成熟季节，熟透的柿子掉落下来，就是一团红泥，像屎。马远的衣服上沾了许多柿子泥，看上去脏极了。吕方被打得流鼻血，脸上、手上、胳膊上、衣服上到处都是血。她出现的时候，两个人打得正欢，看热闹的人很多。这两个人对她都很好，把她当小妹妹照顾。她应该上前劝架，可她偏不。她不但不劝架，还拍手叫好，唯恐天下不乱。打得好，打得好，加油，加油！她这一喊，两个人不打了。他们有些尴尬地看着她。打架挺好玩的，怎么不打了？她一副没心没肺鄙夷嘲讽的样子。马远看她一眼走了。你们为什么打架？她问。吕方不回答，也走了。后来她才知道两个人是因为她打架。谁打赢谁有资格追她。

　　扈小凤到处炫耀，马远和吕方是因为她而打架。在去餐厅的路上，格格拦住扈小凤求证。扈小凤说是的，他们都想追我，但我一个也看不上。真的吗？骗你干吗，追我的人加起来有一个连，他们俩，哼——

扈小凤因为那次登台演唱，俨然一个明星。她烫了头，化了浓妆，嘴唇涂得血红，喇叭裤有一尺宽。她走路高视阔步，像骄傲的孔雀。后来没机会登台演唱，她便转战舞厅，很快成为舞厅皇后。万千爱慕的目光集于一身，她很得意，也很享受。她已高高在上。美就是权力和资本，你得会运用。

走着瞧！格格心里说。

一个月后，格格带着舞伴闯进舞厅。格格一袭洁白长裙，飘飘欲仙。舞伴黑衣黑裤，玉树临风。他们不跳慢三慢四，而是跳探戈。那时候舞厅中没人跳探戈。探戈，这个词倒是听说过，可是谁也不会。他们一跳，哇噢，周围人全闪到一边，为他们腾出位置。大家不跳舞也没怨言，因为能够大饱眼福。格格与舞伴的活动场地越来越大，他们想起飞，有足够的跑道。周围无数面孔，无数眼睛，那些眼睛像繁星。他们越跳越投入，越跳越自由，越跳越欢快。这是他们的舞台。他们尽情挥洒。

这个夜晚曾镌刻在许多人的记忆里，有个校园诗人还写了一首诗，诗中有这样的句子：

两个精灵从天而降

118

他们光芒四射

噢哟——

这是魔法吗

他们舞起来像一阵旋风

噢哟——

看呐，他们在燃烧

两只火凤凰

噢哟——

他们要飞呀

要飞往哪里

噢哟——

　　从此，舞厅皇后的桂冠戴到了格格头上。扈小凤呢？那个晚上她也在。众多的面孔中，有一张是她的。众多的眼睛中，有一双是她的。她泯然众人矣。再也没人称她为舞厅皇后了。

　　格格一战成名。她是校园名人。她的名声还越出校园的围墙，传到社会上。一天，五辆小汽车停在楼前，要接格格去社会上的舞厅跳舞。领头的据说是北京市的舞王，格格的舞伴是他的小弟。那年代，北京是自行车王国，小汽车只有公家才有，再就是官二代。这一拨人耀武扬威，阵势强大，引得大量同学注目。格格坚决不去。她说你们快走，再不走我跳楼给你们看。舞王说，嗬，真把我们吓住了，跳楼比跳舞还好玩吗？要不我们一块跳，玩个大的。她说你说话算数？舞王说算数，和美女跳舞无数次，和美女跳楼还是第一次，新鲜，刺激，何乐而不为。她说那好，我们上楼顶，从高处跳。舞王说好呀，高处不胜寒，登高望远，风光无限。格格没想跳楼。舞王也没想跳楼。但他们谁也不肯示弱，顺楼梯朝楼顶爬去。五楼有通往楼顶的出口。出口有一个铁栅门，一把大铁锁锁着，出不去。舞王推推铁栅门，做个无奈的手势，看来，老天不让我们跳楼，跳楼不成，我们去跳舞吧。格格说不去。舞王说盛情邀请，没人有这么大的排场。格格说不稀罕。舞王说嗬，挺有志气。格格说反正不去。舞王说别逼我们动手把你绑去。格格说你敢！舞王说交个朋友。格格说不交。有男朋友了？格格说是。舞王噢一声说明白了。舞王到楼下，吹个口哨，演出结束，撤！于是，他和一帮哥们儿跳上车呼啸而去。

这件事惊动了辅导员，辅导员将格格叫到办公室谈话。这些人是来找你的吗？格格说是。他们是些什么人？格格说不知道。你不知道？格格说不知道。是不知道还是不愿说？格格说不知道。他们找你干吗？跳舞。去哪儿跳舞？外面。这件事影响很坏，你知道吗？知道。知道就好，你

　　　　　　　　　　　撒谎的女人

回去写份检查，保证以后不再与社会上的人交往。格格说我没错，为什么要写检查。你没错吗？格格说没错。你还有理？格格说至少没错。你违反校规，学校要开除你。格格说我违反了哪一条校规，你指给我看。辅导员生气了，让格格回去反省，等候处分。格格眼含热泪，不肯离开。辅导员讲女孩子要自爱自重，不要和不三不四的人交往。格格咬着嘴唇，不说话。她心里翻江倒海，她怕自己冲口说出：跳舞犯法吗？和不三不四的人交往犯法吗？同时，她想到了L，千万不能让他们知道她和L的事，那样，她真的会被开除。校规上有这一条。辅导员见她不再顶嘴，让她回去了。后来，就没有后来了。这事到此为止，辅导员再没找过她。可能他仔仔细细研究了校规，没查到可给她处分的条款。

　　她一辈子也不会忘记她走出辅导员办公室的情景。下着小雨，天色已暗。外面行人稀少，冷冷清清。她茫然走在细雨中，头脑一片空白，或者纷乱如麻。她走到宿舍楼下，猛然抬头，看一眼熟悉的灯光，却不愿进去。她离开宿舍楼，在校园里漫无目的地游荡。她这会儿很希望L陪在身边，他想做什么都成。拥抱，好。接吻，好。做爱，好。让他们开除去吧，她敢于犯一切禁。校规见鬼去吧，辅导员见鬼去吧。我是自由的，我是邓肯，我是波伏娃，我是三毛，我是我……如果空中有双眼睛，它将看到一个女疯子，手舞足蹈，自言自语……她完全进入了忘我之境。

人的情绪，喜怒哀乐，皆难掩饰。委屈呢？看上去好掩饰，其实也难。她去找 L，本来不打算告诉他学校里发生的事，她只想和他亲热。她一进门，五个人都在。他们正在排练一首新歌。她和他们打招呼。他们停下来，看着她。怎么啦？她说。他们像被施了定身术，一动不动，保持着看她的姿势。干吗这么怪怪的？她说。L 问她发生了什么事，她说没有，能有什么事。主唱说一定有事，在脸上写着。她摸摸脸，我脸上写什么啦？鼓手说写着两个字：有事。贝斯手说但愿没事，可是……键盘手说你要把我们当哥们儿，就说给我们听听。L 说都是自己人，说吧。

　　她突然想哭。她竭力控制，但身体出卖了她，她的肩膀耸动，身体抖得像一片秋风中的树叶。真没出息，她想。她钻进房间关上门痛痛快快地哭起来，他们面面相觑。L 敲门，她不开。她哭一会儿，舒服多了。没什么大不了，再说了，有什么事呢！她笑了。这才是她应该采取的态度。她抹去眼泪，照照镜子，理理头发，笑笑。打开门，再次出现在大家面前的她已焕然一新。

　　要听吗？她以此为开头，讲了她在舞厅的辉煌胜利，讲了舞王造访的阵势，讲了与辅导员的较量。前两项她实事求是，到了第三项，她突发奇想：何不修正一番。于是她与辅导员的对话变成了这样——

　　辅导员：……学校要开除你。

格格：你确定是开除不是枪毙吗？

辅导员：你什么态度！

格格：为什么要开除我？

辅导员：你结交不三不四的人，扰乱学校秩序。

格格：就这吗？

辅导员：这还不够吗？

格格：不够。至少不够充分。如果实事求是，我可以申辩，我没错，你开除不了我。不过，开除我冤枉吗？不冤枉，我确实违反了校规，该开除。但我违反了哪一条，你却不知道，我也不会告诉你。

辅导员：要想人不知，除非己莫为。

格格：我没想人不知，我的朋友们都知道。我甚至可以给你透露一二，就是最不人道的那条，你去想吧。

辅导员：你……堕落。

格格：没错。以你的标准，我是堕落。以我的标准，我是追求自由。

辅导员：资产阶级自由。

格格：自由不需要定语。

格格讲的过程中，笑声和掌声不断，她注意到 L 没笑也没鼓掌。他神色凝重。主唱说：厉害，了不起！鼓手说：佩服，巾帼不让须眉。贝斯手说：我要重新认识格格。键盘手说：瞧，这个人！牛！

L问真的吗？格格说假的。L说你考虑过后果吗？格格说假的。L说你和我们不一样，你是名牌大学学生，你有灿烂的前程，你不要拿自己的前途开玩笑。格格说假的。L说我们是波希米亚，吉卜赛，吃了上顿没下顿，你别学我们。格格说假的。

　　主唱说，L，你干吗，上政治课啊。鼓手说，哎哟，那么严肃，吓死人。贝斯手说，我们怎么了，我们不是也活着，不是也很快乐吗？我们不比谁差。键盘手说，嗬，这就护上了。

　　此时，屋内气氛尴尬，排练已不可能。主唱说散了散了，今天到此为止。他使个眼色，大家一哄而散。只剩下L和她。她钻进房间，L跟进来。L想和她谈谈。她说她困了，要睡觉。她没洗就上床了，这在她是绝无仅有的。L说跳舞不是不可以，但是……她跳下床到卫生间去洗漱。L站到门口继续说我是为你好……她将卫生间门关上，她洗漱完毕出来，L还在说，她截住L的话头，打住，我要回学校去。L不让她走，说没公交车了。她说我走回去。L说走回去都明天早上了。她说正好能赶上上课。L说真要走？她说真要走。L说好吧，我送你。她说不用。她并不是真想走回去，她只是负气而已。她害怕黑夜。L只要再坚持一下，给她个台阶，她就坡下驴，也就不走了。可是，这个愚蠢的家伙说真不用吗？她冲他吼道：真不用！她走出去，下楼，她希望他冲出来拦住她，强行将她拉回去，如

　　　　　　　　　　　　　　撒谎的女人

果她任性，他可以将她扛回去。可是她没听到脚步声。她在楼道口站立片刻，然后头也不回走入夜色中。

此时，不算太晚，街上还有行人。偶尔也有出租车驶过，那时候的出租车不是学生能坐得起的。夜风颇有些凉意，已是秋天，城市恬静得像熟睡的婴儿。

刚开始，她满腹怨恨，走着走着，她的心情发生了变化。大楼、路灯、树影、凉风……让她清醒过来。她在想L的态度为何与主唱等几个人不同，是他狭隘，还是他更关心她？她呢，她做得对吗，她是不是太任性，是不是没理解他的苦心？她的叛逆可都是他激起的。他如果不在三角地当众吻她，并以此嘲笑学校的布告，她也不会走到今天。现在，她勇气倍增，他却退缩了。他怕什么，他胆怯什么，他还是原来的他吗？噢，这个问题可真难。突然，一个小东西从她面前一闪而过，像一道黑色的闪电。她吓一跳。肯定是一只猫，尽管她并没看清。她往小东西消失的地方看看，什么也没有看到。应该是猫，不是猫能是什么？她不怕猫，但如此鬼魅的猫她还是害怕的。但愿是只猫。

她的心咚咚跳。再往前走，说不定会碰到什么呢。她有些犹豫。突然她的肩膀被拍了一下，她吓得跳起来。扭头一看，是L。她上去打L，你要吓死我啊。L抱住她亲吻。她拼命反抗，再不放开我叫了。但她的嘴被堵上，叫不出来。她看到有人经过，不再反抗，任他亲吻。那人走过去后，又回头看他们一眼。她推开 L，你耍流氓。L 说我是流氓我怕谁。她说把你抓起来关局子里。L 说你给我送饭。她说想得美。L 说走，回去吧。她说不回。L 拉着她，他们已走在回去的路上了。

　　这天晚上，他们疯狂做爱，一宿都没怎么睡。她说这是要被开除的。L 说让他们开除好了。她说你养我？L 说我养你。她说天天吃土豆丝？L 说我让你吃法式大餐。她说你有钱吗？L 说钱会有的，面包会有的。她说我等着……L 说我们一定要在工人体育场举办演唱会。她说我要去看。L 说必须的。她说这是你们的梦想。L 说梦想之一。她说还有更大的梦想？L 说我们要红遍大江南北。她说全国山河一片红。L 说红遍全球。她说红旗插遍全世界。L 说插遍全世界……

9

　　——你从来没说过你爱我。

　　——你也没说过。

　　——你也不追追我。

　　——我请你去看演唱会，你不去。

　　——我不看你演出，你就知道要分手？

　　——我给你打过两次电话，你都回绝了。

　　——我只是不看演出而已。

　　　　　　　　　　　　　　　撒谎的女人

——我觉得你已想好，要分手了。

——你就是找借口，不理我。

　　她这是撒娇。她很清楚分手的决定是她做出的。她从
没告诉他为什么，现在也不打算告诉他。云端乐队做梦都
想在工人体育场演出。工人体育场能容纳数万人，用 L 的
话说是：噢，那才是大舞台。能在那儿演出，你就成了。
能在那儿演出，你就火了。L 无数次憧憬过工人体育场。
主唱、键盘手、贝斯手、鼓手又何尝不是。他们发誓一定
要登上工人体育场的舞台。他们每次排练前给自己打气：
加油，工人体育场！加油，工人体育场！这也成了格格的
梦想。格格说我要看你在大舞台上放光芒。L 说我们会点
燃整个体育场。她说一定会的，你们不但能点燃体育场，
还能点燃整个宇宙！她和他们一样期盼着这一天的到来。
可当这一天到来时，她却残酷地拒绝去看演出。L 打电话
给她，邀请她。她知道永远打不通的电话有多难打。她听
出他很激动和兴奋。他能不激动兴奋吗？梦想，梦想，那
是他们的梦想啊！他声音发抖，忐忑不安。这她都理解。
看似不可能之事，他们做成了。他们要登上那万人敬仰的
大舞台，要在数万观众面前演唱摇滚歌曲。他们紧张地排
练了一个月。这一个月他没给她打电话，她也没去找他。
他憋着要给她一个惊喜。他说告诉你一个好消息，我们要
在工人体育场演出啦！她说祝贺你们。他过于兴奋，竟然

没注意到她语气的平淡。他继续说，我们最近排练很紧张……她说有人等着打电话呢……他说等等，十月七日，我给你留票。她说对不起，我有事去不了。她将电话挂断。可以想象电话那头 L 是什么表情。过了两天，L 再次将电话打过来。这永远打不通的电话又给他打通了。有人喊：格格，电话！她跑过去，垫上手绢，抓起听筒，是 L。L 再次邀请她去看演出。这次，他特意强调是全乐队邀请她。她说我真的去不了。他说真有事吗？她说真有事。他说你不想来看。既然说到这份上，她承认，是。电话线那头是可怕的寂静。她说有人等着打电话，就把电话挂断了。这是他们最后一次通话。残酷至极。她知道。不近人情。她知道。冷若冰霜。她知道。打碎梦想。她知道。

　　此后十年，相忘江湖，再未联系。

　　她永远忘不掉最后一次见面。那时他们天天吃炒土豆丝，土豆便宜，他们只吃得起土豆。连土豆都吃不起的时候，他们吃白水煮饭。生活虽然艰苦，但他们斗志昂扬，每天都像上足发条的陀螺，疯狂旋转。她很想帮他们，可是能帮什么呢，什么也帮不上。她没钱。除了学费和生活费，她没有多余的钱。她坐公交车经常逃票。这还是 L 教她的。L 说上车后你要假装自己有月票，不看售票员，气定神闲，售票员一准认定你有月票，不会让你买票，到站你只管下车就是。售票员看你时，你也别躲，别让她看出

你心虚。你要永远是这副表情，就像你口袋里实实在在揣
着月票一样。被抓住了呢？不会被抓住，L说他几年来从
没买过票，一次也没被抓住过。L带她试一次，果如所言，
一切顺利。下车后，等车开走，她由忐忑不安变成哈哈大
笑。从此她学会了逃票。省下的钱呢？似乎没省下什么钱，
她还是经常阮囊羞涩。一天，L说带她去个地方。哪儿？
去了你就知道。L领着她七拐八拐，来到一个楼洞，上楼，
来到一个单元门前，敲门。谁啊？她从没听说过他这儿有
朋友。开门的是一个很干净很和蔼的老太太。说是老太太，
其实也就六十多岁吧。满头银丝。极为优雅。她说声"来
啦"，微微一笑，将他们请进屋。屋内客厅里只有一张餐
桌，几把椅子。餐桌上有束鲜花，两副餐具：餐垫、餐巾、
餐盘、刀、叉，摆放整齐，完全对称。墙上挂着一幅无名
油画，画的是花园一角，盛开的花和葳蕤的植物。窗帘淡
雅。她有些疑惑。老太太请他们入座，为他们倒上茶。格
格看着L，这唱的是哪一出？L冲她点点头，既来之，则安
之。她白L一眼。老太太离开后，她问L，这是干吗？L小
声说，这就是传说中的法餐。她想起来了，L是说过某居
民楼里有一家地道的法餐，家庭餐厅。她只是当作故事听
听罢了，没想到如今她就坐在这家餐厅里。L说我请你吃
法餐。常规的法餐包括前菜、正菜、汤、甜点，以及红酒。
她不记得是否有这些程序，只记得菜上来后L说他吃过了。
他不吃。他说我看着你吃。菜量很少，只够一个人吃。她

第一次吃法餐，不习惯使用刀叉。L教她如何使用，左手握叉右手拿刀，如此这般。她问他从哪儿学的。他说书上看的。她猜他没吃饭，他的钱大概只够一个人吃法餐。她没揭穿他。他问她好吃吗？她说好吃。她想说与其吃法餐，不如吃土豆丝。可她终于没有说出口。她不能伤他的心。想到这顿法餐吃完，他们连土豆都吃不起，她的眼泪出来了。他问她怎么了，她说真好吃。你怎么哭了？我高兴的。她擦去眼泪。可是眼泪越擦越多，怎么也擦不完。真不争气。她笑了，梨花带雨。她让L也吃，他说他吃过了，不饿。她将菜推到他跟前说，我吃不完，你帮我。L说你要吃饱。她说我吃饱了。L拿起叉子，将剩下的菜解决掉。L吃的时候她看着。她的眼泪又涌出来。又怎么了？她说高兴的。那老太太一定偷偷看到了，很识趣，不往跟前来。格格这顿饭吃得五味杂陈。L去付账时，她不往那边看，她不想知道多少钱。老太太阅尽人间沧桑，对他们既礼数周全，又不让他们感觉有压力。他们离开时，老太太像送自家客人似的，将他们送到门外，笑得很温和。

　　L送她回学校。上车后，心照不宣，二人都不买票。他们不看售票员。她问L钱哪来的，L说借的。她知道L没收入，不借从哪来钱。她心里难受。我是个废物，我真没用，我帮不上他，还在拖累他……她一遍遍在心里这样说。怎么办？这是一个问题。她想了一路。你不能高尚点吗？你不能成全他吗？

真的只有离开才是成全吗？她自问。她想象不出还有别的成全办法。牺牲，好吧，牺牲爱情，成就他的事业！她相信他会成功，她不想成为他的羁绊。与其这样下去，不如快刀斩乱麻。一刀两断，切勿拖泥带水。痛苦，于他是免不了的，于她也是免不了的。但愿时间能够帮他们疗伤。做出决定之后，她顿时觉得一道光进入了身体中，把她整个照亮了。

　　回到学校，他们在校门口吻别。已是深秋，风卷落叶，带给人些许凄凉。晚上，灯光昏暗。她说天冷了，她将他的围脖围好。那是她给他织的围脖，每一根毛线都带着她的体温，每一针都寄托着她的情感。这一刻，她已决定与他分手，而他一无所知。他吻她。她没拒绝也没配合。最后之吻，就这样平淡。他没感觉到什么，以为这是短暂分别的礼节性之吻，有些潦草，有些敷衍。校门口有人进出，不是接吻的地方。他说进去吧。她说多保重。L没走多远，回头看她一眼。她站在原地，看着他走远。他的长发被风吹起，像一面旗。他朝她挥挥手，又继续往前走，走几步，他又回头，她还站在原地。他又朝她挥手，又往前走。她躲到大门内，不能让他再看到她。他站住，蓦然回望。秋夜萧瑟，不见佳人。他站立片刻，确定格格不可能出现，才转身离去。躲在大门后的格格看着L渐渐模糊直至消失的背影，泪水婆娑。她如果追出去，还能追上他。他应该在公交车站等车。等车的时候，他会再次张望。格格仿佛能看到这一幕。接下来，他上车，格格仿佛还能看到。透过公交车的窗玻璃，格格依稀能看到他模糊的面影。L在隔着窗玻璃往外张望。格格估摸着时间，L应该已上公交车，踏上回程。格格又神思恍惚地停留片刻，这才离开门口，朝校园深处走去。门卫房里有个年轻的门卫一直在偷看她。老门卫拍一下他的脑袋，别做梦了，醒醒吧。年轻门卫摸摸头不好意思笑笑。老门卫说，让你不好好读书。

她在校园里踽踽而行，直到眼泪干了，才走回宿舍。宿舍里没人看出她有什么异样。她已整理好情绪，她看上去和平时没什么两样。她端上脸盆到水房洗漱一下，就上床睡觉了。明天太阳会照常升起。

10

——我们这样分手还算幸运。
——为什么？
——因为没有成为仇人。
——喊。

她想，那时候他大概不会说出这样轻松的话。工人体育场演唱会一炮打响，云端乐队开始了辉煌的十年。可是第一张专辑《哐，哐，哐》的主打歌却是演唱会之后创作的，名为《分手了还没来得及说我爱你》，一听就知道是L

　　　　　　　　撒谎的女人

创作的。云端乐队的歌大多是 L 创作的。这首歌，显然为她而作。里面有这样的歌词："萧瑟的秋风，萧瑟的夜晚，我跳上萧瑟的公交，穿行在萧瑟的街市，一百次回头，看向萧瑟的窗外，心爱的姑娘，我看不到你的容颜……"爱，恐惧，憎恨，快乐，一切都说得明明白白，微妙的细节一目了然。云端的第二张专辑《汹涌的光》，主打歌曲就是这首为专辑命名的歌，也是写给她的。"……我打开门，放进汹涌的光，光之中是我心爱的姑娘，噢，噢，你是我的维纳斯，你诞生于光中……"女神诞生，可是，一切都坏掉了，然后又坏掉了，变成了别的东西，你不认识也不接受的东西，之后又坏掉了。第三张专辑《我来了》中有一首歌《梦中呼喊》，她觉得是写给她的。"我在梦中呼喊，我的潜意识泄露了我的秘密，一个姑娘的名字，在夜空中绽放，像美丽的焰火……"可是，梦会醒的，你在错误的地方寻找天堂，所有努力都是徒劳，一无所获。她没有向他求证，怕他否认。自作多情吗？但愿不是，她相信不是。在第四张专辑里，她不能确定哪首歌是写给她的，但她知道所有的歌都包含一个秘密，你想不想知道这个秘密？噢，我想。

十年，他们再未联系。云端越来越火，常常处在聚光灯下，她要找他很容易，可她没有。她只是买云端的专辑，并一遍遍听里面的歌。她在云端的歌中徜徉，漫游，成长，发泄，抒情，憧憬……

少女和摇滚

十年，她恋爱，分手，大学毕业，出国求学，结婚，离婚，回国。短暂如一瞬。漫长如一生。酸甜苦辣，不足与外人道。

十年，他享受音乐和荣誉，有无数女孩喜欢他，他和不少女孩发生过性关系，但他忘不掉格格。自从格格大学毕业后，他就不知道到哪儿去找她。她消失了。

11

十年过去了。

12

——这么多年你为什么不来找我？

——你，谁啊？

——我，L。

十年后，在电话中重新听到 L 的声音，她愣怔好半天，说不出话来。L 说他在录音棚，让她去找他。她没有犹豫，就答应下来。挂断电话之后，她木然枯坐片刻。自问，这是真的吗？自答，是真的。虽然刚开始没听出他的声音，但他报名字的一瞬间，她找回了那种熟悉的感觉。她头脑中浮现出一系列画面：他坐在阳台上固定的位置弹吉他，

　　　　　　　　　　撒谎的女人

他炒土豆丝时阳光照进来，他半边身子沐浴在阳光中，他在三角地当众拥吻她，他要她，他用围脖将两个人的脖子围在一起，他从背后拍她肩膀吓她一跳，他说要把红旗插遍全世界，他在萧瑟秋风中独自离去……

她迅速行动：化妆，换衣服，戴首饰，出门打车……一路上她都在设想见面时的情景，拥抱，接吻，她会不争气地哭吗？她紧张得手心都出汗了。这是冬天。北京城灰扑扑的，一派萧索。她知道他什么样子，因为她收集云端的唱片，唱片封面有几个人的合影。他没什么变化，依然长发飘飘。他总是勒着她送的围脖。这是他的标配。围脖。围脖。围脖。正是因为这个围脖，她知道他没忘记她，她知道他想她，她知道他在呼唤她。

她到录音棚时，云端乐队正在录歌，工作人员竖起食指，让她不要出声。她站到一边。他们看不到她。他们在唱："……太阳出来，月亮落下，时间像指缝中的水，悄悄流走，噢，我能抓住什么，我能留下什么，爱情是一场幻梦，醒来万事皆空……"

她正在琢磨这首歌是不是 L 写的，音乐停了，他们讨论起某个转音来。L 走过来，他仿佛知道她在这边，他站到她面前。你来了，他说。他将几个伙伴叫来，说，看看谁来了！主唱、贝斯手、键盘手、鼓手都过来。十年不见，他们还是第一眼就认出了她。格格。格格。格格。格格。没有隔阂。没有十年的分别。

他们问候她，一股脑问了一堆问题：这十年你哪儿去了？在北京吗？为什么不来找我们？你过得好吗？做什么工作？没忘了我们吧？你们是怎么回事，怎么说分就分，发生了什么事？你还会给我辫辫子吗？格格抓住最后一个问题，说，那么多小姑娘排着队等着给你辫辫子，哪还需要我。最近主唱有一个女粉丝闹着要见他，见不到就自杀，弄得主唱焦头烂额狼狈不堪。主唱怕她提这事，忙说我们去那边喝茶，不打扰你们。他拉着贝斯手、键盘手、鼓手到隔壁房间。

　　只剩格格和 L。

　　L 拉过一张凳子，坐。格格坐下。L 又拉一张凳子，自己坐下。L 刚坐下又起来，去为格格拿喝的。可乐，啤酒，喝什么？格格说可乐。L 拿两罐可乐过来。他说只有可乐和啤酒。格格说不错啊。她没说十年前可没这待遇。那时候有土豆吃就不错了，哪有钱买可乐和啤酒。L 打开一罐可乐，递给格格。他又打开自己的可乐。他说，碰一下。两人的可乐罐碰到一起。他说，干！她说，干！他们都没干，太凉，再说又不是酒。L 又想起什么来，他说有茶，我去给你倒一杯。格格说不用。他已经去了，一会儿端来一杯热茶。冬天还是要喝点热的，他说。格格说你怎么不喝热的。他说我习惯了。格格喝茶，他喝可乐。格格没想到会面是这种样子，她突然觉得有些事很恍惚，她说我们是怎么开始恋爱的，我不记得了。L 说我追的你呀。她说

　　　　　　　　　　　　　　　撒谎的女人

怎么追的。L说打电话，我给你打电话，你们的电话真难打，永远占线。她想起来了，电话，是的，电话。宿舍楼每层只有一个电话，放在楼道拐角处，电话机差不多算得上古董了。她有轻微的洁癖，每次接电话都要用手绢垫着。很多同学看不惯，背后撇嘴。她才不管呢，该怎么做还怎么做。她说我们是怎么认识的？他说这你也忘了吗？她确实忘了。他说眼神，对了眼神，一见钟情。她说你第一次到我们学校演出，我去看演出？他说是的，演出结束，我问你要了电话号码，然后就开始给你打电话，一次次打不通，老是占线占线占线，我以为永远打不通，我说再打一次吧，打不通就说明这个电话打不通。再打一次，不通。我说再打一次……后来，打了一周，终于打通了。L有种释然的表情。格格心里说始于电话，终于电话。最后的电话若打不通，会是另一种结局吗？不会。没有失恋，他大概写不出那些深入人心的歌。愤怒出诗人，失恋出歌手。L又起身出去，他去干什么？他比以前细心多了，总在照顾她。L回来时，格格眼睛一亮。L脖子上多了一条围脖，那是格格织的。围脖，他一直留着。格格心里涌出一股暖流。她说你一直在用。L说是。旧了。是。L说这条围脖是他的幸运符，给他带来好运……他们正聊着，一个穿红毛呢大衣的姑娘拎着保温桶闯进来。她看到格格，有些吃惊。这是——，她想问这是谁，说到一半拐了弯，因为她看到L脸色不大好，她将保温桶提起来给L看，说，这是我给你煲的乌鸡汤。L将保温桶接住，放到一边，给她和格格介绍：这是格格，朋友；这是我女朋友，蔡欣。格格冲蔡欣点一下头。蔡欣有些尴尬，不知该去该留。L说你出去。蔡欣竟然听话地出去了。格格说你干吗，怎么能这样对人家。L说没事。格格说人家大老远给你送乌鸡汤，你态度好一点。L说没事，我们继续说。格格说你去哄哄人家。L说不用。格格说你呀，大男子主义。L笑笑，算是默认。格格说你快喝乌鸡汤，趁热。L说你要喝一点吗？格格说专门为你煲的汤，我喝算什么。L说不让她送，她非要送。他的语气很不满。是啊，几个人一起录歌，这汤怎么喝，一个人喝不像话，几个人一起喝又不现实。现在，也是尴尬。格格不会喝，L也不会喝。只能放那儿，保温桶像个电灯泡，在他们之间。谈话的气氛变了。说到哪儿了，围脖还是音乐？L想接住刚才的话题聊，已经不可能了。格格要告辞，L拦住不让走。他说我让她走。格格说这不合适。L还是出去了。过一会儿，L回来说她回去了。格格说哪能这样，L说咱们好不容易见一面。格格说会引起误会。L说不管。他们继续聊。格格突然问L，你女朋友叫什么？L说，蔡欣。格格哦一声，问LG是什么意思？L丈二和尚摸不着头脑，什么LG？格格说大写的LG。L说韩国电视。格格说，LG出衬衣吗？L说没听说过。格格说L是你姓名的首字母，G呢？L说你啊。格格笑了，你有这么大胆，敢把我们俩绣到衣服上？L说，哪儿？格格指给他看，在

撒谎的女人

衬衣的下摆，绛红线绣了一个小小的LG。毫无疑问，贝斯手干的。L说，这家伙，唯恐天下不乱。格格哼一声，L马上改口，操，天意，他预言了我们这次会面。格格笑笑，不置可否。L还在看那两个字母，用手指抚摸着。格格说她在大学谈了个男朋友，叫吕方，一米八五，学霸，足球守门员，毕业时分了。到英国后，她学戏剧，毕业后与麦克结婚，麦克人很好，但他们好多观念不合，离了。她现在的男朋友叫马远，大学时追过她，现在开文化公司……她说得干巴巴，像履历表。L不想听。咱们不谈这些。格格抚摸L的围脖说，你爱过我吗？L说没良心，难道你看不出我有多爱你吗？格格说看不出来。L说你爱过我吗，格格说我把第一次都给你了，你说爱不爱？L说那为什么还要分手？格格说考验一下你，看你追不追。L说你离开我很正常，我那时没房没车没正经工作，吃了上顿没下顿，看不到前途。格格说我要在意这些，我会和你在一起吗？

天下没有不散的宴席，两个人聊得正欢，门外一个声音传来，格格怔了一下，说他来了。宝马汽车的喇叭声一长一短一长，像约定的信号。格格从不会听错。是马远来接我，格格说。她看L的脸拉下来，忙解释说，是我叫他来的。她看一下表，12点，他来得可真准时。她叫他12点来接她，他分秒不差地在12点赶到。她说我以为时间还早。她起身告辞，L没再挽留。的确很晚了。

L送格格出来，站在台阶上与格格告别。瞬间，主唱、贝斯手、键盘手、鼓手从地下钻出来，与 L 站成一排，与格格挥手作别。宝马的大灯开着，马远站在灯光中，显得很高大。这造型只有在黑帮片中才会看到。

一边是云端乐队五个人，一字排开，造型可上唱片封面。一边是凶猛的灯光，和灯光中巨大的黑影。格格横亘中间。格格突然想蹲地上不管不顾大哭一场。为什么会有这种哭的冲动，她也不知道。她只是想哭，哭得昏天黑地，哭得死去活来，然后，轻松了，画上句号。画一个很圆的句号。

别了，1986。

（原载《四川文学》2019 年第 11 期）

　　　　　　　　　　　　　撒谎的女人

受伤之后

而他，一个年轻人，是个排爆手，这是他生活的时代所发明的最奇怪的职业。

——迈克尔·翁达杰

……他从昏迷中醒过来，睁开眼，感受到刺目的光。他又将眼闭上。睁眼和闭眼，这两个动作让他费了好大劲。他没感觉到疼，他知道是麻药在起作用。刚出事时，他也没觉得疼。之后……疼潮水般袭来，一下子将他吞没。无法用语言描述，能用语言形容的疼都不叫疼。你没体验过，就永远不会知道。想象一下，你是猎物，被一群凶猛的野兽撕扯着吃掉……不，那也没这么疼。他看过这类纪录片，猎物在被吃掉前，已被杀死了。它们感觉不到疼。在被杀死时，也不是疼，而是无助和茫然。疼，就像是有人在用锤子狠狠地砸你的骨头。不，锤子受力面太大了。他又想到肉铺上那沉重的砍刀，卖肉师傅会用刀背砸腿骨，如果腿骨有知觉的话……那种疼……太可怕了。疼起来的时候，他想，还是死掉好，为什么不死掉呢？疼，实在比死更可怕。

他不急于睁开眼。他要利用这难得的"不疼"时间，好好想一想自己的处境。事故……是怎么发生的？他怎么突然就成了一个火人？烟幕弹……是的，烟幕弹……突然冒烟……他来不及思考，本能地叫"卧倒"……其他人都卧倒……而他呢……瞬间决定要将烟幕弹移开……危险！烟幕弹如果引爆炸弹，后果不堪设想……从做出决定到实施，不到千分之一秒……他抱起烟幕弹扔向远处……瞬间，烟幕弹中的磷喷出来，将他点燃……他扔出烟幕弹，就地打滚，要将身上的火压灭……同事们也上来帮忙……火被扑灭了……他所有裸露的地方，脸和手，全都烧伤了。开始几分钟，他没觉得疼，他看到两只手烧黑了，他看不到自己的脸，不知道脸怎么样。必须立即去医院！他自己走到车上，快，送我去医院。在路上，开始疼了，他忍着，他知道喊叫无济于事。后来，他实在忍不住了，就咬住前排座椅靠背。他听到牙齿咬进靠背的声音，吱——吱——

他想睁开眼，但还是没睁。他要再想一想。这会儿他很清醒。他可以理一理事情的头绪。屋子里很安静。他大概在特护病房。医生和护士呢？他们以为他还在麻醉状态吧。也许，护士就坐在旁边的凳子上，安静地看手机，只是没发出声音罢了。他确定护士不在，如果在的话，他能听到她的呼吸声。他的耳朵很灵敏，这次事故没有损伤他的听力。但他决定还是先不睁眼。病房的门上都镶有一块

撒谎的女人

玻璃，他若睁眼，恰好被门外的护士看到，他的安静就没了。还是让我一个人静一静吧，他想。他的思绪回到了事故现场——

　　他们到郊外销毁废弃的弹药。这不是一次复杂的任务，也说不上危险。他领着四名排爆队员拉着一车废弃的弹药到大东沟。市电视台的采访车跟着，他们要在现场采访他，顺便看看"烟火"，拍点儿镜头。把销毁过期弹药戏称为"放烟火"，是他的发明。他说看了这"烟火"之后，再看别的烟火都没劲。庞记者借用的是他的说法。庞记者采访过他几次，还给他拍过专题片，算是熟人了。庞记者是个好人，很敬业。他佩服敬业的人。这方面庞记者和他很像，他也是个敬业的人。关键是，庞记者把他当朋友，说过"有事尽管找我"。他知道庞记者不是随便说说，他若真有事，庞记者是会帮他的。他爽快地说，走吧，看"烟火"去。

　　他们出城用了半个小时。再过半个小时，他们将城市抛在身后，然后下主路，沿乡村公路行驶一会儿，拐上一条土路。没多久，就到了大东沟。车停下来，这里是一个干涸的土沟，沟里长满干枯的荒草，四周离村庄都很远。往年他们在这里销毁过弹药，对这里熟悉。

　　他们跳下车，踩在松软的土地上。他想起一句唐诗，"草色遥看近却无"。他往远处看看，远处也无草色，仍是

受伤之后　　　　　　　　　　　　　　　　　　　143

一派荒凉。不过，快了，他想，再过几天就是"草色遥看近却无"了。风吹过来，已带有一丝暖意。他吸几口清新的空气，感觉神清气爽。与城市的喧嚣相比，他喜欢野外的清静和空旷。

沟里的麻雀，扑棱棱飞走。

远处，一片黑麻点，他知道那是一群乌鸦。离得较远，弹药伤不到它们。不过，一会儿它们受到惊吓，会像一片黑云腾起。

他不会把乌鸦当作预兆，不能归咎于这聪明的鸟儿。以前，也看到过乌鸦，没出过什么事。他不迷信。

没有任何征兆。

跳下车时，他们都很轻松。他们不认为有什么危险。

他们都没穿防爆服，因为不需要。

庞记者带了一个摄像师和一个助手。庞记者朝他走来，边走边调试话筒，摄像师扛着机器跟着他，助手扛着三脚架走在摄像师旁边。

看摄像师的状态，就知道他打开机器，正在录像。

他本能地摸了摸领子，看扣子扣好没有。他很注意形象。上了电视，你就不是一个人，你代表的是公安。

庞记者说："可以开始了吗?"

他点点头。

庞记者对着镜头说："站在我身边的这位就是排爆英雄张志强，他无数次冒着生命危险，排除爆炸物。今天我

　　　　　　　　撒谎的女人

们跟随他，来看看他的日常工作。（庞记者转向他）张队长，请问，今天来到这里是要做什么？"

他接受过多次采访，能够轻松自如地应付这样的场面。他也知道观众想听什么。对观众来说，排爆工作充满神秘感。销毁过期的弹药，观众也会感兴趣。适合播吗？这个问题，管宣传的副局长会考虑。

他开玩笑说："放烟火。"

庞记者喜欢他这风格，七分正经，三分幽默。二人配合默契。

庞记者说："能告诉我们是什么烟火吗？"

他说："开个玩笑，我们是来销毁……卧倒！"

——采访就到这里。意外出现了！就在他身边，一个烟幕弹突然冒出烟来。弹体因为腐蚀，在搬动时破裂了。他大喊一声："卧倒！"所有人都卧倒了。他的声音一定非常可怕。他什么也没想，也来不及想。他抱起烟幕弹扔出去。瞬间，烟幕弹里的磷喷溅出来，他就成了火人，他燃烧起来……

他飘浮在空中，托着他的是一片白云。他从白云上往下看，看到他沉重的肉身。可怜的人，你怎么办呢？他为那个躺在病床上的无助的肉体感到悲哀。你一直是幸运的，在此之前。由此，你推断你还会一直幸运下去，就像两条平行线，事故在那条线上，你在这条线上，两条线永远不会相交。这有多傻啊！你上学的时候总是第一名，你的数学很好，我问你，这种推理成立吗？欧几里得的平行公设后来被推翻了，由此发明出非欧几何。这些你很难理解。你读过相关书籍，知道在球面上两条平行线无限延长，也是会相交的。不说数学了，你现在离数学太远了。另一个声音说：如果没有这样的信念，我如何能够坚持下去？

该睁开眼睛了。刚才在云上他没看清床上的肉体是否毁容，现在这是他最想知道的事。如果毁容了，怎么面对妻子？怎么面对孩子？怎么继续工作？他感谢爹妈给了他一副英俊的面孔，他为此自豪，这副面孔让他充满自信。上大学时，那么多女孩子追求他，他很得意……到公安局后，他差不多成了市局的形象代言人。现在……他要睁开眼看一看……且慢，他告诫自己，再想一想，还有些事要再想一想。好安静啊，他想一直这样下去，躺在病床上，或躺在云彩里，谁也不来打扰。

他与世界隔绝。他在这一边，世界在另一边。这样很好。他愿意一个人待着，最好谁也别来打扰。他不想让任何人看到他的样子，他憎恨丑陋。他怕出事故，怕死亡，但最怕的是"幸存"下来。残疾，他无法接受。而他尤其怕成为一个丑陋的残疾者。现在……要睁开眼吗？不，还有一件事他要想一想……

他听到门口有声音，不是说话声，是脚步声……妻子来了！奇怪，尽管没人说话，他就知道是妻子来了。脚步

　　　　　　　　　　　撒谎的女人

声在门口停下来。她不敢进来。她怕……看到他。他忽然想起来，"还有一件事"就是他想隐瞒他受伤的消息，不让妻子知道，不让女儿知道，不让父母知道，不让外界知道。妻子来了，他知道最难隐瞒的就是妻子，他不回去又没消息她会疯掉的。她害怕看到他，他也害怕让她看到，她最好别进来……回去，回去吧，他心里说，别进来，千万别进来！

他睁开眼睛。两只手都包着厚厚的纱布，脸呢？他看不到自己的脸。脸上应该没包纱布，包纱布的话，眼睛会看到一部分。脸什么样，吓人吗？

门开了。妻子在医生的陪伴下走进病房……妻子走得很慢……这不是久别后的重逢，需要扑过来……她还在惊吓之中。后来他知道……小王和小周——他的两名同事——去到她单位，她看到两个人凝重的神情，腿就软了，靠着墙才没有倒下。她知道出事了。他们说什么，她没听进去。她问，还活着吗？她清楚他的工作一旦出事，就不会是小事。他们说活着，只是受了点儿伤。她不知道他们是宽慰她，还是……她不敢多想。跟他们来医院的路上，他们给她讲出事的过程。她没听进去，她头脑一片空白。进到病房看到他的一瞬间，她才确定他们没骗她。他确实活着。

他看到妻子的泪水流下来。他知道她已从震惊中缓过神来。流泪，这是好事……流泪吧，尽情地流泪吧……不要憋着……命运的一击！对我，对你，对我们家……我们必须承受，别无选择……

在妻子和医生身后，是小王和小周。

他们走到他病床前。妻子、小王和小周都不知道该说什么。主治医生姓林，是主任医师，大家叫他林主任。林主任表现最自然，他问："疼吗？"他摇头。"疼了你就说。"他点头。他不知道自己为什么不愿张口说话，而只是用点头和摇头作为回答。林主任又看一下输液瓶。

他动了动嘴唇。

林主任问："什么？"

他说："镜子。"

林主任说："你要照镜子？"

他点头。

林主任有些为难，他说这里没有镜子……等你能下床时再照吧。

他坚持要照镜子，他说他要看看脸什么样。

林主任说还是不看的好，该让你看的时候会让你看的。又说，没事，毁不了容，别担心。林主任给他一个安慰的笑，出去了。

妻子笑着说："你快把我吓死了……"

她想安慰他，可是脸上的表情……假装放松……忍住不哭……越来越扭曲……笑与哭同在……那么难看……好像面孔是一个战场，笑与哭扭打在一起……眼泪哗哗地流

撒谎的女人

……哭占了上风……她捂住嘴，发出可怕的呜呜声……

小王和小周别过脸去，偷偷抹眼泪。

他等着妻子平复情绪……她不应该这么失态……她应该坚强……她知道他工作的性质……

他突然觉得自己很冷漠，不近人情。

妻子不哭了。

他索要镜子，他要看自己的脸，他想知道他的脸是什么样子。他们看到的脸，他也有权利看到。妻子知道他的脾气，他要干什么，没人能拦得住。

"真要看?"妻子说。

他说："真要看!"

妻子出去给他找镜子。

这时候，另外两个同事小郑和小吴也来了，带来好大一束康乃馨。他们想得周到，同时带来了花瓶。他们将花插到花瓶里。

排爆大队五个人，在他的病房里聚齐了。

这不是开会，他也不用讲话。他们笨拙地安慰他。这毫无意义。如果让他去安慰别人，他也不知道该说什么。他不让他们说下去。别说了，这只是个意外，没什么。这不是他心里想的，他却这样说。言不由衷。他在无意识地塑造一个坚强者的形象。他安慰他们，好像受伤的是他们，不是他。他们刚到排爆大队时都对家里人隐瞒着自己的工作。他对他们说，危险一时半会儿轮不到你们，我比你们有经验，我党龄最长，有危险我先上。他说到做到。保护好自己的队员，是他的责任。

妻子拿来镜子。她并没有马上让他照。真的要照吗？他说是的，他已做好准备。这时候他不能表现出软弱。

妻子缓缓举起镜子。

他在镜子中看到一个黑人。不，是黑面孔。他想起妻子曾用过的黑色面膜，妻子问他吓人不，他说吓死人。现在，他也有了黑色面孔。吓人不？他也想这样问，但没问。还不算太糟，至少没变形。他说还好。

他让四名同事回去，他说他要和妻子说话。

小王、小周、小郑、小吴出去后，他嘱咐妻子别告诉女儿和父母。妻子点头。

"几点了？"

妻子告诉他时间，他说该去接女儿了。妻子点头。妻子还在掉眼泪。他说别哭了，让人看见不好。妻子点头。她手里攥着纸巾，纸巾已经湿透。她擦去眼泪。她说她走了，他说走吧。

妻子走到门口，他又叫住她。他想起一件事，媒体，不能让媒体报道这件事。媒体一报道，父母就会知道，女儿也会知道。

"让庞记者来见我。"他说。

病房又安静下来。是时候了，开始从头清点尘世的账

　　　　　　　　撒谎的女人

目：你受的委屈、未实现的梦、不能实现的梦……

他闭上眼睛，一条长长的路在记忆中延伸，没有尽头。前面有一个身影，朝远处走去，尽管看到的只是背影，但他知道那是父亲。他喊父亲，父亲没有听见，一直朝前走，他跟上去，父亲的身影愈来愈远，也愈发模糊，最后消失在一片强光中……他大喊"爸爸——"，声音在山谷中回荡……"爸爸——爸爸——"

这是他小时候常做的梦。他总是在哭喊中醒来，泪流满面。

他的童年，父亲是缺席的。父亲就像那个梦中的影子，是背影，且是模糊的。更多的时候，连这个影子他也看不到。他后来与父亲关系疏离，与此有关。

他对父亲最早的记忆……两岁时坐绿皮火车去四川看望父亲……是记忆，还是一场梦，或者是母亲讲述，他不能确定……长得没有尽头的隧道，黑暗中火车碾轧铁轨的声音及其回声……推不开的窗子……独特得像烂白菜一样的气味……

最清晰的是过隧道的记忆。关于父亲的记忆呢？父亲的工作保密性很强，据说上班时眼是蒙着的，不知道车开到哪里，不知道要干几天。母亲告诉他父亲的工作很重要。父亲身形高大，来去无踪，是一个神秘的存在。他崇拜父亲。他后来所走的道路，正如梦中所预示，是朝着父亲前进的方向。母亲说听到火车呜呜响，你爸就该回来了。他们家离铁路很远，听不到火车呜呜响。

另一个深刻记忆是：无边的黑暗……一盏小油灯用昏暗的光推开黑暗，开辟出一小方天地。母亲将买来的芦苇劈开、轧平，用灵巧的手编席，苇片在手指间起舞。他睡觉时母亲在编席，他醒来时母亲还在编席。母亲一个晚上能编一张席，拿到二十里外的集市上去卖，一张席能赚两毛钱。母亲后来腿疼得厉害，大概与她长年编席有关……

他小小年纪就很懂事，自己做饭，自己洗衣。他心疼妈妈，他是家中长子，小小男子汉，他必须为母亲分忧。那时，他体弱多病，吃紫花杜鹃片，肇庆制药六厂生产的——为什么记得这么清楚，因为他吃了半年……

庞记者来到病房时，他刚经历过一阵疼痛。他是烧伤，疼应该由外到内。可是不，疼从内往外钻。就像电影《异形》中，人身体中诞生了怪物，它从内往外拱，拱，拱……他用头撞墙……护士给他吃曲马多……给他打吗啡……庞记者来的时候，他已恢复平静。

他对庞记者提出一个要求：别报道这次事故。

庞记者说："我来之前新闻已编辑完毕。你担心什么呢？"

"我不想让爹妈知道，不想让女儿知道……他们会受不了……"

"我理解，但不知道来不来得及。"庞记者起身说，

"我马上去办。"

　　一秒钟逝去，第二秒依然是一秒钟，第三秒……只有他才知道第三秒会有多么漫长……他听到自己的心跳声，听到血液流动的声音。时间，每一秒都像皮筋一样被拉得很长，还能再拉长——当他拆除爆炸装置时，这就是他体验到的时间……冷汗冒出来，在冬天衣服也会溻湿……在危险中，他把自己分裂为两半，他让一个被恐惧吞噬，另一个逃逸。冷静！冷静！他需要极其专注，心无旁骛，思维缜密。手不能抖，要果断！他清楚，会有一个分界线，这边是末日，那边是拯救；这边是处罚，那边是奖赏；这边是死亡，那边是生命。啊，这就是他的工作！那些自制的爆炸装置不像炮弹有规律可循，排爆之前，他不知道面对的是什么样的危险。引爆装置千奇百怪，匪夷所思，稍有不慎就是悲剧，甚至千慎万慎，悲剧仍然会发生。每当别的省市有同行牺牲，他都要难过好几天。丧钟为谁而鸣？为你我而鸣。全国所有排爆手是一个群体，亲如兄弟，他们经常交流案情。每一个倒下的兄弟都是一次警示——哦，当心！

　　他不喜欢看有排爆情节的影视作品，里面的失真让他无法忍受。犯罪嫌疑人用于引爆的电线为什么要有红有绿有黄，让你好下剪吗？不，犯罪嫌疑人没这么傻。犯罪嫌疑人用的电线往往就一种颜色，普通得不能再普通，要剪

受伤之后

受伤之后　　　　　　　　　　　　　　　　　　　153

哪根，你必须自己搞清楚。还有，犯罪嫌疑人的定时装置为什么要让你看到？不，犯罪嫌疑人不会这样，定时装置往往很隐蔽，既看不出来，也没有声音。即使你的耳朵非常灵敏，你也听不出电子表的声音。

有一次，他去拆一个爆炸装置。一个很大的箱子，箱子里装有十几公斤汽油、两个电瓶和几公斤黑火药，空隙外塞满碎纸条——碎纸机粉碎的那种纸条。箱子被故意遗弃在火车站。他到达时，人员已被疏散，并拉起了警戒线。他穿上四十公斤重的防爆服。防爆服所起的作用，小爆炸可以保命，大爆炸可以保全尸。具体来说是，一公斤炸药，三米外可以保命，不受致命伤。两个数字——一和三——很重要。大多数时候，他无法把自己置于这两个数字的范围内。箱子里的东西没人敢动，箱子也不敢动。搬动可能引发爆炸。箱子里为什么塞那么多纸条，难道仅仅是为了填充空隙吗？他没遇到过这种现象。此时，他把自己想象成一个制作爆炸装置的人。如果是我，塞这么多纸条，肯定是为了欺骗。要找引爆装置，必须清理纸条。如何清理呢？他小心又小心。每一个纸条只有确定没有问题，他才将其拿出。每个纸条都有千钧之重。他清理了一个小时。这一个小时由漫长的一秒钟，更漫长的下一秒钟，以及十分漫长的又一秒钟又一秒钟又一秒钟……组成。他快要虚脱了。防爆服里面的衣服被汗水浸湿，汗水顺着皮肤往下流，灌进靴筒里。他被淹没在自己的汗水里。终于，他发

撒谎的女人

现了引爆装置。有一个纸条，只要一抽走，炸弹就会爆炸，他就没命了。他剪断电线，拆除引爆装置，小心地清理黑火药和汽油瓶。在箱子最下面，他又发现一个定时器。所定时间是十一点整。他问同事时间，他们告诉他：十点五十七分。也就是说，如果晚三分钟剪线，他就没命了。他真幸运。

排爆三原则：最少的人，最少的次数，最少的时间。

播新闻之前，庞记者来了，告诉他搞定了。庞记者轻描淡写地说，他找了台长，又找了宣传部部长。既然找了台长，为什么还要找宣传部部长？庞记者说编好的新闻要调整不容易，台长说新闻有新闻的原则，那就是时效性。庞记者说我答应过人家。台长说不能感情用事。庞记者转身就走，说我找部长去。在台里，这属于越级，是禁忌。庞记者说时间紧迫，管不了那么多了。电视台与宣传部咫尺之远，抬腿就到。他刚到，台长也到了。庞记者和宣传部部长是大学同学，私下里称兄道弟。作为宣传部部长，同学的面子得给，台长的权威也要维护。于是，有了折中方案。新闻照播，只说一名警察受伤了，不提他的名字，不出现排爆的镜头。这在我市新闻史上是第一次。

晚上，他给父母打电话报平安。果真，他们没注意到那条新闻。他每周要给父母打两次电话。如果打迟了，他们就会担心、焦虑、念叨，吃不好睡不好。

第一次排爆，他走进那间出租屋时，感到深深的恐惧。那时，他是唯一的排爆手。别无选择，只能上。排爆是他的职责。他以前在部队干的是处理炮弹的工作。他在大学学的是弹药专业，对炮弹是如何造出来的清楚得很，处理起来不难。现在，一间黑屋子，只知道里面有炸弹，别的一无所知。他要踏进去，找出炸弹，拆除。犯罪嫌疑人聪明吗？凡是能自制炸弹的，都不是笨蛋。聪明才智和仇恨捆绑到一起，威力巨大。进入屋子，他感到仇恨带着透骨的寒意，像凶猛的野兽，潜藏在黑暗中。你进入了它的领地，就是这种感觉。他打开手电筒，仔细寻找，共找到九个自制炸弹。有的是用啤酒瓶做的，有的是用钢管做的……每个炸弹的威力都相当于手榴弹的二十倍……

最初几天他非常沮丧，他以为自己会成为丑八怪。主治医生林主任告诉他不会，他不相信。医生惯于这样安慰病人。

他是大名鼎鼎的排爆英雄，林医生知道他，对他特别关照，总是微笑着耐心给他解释治疗方案。

两名美女护士——筱筱和玫玫——对他精心护理。筱筱腼腆，玫玫精怪。她们每天给他床头的康乃馨换水，她们还送他一个画笑脸的吉祥布娃娃，上面绣四个金色的字：早日康复。

筱筱说："我知道你最担心什么，你放心，林主任说了没事就是没事，林主任这个人可严谨了，从不哄人。"

玫玫说："过俩月，一蜕皮，你还会帅得不要不要的。"

筱筱开玩笑说："平时很多女孩儿追你吧？"

玫玫扮个鬼脸说："这话可不能让嫂子听到。"

…………

"零点一"，足以改变一个人的一生。

他站在视力表前，"白大褂"用教鞭一样的细棍指给他一个 C，让他指出开口朝向。他以前只见过 E 视力表，上下左右，四个方向。C 视力表，开口却有八个朝向，这对他是个考验。

体检，他各项都达标。少年时，他身体瘦弱，吃紫花杜鹃片。上初中后，他练习长跑，每天跑三千米。高中，他的身体最棒，上午跑五千米，下午还能跑三千米。

招飞的军人都夸他身体好，说他就是他们要招的人。他过关斩将，从五百名学生中脱颖而出。

最后一关，视力，他左眼差零点一不达标。

于是，他没有成为空军飞行员。

这是二十年前的事了。如果那个"白大褂"像筱筱或玖玖，说不定会给他加上零点一，让他通过。那样，他现在就在蓝天上翱翔，而不是躺在病床上，听她们哄他。再一想，如果"白大褂"给他加上零点一，让他参军……听说到部队还要体检，若那时候被退回来，他岂不城也耽搁了，乡也耽搁了！与其那样，还不如这样——早点儿打消当飞行员的念头。

一条路走不通，还有另一条路。

高考，他报了军校。家里穷，而军校不要学费，还管生活费，发服装，他没理由不报。专业：弹药。从此，他就和弹药打上了交道。毕业后，他被分配到济南军区弹药储备库。十年后，他转业到市公安局，成为一名排爆手。

之后，就是与死神过招，凭直觉，凭预感，凭理智，凭勇气。悬崖上摇摇晃晃的小桥，或者一根纤细的钢索，他要踏上去，走过去，到达彼岸。

一周后，他摆脱了沮丧。首先归功于林主任，是林主任让他恢复了信心。或者说，林主任让他确信他不会毁容。再就是筱筱和玖玖，她们让他感到他是幸运儿。你承认吗？他承认。在这个行当，这次事故带来的伤的确算是轻的。

妻子不再流泪了。父母不知道他受伤，女儿也不知道。这些都让他心安。

市领导和局领导来慰问他，让他安心养病，有什么要求尽管提。他说没什么，挺好的。他不能说他要求安静，

　　　　　　　　　　　撒谎的女人

最好谁也别来打扰——那是不识好歹。他不想让领导来慰问。可如果领导不来慰问，他心里又会难过。人就是这么矛盾。好在慰问时间很短，对他没什么影响。两名少先队员来给他献花。一个男孩儿，一个女孩儿，满脸稚气，很阳光。他们给他敬礼，他用包裹纱布的手给他们回礼。他的手臂能够自由活动。他问他们是哪个学校的。他们告诉他。他放心了，他们和他女儿不是一个学校。

　　一次他开车去接女儿。那时女儿四岁，上幼儿园。他刚把女儿接上车，电话响了，有任务。他没时间把女儿送回去，只好直接开车去现场。到距离现场几百米的地方，他将车停在拐角处。这里有大厦挡着，看不到现场。他让女儿在车里待着，他有点儿事，去去就来。然后将车锁上。
　　一个建筑工地挖出一个大炸弹，足有两个液化气罐那么大。这是战争遗留下来的，这个城市解放战争时是重要战场。战争遗留下来的炮弹很多，已经发生过一些悲剧，再也没人敢随便动了。这些炮弹休眠了半个世纪以上，但这并不等于它不会突然醒来。炸弹落下后，碰撞激活震颤片，随即引燃导火索里的铅芯，引起铅芯小爆炸，带动传爆药，引起主体炸药爆炸。主体炸药是 TNT（三硝基甲苯）。这么大的炸弹，威力惊人，处置不当，后果不堪设想。由于锈蚀严重，他足足花费两个小时才解决问题。看着拆除引爆装置的炸弹被运走，他如释重负。怎么回家？

这时他突然想起女儿，女儿还在车里！他跑到车跟前，女儿已经哭得声嘶力竭，幸亏不是夏天……

这是怎么发生的？他受伤成了一件好事。

妻子不用每天为他提心吊胆，可以安心地吃饭，睡觉。以前他一出任务，妻子吃不下饭，睡不着觉。夜里出任务居多。半夜接到电话，一秒也不能耽搁，立即奔赴现场。爆炸物越早排除越好。他回来时，不管多晚，妻子肯定没睡。他不喜欢她这样。每每看到她坐在黑暗中等他，他都深感愧疚。这是我的工作，他疲惫地说。我知道，她说。她去给他热杯牛奶，端给他，看着他喝下。她对他太好，他该如何报答呢？妻子说报答啥，你平平安安就是对我最好的报答。

现在……

你躺在床上，你是安全的。

"你可以名正言顺地调离排爆队，换一个工作，再也不用与死亡贴得那么近。"庞记者说，"塞翁失马，焉知非福。"

"是。"

"你立功多吗？"

"多。"

"获得的荣誉多吗？"

撒谎的女人

"多。"

"遇到的危险多吗？"

"多。"

"常在河边走……"

他理解庞记者的苦心。庞记者是真朋友，怕他出事，才这样委婉地规劝。以前，一次采访结束，庞记者说你是我见过的真正的英雄。庞记者将"真正的"三个字念得很重，特别强调。在他，这是最高的赞誉。庞记者说得真诚，他也推心置腹。

他说："我算不得英雄，大学时我是区队长，大三入党，毕业时，我是优秀学员，可以自己挑选去哪里。我挑了军械所。军械所在省城。到军械所报到后，我被分到弹药处。我是学弹药的，这也算对口。弹药处在山沟里，离市里好几十公里。我在山沟里待了十年。那里有五个校友，五个大龄青年，找不到对象。我也是。在学校，我是帅哥，有不少女生追我。但在这里，别人给我介绍女朋友，人家一听说我在山沟里，连见都不见。转业时，我想，我要到省城，谁不想到大城市呢。我不想回老家。若分到不死不活的企业，又要下岗，我不想那样。恰好，转业前市公安局借我去排过爆，知道我这方面在行，他们缺这样的人才。我去一说，他们同意了，于是把我要到市公安局。排爆，这是专门为我设立的岗位，就我一个人，光杆司令。人家给你解决了工作，你不能下软蛋。排爆，硬着头皮也得上，必须上。一到公安局，我的婚姻问题就解决了。只是……谈朋友时，我没告诉她我在公安局具体做什么。我不敢说排爆，我怕吓着她。再后来，成立排爆队，让我当队长。我就又招了四个队员。局里双向选择，我还是选择排爆。这项工作危险，没人比我更懂，我不干，让别人干，那是不负责任……"

"你还要继续吗？"庞记者问。

打击从最意想不到的角落落下。隐瞒，是的，他对父母隐瞒他的伤情。他认为很成功。但是，心中有所不安。梦，在另外的维度上揭示真相。有一天他遽然惊醒，久久无法入睡。

接到弟弟电话时，他想起了那个噩梦。

弟弟说母亲快不行了，父亲不让告诉他。又是隐瞒！不过，这次方向相反，是父母要对他隐瞒实情。出发点一样，都是因为爱。

事情是这样的。他一如既往地每周给父母打两次电话报平安。但他两个月没去看望父母，这在以前是没有过的。他编了各种各样的理由，比如出差、学习、开会、研讨、考察，以此说明他很忙，不能去看他们。父母很理解，每次总是说你忙吧，没事，我们很好。有一天，他们看到一个视频，是两个少先队员向英雄献花，他们从视频中认出了他，这才知道真相。母亲嚷嚷着要来看儿子，还没出家门，竟然一头栽倒。叫120，送到医院抢救。父亲不让告诉他。

"在哪家医院？"

"县医院。"

他让弟弟立即将母亲送到省人民医院，省里医疗条件好。

之后，母亲转危为安，但落下了中风后遗症。

"进来时，你黑得像包公。"筱筱说，"现在，你是小粉红。"

"什么小粉红，小鲜肉！"玫玫说。

镜子中，他比刚出生的婴儿还要粉嫩，没有毁容。旧皮脱落，自会长出新皮。很好，他很满意。他最担心的事情没有发生。手，也没有完全报废。手背结的疤，影响手的功能。虽然不太灵活，但能够活动，干普通的工作没有问题。他问林主任，手还能变得灵活吗？林主任说能，不过，要受很多很多罪。手上的疤和树砍伤后结的疤是一样的，有大量增生。要想变得灵活，就要将增生部分一刀一刀割去，然后植皮。植皮是从你身上别的部位取皮，种植到这里。并非一次完成，需要一次次手术。整个过程，会受多少罪，难以想象。如果不再从事排爆工作，没有必要受那么多罪。

"我有一个梦想……"这是马丁·路德·金的句式，他要借用一下。

我有一个梦想，这个梦想就是——平安。我希望一直平平安安，直到退休。我有一个梦想，这个梦想是——父母身体健康，我能膝前尽孝。我有一个梦想，这个梦想是——妻子和女儿不再为我担心，不会因为一个突然的电话就心惊肉跳。我有一个梦想，这个梦想是——社会平安，没有不公，没有欺压，没有仇恨，不需要排爆手；这奇怪的职业，不再被需要；所有排爆手都转岗，去从事其他工作……

——这是他出院前与庞记者交流时说的话。

他为自己赢得了特权。正如父母、妻子、女儿、庞记者以及医生护士所认为的，这次受伤未必是坏事，他可以全身而退，从此远离危险。局领导和市领导也准备满足他的要求。出过事故的排爆队员会留下心理阴影，转岗是正常的。

老子说，福兮祸之所伏，祸兮福之所倚。

庞记者明知故问，你立功多吗？获得的荣誉多吗？他明白庞记者的潜台词，你立功够多了，获得的荣誉够多了，足矣。功成身退，天之道也。当初市局把你要来，你知恩图报，也已经报答完了。你是英雄，为公安树立了良好形象。你冒着生命危险，排除了那么多爆炸装置，任务完成得非常出色。你不必心怀愧疚。

撒谎的女人

……电话响了，是小王打来的，小王不知道他今天出院。妻子在办出院手续，他不让妻子告诉任何人。他不喜欢兴师动众。他"喂——"一声，等着小王说话。他不知道小王那边有什么事，为什么没有声音。

两天前，小王、小周、小郑、小吴来医院看他。他们心情沉重。发生什么事了？他问。他们说，等一会儿你看晚间新闻。你们不能告诉我吗？他们不说话。既然都上新闻了，为什么不告诉我，要让我等待？小王说，算了，小周，你来说吧。小周说，我……他将小郑推到前面。小郑又将小吴推到前面。小吴期期艾艾，说不出口。他说，算了，你们走吧，我等会儿看新闻。他们又不走。新闻不可能呈现震撼人心的画面。他们去过现场，他们知道有多惨。事发后，他们第一时间到达现场。现场只能用惊悚来形容。一辆轿车被炸得稀烂，外壳炸飞了，车中的人四分五裂，肢体已经不全。车中的三个人全部罹难，一对夫妇和一个孩子，看上去应该是一家三口。他们立即隔离现场。附近有摄像头，记录下整个案发过程：一个穿旧西装的中年男人将一个类似非洲手鼓（也许就是非洲手鼓，视频上看不清）的东西放在路边离开了，一会儿一个年轻女人拉着小女孩儿的手经过这里，小女孩儿看到这个东西，要去拿，母亲不让，她们站在那儿看看四周，确定是无主之物，才让小女孩儿抱上。这时候一辆小轿车开过来，在她们身旁停下，让母女俩上车，车门刚关上，车子还没启动就爆炸了。爆炸威力惊人。幸亏附近没有别的行人，否则遇难的会更多。立即调取沿途摄像头视频资料，追踪那个穿旧西装的男人。两个小时案子就破了。那个男子看到警察，笑着说炸了吧？我猜是炸了。他那副嘴脸让人恨不得将他千刀万剐。他对别人的生命无所谓，对自己的生命也无所谓。他伸出手，让给他戴手铐。他说，杀人偿命，你们枪毙我好了。

最后是小王讲的。炸弹是如何引爆的？犯罪嫌疑人交代，简单，他在上面画了一个倒立的小人，只要颠倒过来……就"轰——"，上天啦！

那天晚上，他看了新闻，新闻对爆炸现场的画面进行了技术处理，不再那么令人不适。新闻还播放了一段摄像头拍下的视频，虽然也进行了技术处理，但仍然很震撼。然后是公安局局长的镜头，他特别提醒市民，对路边出现的可疑物品，要第一时间报警，千万不要去触碰，以免造成人身伤害，等等。那天晚上他没有吃饭，想到那遇难的一家三口，他极其难过——

小王大概有所犹豫，迟疑了几秒钟。他头脑中闪现出两天前那件可怕的事。沉默，这几秒钟的沉默，让他紧张和不安。应该与他出院无关，而是有别的事。会是什么事

　　　　　　　　　　撒谎的女人

呢?

小王终于开口,他说:"领导不让给你打电话……"

他明白,这是领导关心他。他差不多已经猜到是什么事了,甚至知道这件事严重到什么程度。一般的爆炸物,他们不会劳烦他。

"什么事,快说!"

"说起来复杂,我长话短说吧。"小王说,"我市惊现连环炸弹。一个广告公司老总,收到快递的礼盒,他看上面没写寄件人地址,联想到前两天发生的案子,警觉起来,没有打开。他给弟弟打电话,他弟弟说刚收到四个礼盒。原来他弟弟去取快递时,看到有姐姐、姐夫、妹妹的快递,就一块儿取了。他让弟弟千万别打开,他随即报警。小郑和小吴先赶到,他们怀疑盒子里面是烈性炸药,但没发现引爆装置在哪里,不敢贸然处置。我和小周正往那里赶,我怕搞不定,一会儿我们视频连线,你给我做场外指导如何?"

他与小王通话期间,听到电话那头有手机响铃,小周开始与某人通话。

"有新情况?"他问。

他虽然能够出院,但怕光,他戴着一个特殊的遮光帽,前面垂下一块黑纱帘子,看上去怪模怪样。他在角落里打电话,可能是声音严肃得可怕,再加上帽子古怪,引起几个人注意,远远看着他。妻子办完出院手续回来,走到他

受伤之后

身旁，他没有发现。他的注意力全在手机上。

他能感觉到电话那头小周抢过小王的手机，因为接着他听到的是小周的声音。

"视频侦查大队已经锁定犯罪嫌疑人，他共制作了八个炸弹，目前发现五个，另外两个已寄往北京，正在追查。还有最大的一个下落不明。这事已惊动公安部……部领导要求我们拆除一个，提取指纹，保留物证，其他可以销毁。盒子密封很严，我们不知道引爆装置在哪里，所以，张队，一会儿视频，请你远程指导我们。"

"你们先不要动，快开车来接我，我去！"

妻子小声嘟囔一句："什么时候是个头啊？"他没有听到。他不能看着自己的队员冒险。他们还没做好准备，他们没他经验丰富，他们没他冷静，怎能让他们上呢！他不管那头挂断没有，对着手机吼道：

"要快！"

（原载《啄木鸟》2020年第3期）

以河流命名的童年

"我无法告诉你一个真实的童年，我只能告诉你一个记忆中的童年。"她说。

1.木屋

第一次见到免渡河是在一个暴风雪的夜晚。父亲说免渡河是一个小镇，可我看到的却是一片荒野，再就是一个遥远的小屋。父亲抱我下火车时，我还没从睡梦中醒来。暴风雪像一群饿狼朝我们扑来，要将我们撕成碎片，吞下肚去。我很害怕，紧紧地搂住父亲的脖子。雪不是一片一片，而是一团一团朝脸上砸来，又湿又冷，脸很快就麻木了。

站台上唯一的灯泡挂在一个木杆上，被风吹得晃来晃去，灯光昏黄摇曳，仿佛随时都会熄灭。远处，有一个小木屋，亮着灯。父亲抱着我朝那里走去。小木屋里有一个烧得正旺的炉子和一个老人。老人招呼我们进屋烤火喝水。

在这样的夜晚，有火烤，有热水喝，别提多幸福了。

风像一群野兽在屋外咆哮，它们围着小屋，冲撞着，撕咬着，踢腾着……一刻也不肯罢休。小木屋嘎吱嘎吱作响，我担心它会散架，可是大人们一点儿也不在乎。父亲给老人敬烟。老人用火钳夹起一块燃烧的煤将烟点着，又让父亲点着烟。两个人吞云吐雾起来。椅背上搭着一个棉大衣，老人从大衣口袋里摸出一个宝贝似的小锡壶，拧开盖子，刚要放到嘴唇上，犹豫一下，递到了父亲面前：来一口。父亲也不客气，他们就你一口我一口地喝起了小酒。

小木屋被连根拔起，刮上了天，他们还在喝酒。小木屋在天上飘啊飘的，摇摇晃晃，好像它也喝醉了酒似的。我对他们说小木屋被刮跑了，他们说跑就跑吧，别管它。这不影响他们喝酒抽烟，云里雾里。我不敢朝外看，即使看也不可能看到什么。苍茫黑夜，除了呼啸的风雪，还能有什么。

我不知道风会将小木屋刮到哪里。反正有父亲在，刮到哪里我都不怕。小木屋后来变得很平稳，像一个温柔的摇篮，摇啊摇，摇到外婆桥……我进入了梦乡，梦到了女巫，她骑着扫帚，推着小木屋在空中飞。她说要带我去一个地方，我问去哪里，她说到了你就知道……不知过了多久，小木屋落了下来，落在一个山坡上，山坡上开满鲜花，美极了。我问这是哪里，她说是免渡河。我说不对，我们是从免渡河来的，怎么还是免渡河。再后来，她就不见了。

撒谎的女人

大概她嫌我问得太多，飞走了。我害怕了，喊爸爸，爸爸将我推醒：你看，太阳出来了。

雪白得刺眼。整个世界都是白的。所有的房屋都压在雪下，被压得矮矮的。雪停了，风也停了，静得可怕。这才是免渡河，我想，既不是我昨天下火车时看到的那个荒凉的免渡河，也不是女巫带我去的那个开满鲜花的免渡河。

免渡河是大兴安岭深处的一个林木小镇，一条铁路将小镇劈成两半，北边叫道北，住的都是铁路局的人；南边叫道南，住的都是林业局的人。两拨人，一拨管伐木，一拨管运输。

2.狐狸

父亲在道北买了一间上面漏雨四面漏风的老房子。门，打开关不上，关上打不开；窗子，就是一大窟窿。这样的老房子里最容易有鬼啊狐的。买房子的时候惊动了一窝狐狸，一个老狐狸领着三个小狐狸将家搬走了。那个老狐狸真够老的，走路都颤巍巍的，它也不怕人，从容离开，一点儿不慌乱。它看着我们，好像是我们侵占了它的家园。

这只老狐狸再回来的时候已经变成了美女，腰细细的，奶子鼓鼓的，走路风摆柳。她人未到，一串笑声先飘进了院子。父亲请来帮忙的张叔叔说，这个狐狸精！

父亲和张叔叔正在锯木头，停下了。她问：

你们买下的?

啊。父亲应了一声。

这闺女长得跟画儿似的,她摸着我的脸,端详着,搞得我很不舒服,你的姑娘?

啊。父亲又应了一声。

以后咱们就是邻居了,我住那边,她指了一下,家里啥都有,需要了吱一声。

谢谢!

她东看看西看看,对父亲和张叔叔的工作肯定了一番,离开了。走到院门口时,她回头说:

我叫张美丽。

她的眼睛很明亮,里边有两朵小小的火苗在跳动,那是即使在水中也会跳动的火苗。她走后,空气中竟然有一些香味。

张叔叔打趣父亲:你可要小心了。

父亲说:我长得跟李逵似的,狐狸精能看上我?

父亲除了络腮胡子和连环画上的李逵确有些像外,别的哪儿也不像。李逵人称黑旋风,块头极大,一双眼睛像一对铜铃,父亲哪儿有这般威风。

那可说不定。

一定得很。

张美丽是个狐狸精,已是公开的秘密,所有人都知道,

撒谎的女人

谁也不觉得奇怪。大人们见多识广，知道狐狸精没什么可怕的。小孩们却觉得神秘莫测。后来，几个小孩到一起，还为张美丽有没有尾巴争论不休。根据民间传说，道行深的狐狸精变成人后是没有尾巴的，道行浅的狐狸精还会有尾巴。不过，即使有尾巴，她也会藏起来的。我们打赌，看谁敢去摸摸她有没有尾巴。结果没有一个人敢去。我们都知道，狐狸精变成人的时候会把狐狸皮藏在一个隐蔽的地方，不让任何人发现。如果被人发现，烧了，那她就完了，说不定会丧命的。我们曾在磨盘下、玉米秆垛里，以及烟囱里找过，都没找到狐狸皮。她藏得真好。

平时看不出她有什么异样，直到有一天——一只小狐狸掉进了一个塌陷的土豆窖里，那狐狸在里边拼命想跳出来，可是刚下过雨，窖壁太光滑，它一次次的努力都归于失败，它绝望无助的样子让人可怜。十几个大人围成一圈，幸灾乐祸，不断地向里投掷石块，看谁掷得准。狐狸被击中时，叫声凄惨，他们却起哄叫好。这时候我看到张美丽从旁边经过，她朝窖里看一眼，脸上是很悲戚的表情。如果不是看到同类落难，她怎么会悲戚呢？我又想，也许那里面的狐狸是她的孩子，她没法搭救……多么狠心啊！

不过，后来发生的一件事，让我改变了对张美丽的看法。我想，即使是狐狸精，她也是个好狐狸精。那天，父亲正在街上卖"灭虫粉"，检查人员来了。所谓"灭虫粉"，其实就是六六粉，一种农药。当时，卫生条件差，家家户户都有很多臭虫，人们烦恼不已。六六粉能够杀灭臭虫，但是六六粉是农药，一袋子有一百斤重，不零卖。父亲从中看到了商机，就买回一大袋六六粉和一堆信封。父亲用萝卜刻了一个"灭虫粉"图章，盖到每个信封上。父亲将六六粉分装到信封里，拿到街上去卖，一毛钱一袋，很赚钱的。父亲眼观六路，耳听八方，尤其对检查人员特别敏感。检查人员在街那头，他在街这头，还看不到影子呢，他就能嗅到他们的气息，迅速躲开。父亲是街上名人，检查人员知道他在做违法生意，直奔他而来。他们还在远处，父亲已经匆匆收拾起东西离开了街道。父亲拐过一个街角，碰到张美丽挎着一个篮子上街赶集，他将一大包"灭虫粉"塞进她的篮子里。她愣了一下，想说什么，还没说出口，父亲已经走开了。检查人员追上父亲，让父亲把东西交出来，父亲装糊涂：交啥？我什么都没有。父亲将身上的口袋翻出来让他们看，都空空如也。

检查人员怀疑父亲将东西藏在张美丽的篮子里，让张美丽打开篮子。篮子上蒙有一块布。张美丽说不能打开，检查人员坚持，张美丽将布揭开个口让他们看。他们看一眼，就赶快放行了。他们没看到"灭虫粉"，却看到了一窝小狐狸。不知道张美丽篮子里本来就装着小狐狸，还是她将"灭虫粉"变成了小狐狸，这只有她自己知道。总之，她救了父亲。检查人员悻悻而去。张美丽把东西还给父亲，父亲向她表示感谢。

　　　　　　　　　　　撒谎的女人

她说：光嘴说说？

父亲送她两包"灭虫粉"：除臭虫可管用了。

我才不稀罕这玩意儿。

那你稀罕啥？

我稀罕你。

别开玩笑，让人听见了笑话。

看把你吓的，没胆了？

3.绿人

春天，父亲将屋后那片荒地变成了菜园。种上南瓜、黄瓜、茄子、菠菜……还有辣椒。菜园后边，就是山坡。不经意间，山坡上出现了星星点点的色彩，这色彩像颜料滴入水中一样渐渐扩散开来，把整个山坡染得绚烂无比。山坡是我们小孩子的天堂，我和几个小伙伴常在那儿玩耍，捉蝴蝶，捉蜻蜓，打啊闹啊，疯得一塌糊涂。菜园则是我独处的地方，我时常一个人钻进菜园里观察蔬菜生长。菜园有篱笆，防猪狗鸡鸭进入。这是我的天地，为我所独有。菜园里种有一棵黄瓜，在我的注视下，发芽，长藤，开花，结出一个小手指般大小的小黄瓜……如果你也天天去看望过一棵蔬菜，像朋友一样和它说话，甚至把你心中的秘密都说给它听，你就能理解我和那棵黄瓜的感情了。这棵黄瓜，我看着它一天天长大，顶花带刺，嫩绿可爱。早晨，上面有晶莹欲滴的露珠；晚上，它也睡觉……突然有一天，黄瓜开口说话了。她也是个小姑娘，也和我一样孤独。我们有说不完的话题……我也不知道我为什么那么孤独，可能是和没有妈妈有关吧。

说到妈妈，我不得不承认，我经常想念她。但如果别人问起来：你妈妈呢？我会对他说：她死了。可是，黄瓜这样问时，我没有这样回答。

我指着天边的一片云彩说：在云的后面。

那是天边吧？

天边外。

黄瓜突然伤心地哭起来。

哭啥哭！我不理它了，它弄得我也想哭了。

有一天黄瓜变成一个小绿人跑到我梦里，说她要给我当妈妈。我说，我才不要你当妈妈哩，你那么小。

她说，你不让我当妈妈我就走。说罢，她就真的走了。

醒来后，我跑到菜园里：我的黄瓜不见了。小绿人，小绿人，我哭着让她回来，可是她一去不返。从此我再也没见到过她。我的小绿人一定是被狼叼走了。菜园里冬天会有狼，我曾发现篱笆上挂有狼毛，菜园里还有狼粪，我没想到春天也会有狼。尽管我没见到狼的影子，但我认定是狼将我的小绿人叼走了。我大病了一场，整天说胡话。病愈后，爸爸问小绿人是谁，因为我在病中老是喊小绿人小绿人的。我决定保守这个秘密，不告诉他们小绿人是谁。

　　　　　　　　　　　　撒谎的女人

后来，又有黄瓜长出来，可是都不是我的小绿人，因为它们不会听我说话，也不会跑到我梦里去。

夏天的时候，我的孤独生活结束了，因为来了两条好汉。

4.魔鬼

一天下午，我骑在父亲脖子上从市场回来，远远看到我家院里有两个男子，其中一个竟然将院子里的一个石碾举了起来，绕着院子转圈儿。我指给父亲看，父亲说：你的两个叔叔到啦！他三步并作两步朝家走去。我在他脖子上颠上颠下，兴奋得咯咯笑。

那个举着石碾长得像武松的是我三叔，另一个比较斯文长得像吴用的是我二叔。武松和吴用我都是在连环画上认识的，他们真的很像。父亲将我放下来，让我喊"二叔、三叔"，我怯怯地叫了一声。三叔扔下石碾，将我举起来，抛上天空。我吓得够呛，但我第一次从空中看到了免渡河这个小镇的全貌。家家户户都有一个烟囱，烟囱像树林一样，好奇怪。三叔将我接住，问要不要再来一次。二叔将我抱了下来，说：看把娃子的脸都吓白了。三叔憨憨地笑笑。

父亲弄了几个菜，为他们俩接风洗尘。说起老家的事，都非常兴奋。从他们话里我听出来了，父亲给他们写信，把这儿说成了天堂。消息传开，还有几个年轻人也想来，天天打听他们什么时候走，二叔和三叔是偷着跑出来的。父亲说：一块儿来也行，这儿地广人稀，都能养活得了。他们正说得热闹，突然打住了。

门口腾起一股黑烟，黑烟在空中越来越浓，渐渐变成一个人的形状，不，是一个魔鬼的形状，铁塔一般站在那儿……他就是胡喜瑞，传说中的胡喜瑞。

胡喜瑞是从瓶子里钻出来的，千真万确，我亲眼所见。可是竟然没人对此感到奇怪，父亲还热情地招呼他入座。

胡喜瑞没理会父亲的话，乜斜着眼说：老李，你行啊，挣不少钱吧，把老家人都整来了？

父亲说：哪里呀，这是我两个兄弟，在老家吃不饱肚子，出来卖力气……来，坐下喝酒，坐下喝酒。

父亲给胡喜瑞斟了三杯酒。

胡喜瑞不坐，他扫视一下空荡荡的屋里，鼻孔里发出一声冷笑，也不推辞，站在那儿将三杯酒干了。他可能是嫌屋子太小，憋气，一分钟也不想多待。他对父亲说：我喝你的酒是给你面子。父亲说：那是那是。他临出门，撂了一句：小心点，这儿不是河南。

胡喜瑞走后，三叔问：啥人，这么横？

父亲说：以后离他远点，惹不起，躲得起。

哼！

你别不服，强龙不压地头蛇，别给我惹事啊。

　　　　　　　　撒谎的女人

大路朝天，各走一边，我惹什么事！

出门在外，凡事要小心。

知道了。三叔不情愿地说。

父亲对二叔是一百个放心。二叔那个书生样，你让他惹事，他也不会惹事。

胡喜瑞没有再回到瓶子里，他走后我到门口去找过，没见瓶子，我想他一定是将瓶子带走了。

此后，我在大街上看到胡喜瑞，总是离他远远的，比看到疯子离得还远，因为我知道他的来历，也知道他有多可怕。我想，总有一天他会被收进瓶子里的，从哪儿来再回到哪儿去。可是，谁会是收他的人呢？我想除了三叔还能有谁。

5.历险

父亲和两个叔叔都是挣钱的好手，他们既干体力活，像伐木啦，搬运木头啦，装卸车啦，等等，也干"投机倒把"的事。有一次父亲要出远门，我闹着也要去，父亲拗不过我，答应下来，于是我见识了他们是怎么做生意的。那次是去哈尔滨。我发挥的第一个作用，就是帮着父亲和三叔传递车票。他们只买了一张车票，一个人出站后，我再把票拿给另一个人。

到了哈尔滨，父亲将我放到新华书店，让我在那儿看小人书，他们去进货。父亲请求书店的售货员帮忙照看一下我，售货员给我一本小人书和一个小凳子，我坐那儿看起来。售货员是个女的，十七八岁，长得很好看，笑起来时脸颊上有两个甜甜的酒窝，而她总是笑。她为什么那么开心，脸上开满鲜花似的？我虽然在翻看小人书，但我能感觉到她在看我。还有，她在笑，笑得很甜。

时间过了很久很久，久得让我开始担心起来，怕父亲和三叔在城市里迷路了，回不来。如果真是这样，我该怎么办？这个问题把我给难住了。我不知道我除了哭，还能干什么。我真是没用，我为什么没跟他们一块去呢？他们走时我为什么没抱住父亲的腿不撒手呢？我为什么没哭呢？……我头脑中塞满问号，哪里还看得进去小人书。我只是假装在看书。我不想让那个女售货员看出什么。

我快要绝望的时候，父亲和三叔回来了，挑了两大筐子鸡蛋。我早饿了，但我更多的是委屈，见了父亲我嘴一咧就要哭出来。是父亲的一个小魔术把我的哭声阻挡了回去。父亲早就预见到我要哭似的："看看我给你带来了什么？"他说着，伸手向空中一抓，从虚无中抓出了一个冰糖葫芦。我目瞪口呆，接过冰糖葫芦，就把哭忘到了一边。

回去的时候，还是只买了一张票。父亲挑着鸡蛋，领着我上火车。三叔没从入站口进站，他是从货场绕进来的。我紧紧抓着父亲的裤腿，一步不落。

上火车前父亲一再嘱咐我，不让我乱说话。三叔吓唬我：乱说话就把你的舌头割了。我知道他们逃票，但我不会说出去的。他们小心翼翼地保护着两大筐子鸡蛋，以免被挤碎。车厢里拥挤不堪，每一寸地方都被充分利用起来了。臭烘烘，热烘烘，有人说梦话，有人吹牛，我很快就困了，上下眼皮直打架。去的时候货架上东西不多，父亲在上面扒个窝，让我睡在那上边，他用手扶着我，不让我掉下来。现在，货架上塞得满满当当，再也难以扒出一个窝来。父亲于是打起了座位下边的主意，他想找个下边没塞东西的地方供我睡觉……突然骚动起来，不停地有人急匆匆从前面车厢过来，穿过这节车厢，朝后边车厢走去。

查票了，有人嘀咕。三叔跟着几个人往后边车厢走去。那几个人大概都是逃票的。三叔拍了一下父亲的肩膀，意味深长地看一眼那两个筐子，走了。父亲冲他点点头，意思是：你放心，没事儿。

三叔走后，父亲拉着我站到离筐子两步远的地方，咬着我耳朵说：不管谁问，别说那两个筐子是咱们的。我点点头。

一会儿，列车员来了，查票，检查行李。一个人提包里装几串鞭炮被查了出来，没收了。父亲看上去一脸平静，但我知道他很紧张。他攥着我的手，我感到他手心里出汗了，湿漉漉的。列车员问筐子是谁的，父亲不敢吭声。列车员又问了一遍，父亲才走上前去，说：是我的。

带这么多鸡蛋？

林场人多，这还不够哩。

免渡河的？

嗯。

那个列车员一听说父亲是免渡河的，脸上表情马上和悦起来，笑着说他有个亲戚就在那林场，是个会计。他拿起一个鸡蛋看了看，想和父亲攀谈两句。父亲紧张得发抖。我感觉到了。我突然哇的一声哭起来：爸爸，我肚子疼。那个列车员让父亲赶快带我去厕所。我并非有意要表演，我只是恐惧，本能的恐惧。尽管我不知道自己所恐惧的是什么，但我知道它弥漫在车厢浑浊的空气中。

父亲带我到厕所里，关上门。我说我没肚子疼。父亲看着我，看了一阵，突然笑了起来。他所有的紧张都在这一笑中释放了。他背靠着门，想了想，又笑了起来，笑得那样开心，这时候，即使天塌了，也阻止不了父亲的笑。

等我们从厕所出来，列车员已经走了，消失了。他们所带来的紧张空气也消失了。车厢里恢复了平静，就好像他们从来没出现过一样。父亲奖励我，说：我给你变个魔术，看好了，我手里什么也没有。他伸出两只手让我看，的确什么也没有。我开始给你变了，他搓搓手，吹口气，变！可还是什么也没有。已经到你口袋里了，他说。我摸摸口袋，里边果然有东西。我掏出来，不可思议的奇迹：一个玩具。这是一个会翻单杠的小人，一上发条，他就不停地翻跟头，精力充沛。我非常喜欢这个玩具。然后，父亲给我安排了个小小的任务：把车票送给三叔。

回到家，父亲和三叔将两个筐子里的鸡蛋拿开，我看到下面全是鞭炮和烟花。这些当时是禁运品，现在也是。毫无疑问，这批鞭炮和烟花让父亲和三叔捞了一笔。

6.家丑

有了钱之后，两个叔叔回到老家，各自领回了一个媳妇。这件事值得说道说道。本来，我们家成分不好，加上我父亲是"右派"，两个叔叔在老家很难成亲。这次两个叔叔回去怎么就轻而易举地解决了终身大事呢？原来，两个婶婶是被他们"骗"来的。他们回去前，父亲给他们各买了一块手表，那时候手表是稀罕物，是身份的象征。二叔和三叔又各买了一支钢笔别在口袋上，二叔本来就斯文，现在就更斯文了；三叔虽然长得像武松，别上钢笔，竟然也很像那么回事。他们在老家对女方说，我们在那边有工作，天天上班。他们所谓的上班，说白了，就是投机倒把。他们连户口都没有，哪儿来的工作。两个婶婶到这儿之后，才知上当，但生米已煮成熟饭，反悔已来不及。再说了，这儿的生活比老家好多了，就是让她们回去，她们也不会回去了。

刚开始的时候，我们在一起吃饭，后来就分开了。分开之后，三婶经常来拿我们家的木柴和煤。木柴是父亲进山拉回来的，煤是父亲夜里从火车站背回来的。他有个朋友在车站，偷偷卖煤给我们。往往是半夜，我睡得正香时，父亲从被窝里爬起来穿好衣服，蹑手蹑脚地出门，他怕惊醒我。其实，许多时候他刚走，我就醒了。我瞪大眼睛，再也睡不着了，等着父亲回来。外边是沉沉黑夜和零下十几摄氏度甚至二十几摄氏度的寒冷。我搞不清楚为什么父亲不叫上二叔和三叔一块去背煤，而总是自己一个人去。煤很沉重，那么冷的天，父亲每次回来都满头大汗。他的背也被压得有些弯曲。我对三婶拿我们家的柴和煤很有意见，说给父亲，父亲却一笑了之：让她拿去，你别管。

后来三婶做了一件很丢人的事，被抓住了把柄，她才有所改变。

父亲有一个秘密，那就是把钱装进罐子里埋到地下。每天晚上，夜深人静，父亲就在小油灯下数钱，这种做法和老葛朗台有得一比。我夜里醒来，十有八九看到的就是这场景。可是我只在夜里看到过罐子，白天，那只罐子藏在哪儿呢？有一天我半夜醒来发现父亲又在抱着罐子数钱，就翻个身假装又睡着了。父亲数完钱，小心翼翼地将罐子盖好，又用一块塑料薄膜蒙上，用绳子扎紧口。他看看床上的我没动静，就蹑手蹑脚走到墙角，拿铲子刨个坑，将罐子埋里边。回到床上，他看到我睁着眼睛。我问，你不怕被偷吗？父亲说他有办法，他埋几个罐子，只有一个里边有钱，其他的里边装上蛇。他还说有一次一个小偷来偷，就偷了装有蛇的罐子，回去打开罐子，手伸进去，大叫一声，他被蛇咬了……父亲真聪明……可我从没见父亲拿错过，他一次也没将装蛇的罐子拿出来。

又有一天，我夜里醒来，看到父亲抱着罐子数钱。这本是司空见惯的场景，可父亲的表情与往日不同，不再是陶醉，而是变成了忧虑。父亲数一遍，叹息一声，然后再数一遍，再叹息一声。就这样不知数了多少遍，叹息了多少声，最后他很失望地将罐子埋回原处。第二天父亲将三叔叫来，对他说罐子里少了一百块钱。这个罐子只有他和三叔知道，他问三叔是怎么回事。

没数错？

我数了不下一百遍。

三叔脸黑着，看看父亲。父亲的神情告诉他，这不是开玩笑，他不会开这样的玩笑。三叔沉默片刻，突然骂了一句：臭婆娘！起身回去了。

接着从三叔的屋里传来三叔逼问三婶的声音，三婶死活不承认钱是她拿的，三叔就打她，打得很厉害。我尽管对三婶没有好感，她这样挨打，我还是感到难过。不要说三婶是个女人，她就是个老虎，也经不起三叔的铁拳。景阳冈上那个吊睛白额大虎不就是被武松的拳头打死的吗？三婶叫得很凄惨，我怕她就那样被打死。我瑟瑟发抖。父亲则闭上眼睛，老僧入定一般。这是半晌，二叔和二婶不知哪里去了，总之，没有人去劝解。一个人如果被打成这样，她还不承认，我想，她一定是冤枉的。正在我这样想时，三婶口气软了，她承认钱是她拿的……

一会儿，三叔过来，把一百块钱交给父亲。

父亲没接。

知道钱的下落就行了，她拿了就是她需要，留着吧。父亲说。

丢人啊。三叔把钱留下，走了出去。

回来，父亲将三叔叫回来，又把钱塞给他，说，问问她有啥难处。

原来是三婶的弟弟写信来说相亲没钱……后来，父亲将二百块钱给她弟弟寄了回去。

这件事后，三婶有几天灰溜溜的，不再拿我们家的柴和煤了。

7.恐惧

免渡河有两样东西决定着人们的生活和命运，那就是森林和铁路。我童年的许多欢乐、冒险和恐惧也都与此有关。先说森林吧，我第一次感到恐惧就是在森林里。那天，两个婶婶带我进山采蘑菇，我在一片洼地看到一大堆人头，那些头颅还能说话，一个个大张着嘴巴像喊冤似的，吓得我拔腿就跑。我不知我是怎么跑回家的，到家之后还浑身发抖，满嘴胡话。父亲责怪两个婶婶不该带我进老林子里。

两个婶婶说，哪有什么人头，那只是蘑菇，像人头一样大的蘑菇。五保老人郑奶奶听说了这件事，来摸了摸我的额头，说，这孩子是撞了邪，并说那地方是个万人坑，以前活埋过很多人，去不得的，特别是小孩子。郑奶奶知道的东西很多，我们经常去她那儿听鬼故事。

听小朋友说，鬼都怕她，她知道怎么对付鬼，鬼如果不听她的话，她就将鬼钉到墙上。她说我的魂儿丢了，需要叫回来。她给我叫魂儿。她一叫，我还真的感到我的魂儿游荡在身体之外，我的魂儿能看到我的身体。她叫：团团，回来啦——团团，回来啦——那一声声呼唤，饱含深情，就像是母亲在叫我，我怎能忍心不回去呢。于是我的魂儿就回到了自己的身体中……

另有一次恐惧则是和铁路有关。我在道南上学，每天要四次穿越铁路。每次离家，父亲总是千叮咛万嘱咐，过铁路时一定要小心，要看看有没有火车经过；停着的火车要看看有没有车头，如果有车头，就要注意，它随时都会"跑"起来。因为铁道，我没少迟到，也没少旷课。有一次火车轧死人，围很多人在看，我很害怕，没敢到跟前，但恐惧的种子已经种在心里，让我每次过铁道都感到脊背发紧。冬天有时候雾很大，白茫茫一片，前后什么也看不见，过铁道就更为恐惧。一天，雾就像牛奶搅拌在空气中一样，白糊糊的，周围如立了一堵圆形墙壁，我看不到火车，也听不到火车的声音，就高一脚低一脚地过铁道……过到一半的时候，大地震动，我知道是火车来了，我抱住铁道旁的一个电线杆，火车呼啸而过，一股强大的气流朝我吹来，我的身体被吹得像风筝一样飘了起来，如果不是我死死地抱住电线杆，我就会被吹到茫茫大雾的天上。我怕得要命……到校时迟到了，脸乌青乌青，失去了知觉。班主任吕老师帮我揉了半天，我才有了感觉。吕老师对学生非常好，有一次她病了，我们大伙去看她，每人给她买了一个冰棍……

这是后话，按下不表。

8.闯祸

我上学不是一个省油的灯。有一次和三个小伙伴一同逃学，想找个隐蔽的地方去玩，就来到了货运站，爬上一节没有车头的车厢。我们在里边玩过家家游戏，不知不觉天色已渐渐变暗。突然车厢震动了一下，我们才从游戏中回过神来。这震动让我们感到恐惧。我们还没弄清楚是怎么回事，车厢竟然缓缓移动起来。车轮与铁轨摩擦的声音从脚底传上来，给人的感觉是大地在震颤。车厢走了。不知是谁叫一声，我们开始往下爬，只有小山爬了下去。车厢走得越来越快，我们都不敢下了。我们的心揪着，不知道自己会被拉到哪里。我们看到小山哭着喊叫：停下，停下——火车并没听他的，而是越走越快，将他远远甩在了后面。我想他应该像父亲那样喊"轧死人了，轧死人了"，火车说不定就停下来了。这个笨蛋！

　　有一次，父亲领着我，在辗子山收了两大筐鸡蛋，要赶傍晚的火车回免渡河。站上人并不多，但鸡蛋怕碰，父亲就等别的乘客都上去后，才将一筐鸡蛋弄上火车。父亲去抱另一筐鸡蛋时，火车开动了。父亲抓住扶手，要将火车拽住，不让它走。但火车哪里拽得住，他跟着火车跑了几步，眼看火车越来越快。他就大喊："轧人了，轧死人了——"信号员急打信号，火车刚攒劲要跑，又喘着气停了下来。站台上的工作人员飞快地跑上来问：在哪儿？哪轧死人了？父亲抱起地上那筐鸡蛋放车上，又将我抱上车，他笑着说：差点轧住我了。工作人员很快就看出了名堂，他们看看父亲的两筐鸡蛋，再看看我——一个这么小的女孩上不去火车也够麻烦的，加上父亲诚挚的笑容，他们没再说什么，关上车门，给火车一个信号，火车重新起动了。这就是父亲将火车叫停的故事。

　　小山没将火车叫停，只好回去报信，说我们被火车拉走了。父亲那样从容镇定的人，也慌了神，拉上两个叔叔要去下一站找我们。下一站离免渡河几百里，只能坐火车去。

　　下一趟火车几点？父亲问车站工作人员。

　　夜里十二点五分。

　　就这一趟？

　　就这一趟。

父亲心急如焚，恨不得长个翅膀，扑棱棱飞到下一站。急也没用。

原来火车司机知道车厢里有人，他想和我们开个玩笑，吓唬吓唬我们，于是拉着我们在铁轨上飞奔。火车像箭一样朝天边飞去。火车拉着我们满世界跑了一圈，终于停了下来。的确是满世界跑了一圈，甚至跑到天的尽头，无处可去，才拐了回来，而不是像司机说的那样，只是从货场东头拉到西头。司机从火车上下来，将我们好好教育了一番，警告我们以后不要钻进车厢里来玩，说：再到车厢里玩，就将你们拉到莫斯科。然后赦免了我们。

我们知道自己闯了祸，不敢回家，怕挨打，于是就躲了起来。天越来越暗，父亲和叔叔婶婶们，以及其他人，将能找的地方都找了，结果连我们的影子都没看到。他们又找司机核实情况，威胁司机说孩子们若有什么事就拿他是问。站上的领导也严厉地批评了司机。司机很后悔，他说只是和我们开个玩笑，没想到会是这样……他也加入到了找人的行列。站上的职工都动员起来了。免渡河都动员起来了。三个孩子失踪了。

一切都是我的主意，我领着两个小伙伴，悄悄潜回家，藏在我们家的炕后面。没有人想到我们会藏在这里。他们曾经几次回来看看我们是不是已经回家了，我能感到他们把屋里的各个角落都看了，他们在屋里转身的声音，他们的脚步声，都说明了这一点。有几次我感到他们就要发现

撒谎的女人

我们了，因为他们突然屏住呼吸，侧耳细听，结果他们还是没发现这个秘密。他们找疯了。我感到恐惧，我们都感到恐惧。我们不知道外面发生的一切，只觉得这是一次捉迷藏，一定要藏好，不能让大人们找到，因为找到免不了要挨一顿打。院里突然传来脚步声，接着我听到父亲的声音。他问：没看到团团回来？

没有。这是三婶的声音。

沉重的脚步声越来越近，是两个人的脚步声。接着，吱的一声，屋门被推开了。脚步声进屋了。然后是一阵可怕的静寂。我能感到父亲的目光在屋里扫视。那目光是有重量的，它给看到的东西一种压迫感。我想我们就要被发现了，就要被发现了。父亲的目光能穿透厚厚的被子，看到我们……那一刻我甚至希望被发现……

看来没回来。

这是三叔的声音，带着气愤和烦躁。

她会去哪儿呢？

这是父亲的声音，带着焦虑和担忧。我真想跳出来，扑入父亲的怀抱，哪怕被他打一顿都行。我不知道为什么我没这样做。

他们很快又出去了，还拿上了手电筒和马灯。天完全黑了。

屋里又安静下来了。我们仁有些害怕……但在这个温暖的角落里，睡意渐渐上来了，眼皮越来越困，终于都睡着了。我梦到父亲背着我走在雪原上，父亲心情沉重，不说话，只是低着头走路。我为了让父亲高兴，就对父亲说：毛主席说团团是个好孩子。父亲笑起来，他问我毛主席什么时候说的。我胡诌说昨天说的。他问我在哪儿说的。我说在北京天安门……

在我做梦的时候，整个免渡河快被翻了个底朝天。亲戚邻居出动了，车站的职工也动员起来了，都在寻找我们。手电筒、马灯、火把把小镇搅得骚动不安。他们越找越担心，越找越害怕，怕我们出意外，被狼叼走，或被人贩子拐走，或掉进哪个池塘里，等等。我们不知道外边乱成了什么样子。

父亲再次回来的时候，开门声又把我们惊醒了。如果父亲叫我的名字，我可能就出来了。但父亲没有叫，他可能看到屋里没什么变化，很失望吧，很快又出去了。他们要继续寻找。

父亲第三次回来的时候已经是黎明了。他是被三叔背回来的。三叔身材魁梧，力能扛鼎，背父亲不成问题。父亲是在河边晕倒的。他们找遍小镇，没找到我们，就往河边去找，结果可想而知……三叔给父亲冲了一碗糖水喂下去，父亲渐渐醒了过来。这时我已从藏身的地方出来了，木然地站在那儿。他们都忙着招呼父亲，谁也没看到我。是父亲最先看到我的，他定定地看着我，好像不相信似的，两行眼泪缓缓地流下了面颊……

　　　　　　　　撒谎的女人

9.饺子

逃学事件之后，我安静了很长时间。每天按时上学，放学后去郑奶奶那儿听她讲鬼狐故事。郑奶奶有一肚子的鬼故事，每个故事里的人物都有名有姓，故事发生的时间和地点她也都记得很清楚。从她那儿我知道了鬼有很多种，有吊死鬼、淹死鬼、吝啬鬼、饿死鬼、冤死鬼等。她说鬼属阴，人属阳，鬼大多怕人。可她有些鬼故事却吓得我们晚上不敢出门，上厕所都害怕。

我确实看到过鬼，坐在红砖坟墓上。屋后的山坡是我们小孩子的乐园，但不知什么时候那儿多了一座红砖坟。有一天傍晚，天阴沉沉的，我和小凤，还有小山、小荣在山坡上玩，突然我看到红砖坟上坐着一个人，不，是一个鬼。他虽然看上去和人一样，但更像个影子。他一动不动，像死人一样僵硬。肯定是个鬼，我说。我们几个都吓坏了。我们约好都不看他，装作我们不知道他的存在，这样，他就不会招惹我们了。果然如此。停一会儿，我忍不住偷看一眼，鬼没了。他大概钻进坟墓里了吧。我们吓得拔腿就跑，狂奔着回了家。到家后，还余悸未消，心怦怦怦跳得像打鼓……

郑奶奶不光会讲鬼故事，还会讲狐狸的故事。她能听懂狐狸说话。在她讲的狐狸的故事中，狐狸大多成精了，变成了人。奇怪的是，狐狸都选择变成女人，没有一个变成男人的。有一天我悄悄问她，张美丽是不是狐狸精？她哈哈大笑，终究没有给我一个答案。还有一些千年老狐狸，最终成了狐大仙儿，法术厉害着呢，能将人们藏得很隐蔽的东西找出来搬走。我很担心父亲藏在罐子里的钱。我让父亲提防狐大仙儿，父亲说他在罐子里放有蛇，狐大仙儿也怕蛇。

有一天，我和小凤在山坡上玩时，小凤突然变成了皮球，让我拍打了半天，后来又变了回来。我知道这是狐大仙儿在暗中搞的鬼。不过，小凤不记得她那半天的样子。她当然不记得了，因为皮球没有记忆。我把这件事说给郑奶奶听，问她是不是狐大仙儿搞的鬼，她又哈哈大笑起来，说，是你做的梦吧？

郑奶奶和郑爷爷是五保老人，他们家里养了很多花：指甲花、灯笼花、绣球花、海棠花、兰草、芦荟等。一到他们家，就像进到花园一样，蜂蝶翩跹，花香扑鼻。那时父亲赚了很多钱，别人家只是过年时才吃顿饺子，我们家却是隔三岔五就吃饺子。我们家每次吃饺子时，父亲都让我给他们端两碗，一次也不落。我很烦这差事。有一次我耍了个小心眼，中途将饺子端给我的朋友小凤。小凤妈见父亲，表示感谢，夸我们家的饺子好吃。我回来后，父亲问我，饺子送哪儿了？我说，送给郑爷爷了。父亲说，那怎么小凤家也吃上了咱家的饺子？我只好承认，我让小凤也尝尝。我又问父亲，干吗要给郑爷爷他们送饺子？父亲说，他们没儿没女，挺可怜的。又说，咱盖房子时在他们家院子里脱过坯，要知恩图报。父亲要我再送一碗过去。送去后，郑爷爷送了我一盆兰花，我抱着花出门时碰到了疯子，吓得我将花盆摔烂了。疯子是郑爷爷和郑奶奶的干儿子，整天在大街上追逐吓唬小孩。那时除了胡喜瑞，我最怕的人就是他。他追过来时，我就拼命地跑，怕被他追上。我不知道被他追上会是什么结果，因为没看到他追上过谁。想来被他追上是很恐怖的，这只要看看那些小孩奔跑的速度和惊恐的表情就知道了。有一次，我跑到了一个死胡同，没处跑了，被他追上了。我吓得浑身发抖，站那儿哭了起来。可奇怪的是，他并没对我有什么不友好的举动，而是摸摸我的头，就走开了。

后来，郑奶奶和郑爷爷在同一天去了天堂。他们的花在那一天都枯萎了。当我站在那个空荡荡的院子里时，我突然感到有一个奇异的世界向我关上了大门。几天后，疯子也消失了。郑奶奶上了天堂之后，张美丽是不是真正的狐狸精就永远成了谜。

10.青蛙

父亲给我买了一双黄色翻毛皮鞋。我穿上后，双脚放光。我想去向小朋友们炫耀，却被三婶叫住了，她让我帮着抱小孩。我抱了一会儿，趁她不注意，在小孩屁股上拧了一把，小孩哭起来。三姊接过小孩喂奶，我才得以脱身。

我去找小朋友们玩，希望他们能注意到我的翻毛皮鞋。果然谁也无法装作没看见，因为翻毛皮鞋太亮了，太新了，太与众不同了。他们羡慕的目光让我很受用。我约他们到河边捉蝲蝲蛄，他们就跟着我走了。

过了独木桥，前边就是开满鲜花的山坡，成群的蝴蝶在眼前飞来飞去。我们对蝴蝶没兴趣，我们感兴趣的是蝲蝲蛄。它们一般藏在石头下，你揭开石头它们也不知道跑，傻傻地等着被捉。一会儿工夫，我们就捉了不少蝲蝲蛄。后来，我又将蝲蝲蛄全部放回了河里。我让小莉也将她捉的蝲蝲蛄放回河里，她不放，我就追着她让她放。在追的过程中，我不小心将一只翻毛皮鞋掉到了河里。我一把没抓住，它顺着河水向下游漂去。我在岸上追赶，有时它被冲到了岸边，只要一伸手就能抓住，可是等你伸手时，它又被冲走了。几次都是这样。河边许多地方生长着高高的水草，这种草的颜色很特别，柳叶状的叶子，半边绿色半边紫红色，平时我很怕靠近它们，因为，深密的草下面，常常藏着癞蛤蟆。果然，翻毛皮鞋就在眼前，我刚要穿过这些讨厌的草过去时，一只癞蛤蟆挡住了我的路。它肚子鼓得大大的，满身疙瘩，丑陋不堪。我最怕这玩意儿了。可是它不怕我，挡住路就是不让开，直到我折一根野草作势要抽打它，它才跳开。这一耽误，我看不到那只皮鞋了。

撒谎的女人

河面上空荡荡的，哪里还有皮鞋的影子。河水在不远处打着漩涡，几片草叶在上面旋转着，旋转着……

父亲刚给我买的皮鞋，穿了还不到一天，就剩一只了，我……咋回去呢？伙伴们既同情我，又有些幸灾乐祸，他们扔下我都回家去了。

我独自一人坐在山坡上，看天边的云。想起我对黄瓜说的话：妈妈在云的后面，那么她看到我的鞋子了吗？她为什么不帮我把鞋子留住，那只鞋子，怎么就那么快消失了呢？我看着天，云儿飘啊飘啊，变幻成不同的样子，像硕大的山羊，又像巨大的火车头，还像火车道边上高高的圆木垛，又变成了爸爸曾经买给我的布娃娃……云变啊变啊，慢慢的什么也不像了，被黑暗隐去了。我下意识地看了看山坡上那片父亲开垦的种着土豆和白菜的荒地，那旁边有座红砖砌成的无名坟，在昏灰的夜色里闪着猩红的光。想起曾经看见的坐在坟头上的鬼，我疯一般冲下山坡，又疯一般从河边养狼狗的人家前面跑过，要知道，我平时总是绕道的，因为那家人的狗，曾经追过我的自行车，害得我把新自行车的脚蹬子摔坏了……

我一口气跑进院子。三婶正在抱柴火，看见我，脸上掠过一些惊讶，但她没说话，而是抱着柴火径直进了她自己的小屋。我走进自家的柴屋，穿上一双花布鞋，心里想着，要是父亲问起我的皮鞋，我就说是青蛙王子拿走的。拿去干啥？当船用，他要乘着这艘船去找白雪公主……这

时候，父亲从里屋出来了。他的脸有些肿胀，很不舒服的
样子。我问父亲怎么了，他说没事，就是牙疼。那一夜，
父亲翻来覆去，很久没有睡着。

11.等待

　　早上，一睁眼，父亲已经去了乌奴尔。表姐依照父亲
的吩咐来到家里陪我。表姐也是从河南老家过来的，她十
七八岁，有一天我发现她将叠好的卫生纸悄悄放入内裤里，
就觉得她是个流氓。我没告诉任何人，但我看表姐的目光
有了变化。她好像总有一些不该有的秘密。她爱打扮，她
爱照镜子，她爱发呆。在我看来，这些都不正常。表姐说，
父亲去乌奴尔要坐俩小时火车，他要去一整天，晚上才能
回来。那一天，不知道怎么了，我一整天都没精神，想着
自己的皮鞋，父亲的牙疼，还有，父亲坐火车去的那个外
地小镇，不知道晚上能不能早点回来。小凤、小莉来找我
跳皮筋，我竟然跳不动，她们说你傻了呀，怎么这么笨。
我不玩了，自己躲进小屋。二婶做好了饭叫我去吃，我不
去。我让表姐做了薄面片儿，那是父亲爱吃的东西。我吃
了一点儿，把半锅饭留着，等父亲回来。那天的黄昏来得
特别早，看着外边一点儿一点儿黑了下来，我站在齐肩高
的窗户旁边，向外看着，希望能看见父亲推着自行车，响
着铃铛走进院子。我明明知道，父亲那天没骑自行车，自

行车就放在厨房外面的柴屋里。我将自行车推出来，骑上在院子里转圈，越转越快，越转越快，自行车旋转着上升，就像在马戏团里看到的那样，一直升到天上去。也许从天上我能看到父亲的身影。

我问了表姐好几遍，说父亲是不是今天不回来了。表姐说，他说要回来的呀，可能晚点儿吧，但是也不对呀，只有一趟火车，应该火车晚点了吧。我们等呀等呀，我干脆搬个马扎坐在窗前，望着外面黑黑的院子。晚上躺进被窝，我竖起耳朵，听外面是否有爸爸熟悉的脚步声。屋里的灯一直亮着，因为，我们怕睡着了，听不见父亲叫门。

第二天，又等了一天，父亲还没回来。我，还像昨天那样，搬个马扎坐在窗户边，看着外边渐渐黑了下来，心里想是不是爸爸真的死了，怎么还不回来。我不敢和表姐说，因为，隔壁的孙婆子说，说出不吉利的话，可能会应验。我不敢说，表姐也不敢说。她只是一遍遍地说，是不是火车又晚点了？

第三天，我和表姐准备出门去寻找父亲时，父亲回来了。父亲的脸肿得不像样子，衣服又脏又破，少了一个袖子，身上有多少处伤看不到。他步履蹒跚，行走艰难。爸爸活着回来了。我欣喜若狂地拉住父亲的手问，牙还疼吗？父亲摇摇头说饿，表姐把昨天剩的面片儿热热，父亲狼吞虎咽地吃了两大碗。又说渴，喝了两大碗开水。好了，没事了，父亲说。然后躺下倒头就睡，一直睡了两天两夜。

父亲起来后，一切如常，好像什么事都没发生过。父亲从没告诉我们，他在外边遭遇了什么事。直到有一天，我偷听到他和三叔聊天，才知道那天在乌奴尔发生了什么：他被市场管理人员抓住关进了黑屋，几个人对他拳打脚踢，差点踢断了他的肋骨。关了两天后，他说家里还有个小女孩没人管，他们才放了他。钱和货都被没收了。他还算幸运，另一个被抓的人，因为犟了几句嘴，被打昏了扔在院子里一整夜，差点冻死。他又说，好汉不吃眼前亏，态度好，那些人也算手下留情，命才保住了。以后乌奴尔是不能去了，父亲说。

12.惩罚

不知从什么时候起，李氏三兄弟在免渡河已经变得赫赫有名了。父亲能挣钱，他总能找到挣钱的门路，我们虽然没户口，生活过得一点儿也不差，不但不差，还比许多有工作的人家过得都好。三叔则能打架，他力大无比，谁惹了他，准没好果子吃。二叔心灵手巧，能做出许多稀奇古怪的东西，让人大开眼界。

生活红红火火，看上去是这样，但是家家都有一本难念的经。有时，你想过平静的生活，但麻烦会自己找上门来。

这回是胡喜瑞，那个从瓶子里钻出来的魔鬼。在免渡

　　　　　　　　　　撒谎的女人

河，谁家小孩哭闹，只要说胡喜瑞来了，小孩马上就吓得不敢哭了。他就住在离我家不远的地方，房子是我们家的四五倍大，院子则有我们家的十倍大，大卡车在他家院子里都能掉过头来。他家养了两只狼狗，没人敢轻易踏进他家院子。他称王称霸多年，早就看李氏三兄弟不顺眼了。一天晚上，他不知在哪儿灌了一肚子猫尿，借着酒劲，拎一把斧头，骂骂咧咧来到我家，狠踹我们的院门。父亲和我的两个叔叔正在屋里说事，听到叫骂，三叔起身要出去，父亲一把拽住了他。

他喝醉了，别管他。

敢骂上门，胆子不小。

他霸道惯了，咱不惹这号人。

胡喜瑞叫骂一阵，见屋里没有动静，以为父亲胆怯，越发骂得起劲，什么"缩头乌龟""没户口的野人""地主崽子""投机倒把分子"等，凡是他能想到的骂人的词一股脑地喷出来。他踹门的力量也越来越大，大地都在颤抖。院门只是一道柴扉，哪儿经得起他如此踹，只几下，院门就开了。他进到院里叫骂。三叔又要出去，父亲按住，不让他动。

再不出去，他就要骑到咱头上拉屎撒尿了。

他骂够就不骂了。

马善被人骑，人善被人欺。

咱在人家的地盘上，该忍要忍。

胡喜瑞在院里转着圈骂，斧头寒光闪闪。看无人应战，他越发猖狂，要往屋里闯。屋门刚被父亲关上，他怕两个弟弟出去惹事。胡喜瑞用力踹门，踹得整个房屋都摇晃起来，屋顶的尘土簌簌往下掉。我趴在窗边往外看，这会儿感到窗户快被震掉了，我离开窗户，在炕上缩作一团。

再不开门，老子就把房子点了。胡喜瑞叫嚣道。

他真干得出来。这种情况下，父亲只好将门打开，让胡喜瑞进来。

胡大哥，喝酒了？

胡喜瑞横着身子，看他那样儿，这屋子盛不下他。

老子喝不喝酒关你屁事。

三叔怒目圆睁，父亲故意挡在他身前，不让他与胡喜瑞对视。我吓得躲到炕角。父亲说，胡大哥，有什么事情坐下来说吧。父亲说着，搬了马扎放他前面，胡喜瑞一脚踢开马扎，用手指着家里唯一的箱子说，把它打开，里面是不是藏着什么宝贝。父亲说，哪有什么宝贝啊，是我兄弟结婚时亲戚送的衣物。胡说，结狗屁婚，就他那熊样儿，还配找老婆？三叔听了，眉头越皱越紧，一把抓住胡喜瑞，你再说一遍？父亲一看不好，就推着他们两个说，别吓坏孩子，咱们出去说。

院子里没有灯，漆黑一片，我爬到窗台上，想看看外面发生了什么，却看不清楚，只听到胡喜瑞发出杀猪般的嚎叫，声音凄厉恐怖，听得人毛骨悚然。后来我才知道三

撒谎的女人

叔出门时手里拎了一把剪刀，他一到院里就制服了胡喜瑞，
夺下斧头，将他按在地上，用剪刀钻胡喜瑞，一下一下地
钻。剪刀钻入肉中，如果再戳住骨头，那种疼痛……胡喜
瑞是个软骨头，嚎叫几声就磕头求饶了：爹呀爷呀，你是
我亲爹，是我亲爷，求求你们，饶了我吧，我再也不敢了
……妈呀——他大叫一声，显然又一剪子下去了。

放过他吧，父亲劝三叔，教训他一顿算了。

我要让他看看是他厉害，还是我的剪子厉害，看他还
敢不敢再来找碴儿。三叔不愿意轻易放过他。

二叔拦住三叔：冤家宜解不宜结，算了吧。

胡喜瑞磕头如捣蒜，一会儿喊爹，一会儿喊爷，一会
儿又喊祖宗，后来又喊奶奶……原来是二婶也过去了，他
抱住二婶的腿，大叫：奶奶，我的亲奶奶，救救我呀……

二婶劝三叔：得饶人处且饶人，就放了他吧。

父亲说：已经教训了，别把事情弄大了……

胡喜瑞哭着求我三叔：李大兄弟，不，李爷爷，放了
我吧，我以后认你为亲爹，再也不会太岁头上动土了。

父亲说：好吧，咱们往日无冤近日无仇，今天都喝了
酒，不冷静，互相谅解吧，咱们还是好邻居。

胡喜瑞把头磕得咚咚响，说：是好邻居好邻居，咱们
还是好兄弟。

父亲说：老三，你放他走吧，听哥的话。

三叔说：好吧，滚！下次再犯到你爷我手上就没这么

便宜了。

胡喜瑞如得了大赦一般，连滚带爬地出了院子……

我很奇怪，胡喜瑞为什么不钻进瓶子里，哪儿来回哪儿去呢？

13.冻雨

兔渡河在大兴安岭北麓，有寒冷又漫长的冬季。胡天八月即飞雪，说的就是这一类地区吧。其他三个季节加起来才勉强可以和冬季抗衡。这儿给人印象最深的就是无边无际的皑皑白雪和深入骨髓的寒冷。但我感受到的最可怕的寒冷却是在秋天。那是个雨天。

雨来得很急。突然之间，天就黑了，黑云像锅一样把兔渡河扣在下面，刹那间，白昼变成了黑夜。紧接着，天被戳了个窟窿，大雨倾盆而下。天上的神肯定发怒了，咆哮着，用闪电的鞭子抽打着大地，大地在颤抖。空气也不安地颤抖着……

放学的时候，雨还在下，几乎所有的家长都带着雨具来学校接孩子。即使那些住得很近的学生也有家长来接。我以为父亲早就在等着我了，可是没有。不但没有提前在这儿等我，而且我站在教室门口等了很长时间还不见他的影子。同学们都走完了，剩下我孤零零地在教室里。我又饿又冷，越等就越生父亲的气，他为什么不来接我？他为

撒谎的女人

什么不来接我?

后来天色亮了一些,雨也小了许多,我就冒雨往家跑。我要从道南跑到道北,这段路不近,还要过铁道。雨虽然小了,但雨滴并不小,每个雨滴都圆滚滚肥嘟嘟,非常黏稠,是我见过的最为黏稠的雨,像透明薄膜包着的一包冰水,砸到身上又疼又冷。一会儿工夫,我的衣服就湿了。路上没有人,只有我一个人跑一阵儿走一阵儿。我哭了。我是那么的孤独无助,那么委屈。我之所以在雨中走,还有一个想法,就是让父亲看到心疼……

到家后,我感到自己快要冻死了。更可怕的是,父亲不在家。我本来一进门就要大哭一场的,可是哭不出来了。嘴哆嗦得不听使唤,牙齿咯咯打架。我快冻僵了,费了好大劲儿才将湿衣服脱下来。我钻进被窝暖了好半天,才感到手脚活泛一些,嘴也能动弹了。

门外的雨是陌生的,从来没见过这么黏稠的雨。天空也是陌生的,陌生的黑暗过后,又是陌生的苍白。空气也是陌生的,像湿布一样粘贴在皮肤上。寒冷是陌生的,不是冬天,胜似冬天。寂静是陌生的,除了雨的滴答声,竟然没有一丝其他声音……

黑夜来了。这次天是真的黑了,而不是因为云彩的遮挡。雨停了,树叶还在滴水,滴答,滴答……

我到院里看看,二婶家亮着灯,就过去了。二叔和二婶不在。三婶在二婶家,照看二婶的两个孩子欢欢和乐乐,还有自己的两个孩子梦梦和飞飞。她看到我，吃了一惊：团团——

我爸爸去哪儿了？

我站在门外，质问三婶，好像大人们不在都是她的过错似的。三婶没计较我的态度，脾气好得像换了个人，招呼我进屋吃饭。

我爸爸呢？

去牙克石了，你二叔出事了，他们都去牙克石了。

原来，二叔在回家的路上被胡喜瑞扎了几刀，流了很多血，都变成了血人。这是下雨前的事。下雨的时候，二叔躺在血泊里，被雨浇着，他爬了几步爬不动了……父亲和三叔得到消息，赶到现场，胡喜瑞已经不见了。二叔伤得很重，奄奄一息。父亲和三叔拦车将二叔送到最近的大城市牙克石抢救。二婶也去了……

这天夜里，只有我在家里，我害怕黑暗，不敢熄灯。我更害怕门口会出现一个瓶子，从瓶子里冒出一股黑烟，黑烟在空中变成一个魔鬼，然后……我不敢往下想。恐惧随后又潜入了我的梦中——

半明半暗的光线，纷乱的人影，大雨、泥泞、寒冷和血，惊恐的叫声，奔跑的脚溅起泥水，刀子闪着寒光，倒下的人扭曲着身体，雷声隆隆，闪电瞬间撕裂天空插向大地……倒下的人挣扎着站起来，想恢复倒下前的姿势……二叔，浑身是血，大雨也冲不干净……快送医院，快送医

　　　　　　　　　　　　　撒谎的女人

院——人们叫着，七手八脚……突然一股黑烟从地下冒出来，变成了一个铁塔一般的魔鬼，他抓起二叔吞下肚去，然后他又抓住了父亲，也要吃父亲……父亲说，你看，我还有个女儿，我死了她怎么办……在父亲手指的方向，魔鬼看到我站在那儿瑟瑟发抖。哈哈——魔鬼打量着父亲和我，他在犹豫——吃你，还是吃她？最后他把选择权交给父亲：你来决定！父亲说：吃了我她还能活，吃了她我就活不成了，还是吃我吧……我扑上去，不让魔鬼吃掉父亲，可是魔鬼哪里肯听……爸爸，爸爸——我哭着醒来时，还是沉沉黑夜。

我盼着父亲回来，可是一整天院里都没一点儿动静。偶尔三婶来看看我，给我送点吃的。除了等待，我什么也干不了。多么漫长的一天啊，心就像是被放进锅里煎着那般痛苦，这面煎熟了，再翻过来煎另一面。

黄昏时分，我趴在窗台上看着外面的天色渐渐变暗，心里充满了恐惧。自从父亲去乌奴尔两天没回那次，我就开始恐惧黄昏。每到黄昏，心中就莫名其妙地害怕起来，害怕父亲回不来，害怕父亲死到外边，害怕成为孤儿。几十年之后，我依然如此，每每一到黄昏，情绪就低落，心中涌起忧伤的潮水……

到了夜里，更是寂静，空气潮湿冰冷，如同死人的皮肤……我无法入睡，瞪着眼睛看着屋顶。有汽车发动机的声音传来，接着，大地的震动我也感觉到了，然后是空气被搅动，声音越来越近，越来越大，院门打开……突然，院子里脚步杂沓：他们回来了！

我冲出去，看到人们正将一个担架抬下来。毫无疑问，上面躺着的是二叔。一个白色床单将二叔整个身体都遮住了，连头也遮住了。父亲和三叔护着担架，进了二婶家。二婶哭得已经没声了，人也软了，两个老乡扶着她下车，将她架回家。我跟在后面，也到门口去看。担架放在屋子正中的地上。二婶瘫坐在那儿，伏在担架上无声地哭着。欢欢和乐乐也哭起来。三叔让三婶领上四个孩子到他家里。小孩子不应该待在这种场合。父亲看到我，也让我回家。

我回到家，就扒着门缝朝外看。一会儿就看到三叔领着一群人提刀的提刀，拿棒的拿棒，气势汹汹地出了大门。父亲回来拿上手电筒，也跟了上去。他们去找胡喜瑞报仇，要血债血偿……

过了好大一会儿，一群人又回来了，原来胡喜瑞已经将一院房子很便宜地卖给了别人。胡喜瑞不知去向。从此，再也没人看到过胡喜瑞。我想他大概被弄进瓶子里，扔到大海中了。

二叔的死对我们家是一个极其沉重的打击。我的童年时光戛然而止。

　　　　　　　　　　　撒谎的女人

14.狂欢

二叔死了之后，父亲不再那么拼命地赚钱了，他明显变得消沉了。他爱上了喝酒，把做生意赚的钱大部分都给了小酒馆。他酒量大，一般不会喝醉。他说他是海量，全免渡河的酒集中起来也难以把他灌醉。他不喝酒时喜欢沉默，喝了酒就会夸夸其谈，古往今来天南地北地海聊，世上没有他不知道的事，天下没有他没去过的地方……他为自己赢得了"大炮"的美名。

谁也不知道他内心里是怎么想的。他就这样一天天地打发着日子，不理会张美丽，也拒绝别人提亲。

几年一晃而过。

一天放学的路上，张美丽拉住我，说：你爹喝醉了，你快去看看。

不要你管。我说。

我不相信父亲会喝醉，他说过全免渡河的酒他都喝了也喝不醉。张美丽名声不好，我不想让她和父亲有任何瓜葛。

狗咬吕洞宾，不识好人心。张美丽说。

老远都能听到酒馆里的喧闹声，整个大街的人都在谈论我父亲，都在往酒馆里去，我觉得蹊跷，也往酒馆跑去。

酒馆里一派狂欢的景象，人们吆喝着，跺着脚，拍着桌子，频频举杯……不断有新的人加入进来。父亲在酒馆中央，满脸放光，头发像振翅欲飞的鸟一样想往天上去。他的外衣敞开着，看上去像个伟人，要不就像个疯子。他高声道：都放开吃放开喝，今天我请客——

免渡河历史上第一次有人如此大请客，小酒馆快被挤爆了。警察看大街上的人都往小酒馆里跑，还以为出了什么治安事件，过来看了看，弄清楚怎么回事后，就离开了。临走时，对父亲说：老李，你是不是疯了？

疯了疯了——父亲说，也喝两杯吧？

警察说：你就作吧。

警察走了之后，又是一阵更为疯狂的喧嚣。

父亲看到我站在门口，他过来冲着我说：爸爸今天要把免渡河的酒全喝光。

爸——

我没醉，你回去吧，看到你三叔，让他也来喝酒。

爸——我更大声了。

好了，你不要管我，他冲着大伙，今天都要一醉方休，谁不喝趴下，不准出去。

我一跺脚，扭头回家了。

在院里碰到三叔，我央求他去把父亲弄回来，他爽快地答应了。

可是，三叔一去杳如黄鹤，他也在那儿喝上了。

到了半夜，父亲才回来。他是被三叔背回来的。这次他真的喝醉了，而且醉得不轻。睡了一天一夜才醒过来。

撒谎的女人

我埋怨三叔，他只说了一句话，我就理解了父亲，就不再埋怨了。

他说：你爸平反了——

那次喝酒差不多花去了父亲的全部积蓄，他将在免渡河挣的钱又还给了免渡河。

离开免渡河的时候，我感到自己像一株植物被连根拔起，要移栽到另一个陌生的地方。我哭了。到火车站为我们送行的有二婶和她的两个孩子，三叔一家，还有许多老乡，差不多站满了半个月台。父亲心中充满喜悦，他又扬眉吐气了。离别的时刻，他热泪盈眶。他与送行的人一一拥抱告别，拍拍这个的肩膀，握握那个的手……从口袋里掏出许多糖果分发给小孩子们……

火车缓缓驶离免渡河，免渡河越来越远，越来越远……

父亲和我都不说话，都是眼睛红红地看着窗外的风景，大山、森林、草地、小镇、村庄、河流……一切的一切都是那么美丽，大地像锦绣毯子一样，上面开满鲜花……

免渡河啊，免渡河……

（原载《小说林》2015 年第 1 期、第 2 期）

以河流命名的童年

三姐妹

1

火车启动的时候，她心里突然咯噔一下，心仿佛悬空了，无所凭依，就那样茫茫然在虚空中吊着，像一个秋后遗忘的茄子。她不明白这是怎么回事，感到莫名的恐慌。两年来她一而再再而三地嚷嚷着要出门，又一而再再而三地找借口推迟行程，难道不正是这种莫名的恐慌在作祟吗？现在火车已经启动，想打退堂鼓已经不可能了。那么，到底恐慌什么呢？她自己也说不清楚。

窗外，暮色将一切都涂抹成了灰色，连细如牛毛的雨丝也不例外。站台上丈夫和儿子挥动着手臂的影子渐渐融入了那广大无边的灰色中。火车轮子在铁轨上碾轧出苍茫的声音。火车驶出站台。城区雾蒙蒙的灯火和潮湿灰暗的街道渐渐远去。曾经无比熟悉的城市如今从火车上看去竟是那样陌生，好像与自己全无瓜葛。

2

她在这个小城生活了三十年，除了某个暑假去北京玩过一趟之外，再没走出过南阳盆地一步。她生于斯长于斯，又于此结婚生子，对这个小城可以说再熟悉不过了。但她不敢说她真正了解这座城市，许多巷子她从未去过，也没想过要去看一看，比如车站这一带她就比较陌生。少女时她也曾有过许多梦想，对南阳盆地之外的生活也充满了好奇，可随着毕业、参加工作和结婚，她渐渐地习惯了这种死水微澜般的生活。她的一切都可以用"平淡"两个字来形容，上学是平淡的，仅上了个中专；婚姻是平淡的，初恋对象就是现在的丈夫；婚后生活更是平淡的，丈夫总是让着她，吵架都吵不起来。而她的两个最要好的朋友——青青和芳芳——的恋爱和生活却是惊天动地，简直让她目瞪口呆。

青青参加工作不到一年就与本单位一个大她二十岁的已婚男人私奔了，如今她在大上海扎下了根。芳芳更是在温州开创了自己的事业，当上了老板。她们都长有翅膀，都飞了，飞到了繁华的大城市。她呢？有什么好说的，连出门看望两个好朋友都盘算再三，犹豫了两年才成行。她们一再邀请她，她也很想出去走走，可是真跨出了家门，她却感到恐慌。

八年前青青离开南阳时感到过恐慌吗？

3

青青是她们三个中最为柔弱的一个，沉静少语，长得像工笔仕女图上的美女，她们在一起玩时她从不拿主意，青青总是顺着她和芳芳。这样一个柔顺的女孩，她怎么可能私奔呢？太不可思议了。她听到青青私奔的消息时，头脑中闪出的第一个念头就是：弄错了，一定是弄错了！可笑，怎么可能把私奔与青青联系在一起呢？告诉她消息的是芳芳，难道芳芳也不了解青青，竟然相信别人的胡言乱语？她说，芳芳，你是不是疯了？芳芳说她也不相信，但芳芳又说，可这是事实！

事实！芳芳是这样强调的，她能听出芳芳语气中的感叹号。芳芳的表情，像是被谁打耳光似的。芳芳回避她的目光，好像为带来这样的消息感到羞愧。

她总觉得青青是透明的，像玻璃一样，水晶一样，或者像水一样，她一眼就能把她看穿，可是她错了。

青青没给她透露一点消息，也没对芳芳说半个字。青青就这样走了，离她们而去，和一个老男人私奔了。

她们感到被青青抛弃了。闺蜜，这算哪门子闺蜜。她和芳芳别提有多受伤了。你的朋友这样对你，你能不受伤吗？

撒谎的女人

那天，芳芳有一句话她至今记忆犹新。芳芳说，妈的，我们算什么？芳芳的表情她也记得很清楚，是懊恼，是怨恨，是自责，还有无奈。芳芳说话时看着灰暗的天空，好像答案在风中飘。

她不知道自己是什么表情，那时站在路边，没有镜子，想来与芳芳差不多吧。

4

玻璃窗被夜色所涂抹，变成了一面幽暗的镜子。

她从窗玻璃上看到一个少女爬上中铺，把脸埋入枕头中，一动不动。一个中年男人站在铺边殷勤地和她说着什么，少女毫无反应，仿佛已经睡着。

喝水吗？

吃苹果吗？

哪儿不舒服？

…………

少女一动不动，如同绘画作品中的人物。男人把手放到她头上，那么轻柔，仿佛手下是一个气泡，他怕碰破。那只手放有一秒钟，拿开了。少女保持着她固有的姿势，睡眠或哭泣，这种姿势都适合。也许她会在哭泣中睡眠，也许她会在睡眠中哭泣。

男人坐到下铺的阴影中，沉思默想。

少女就是青青。这个男人——论年龄可以做她的父亲——就是和她一起私奔的人。

他们那样安静，他们承受着难以承受的东西，这种东西是有重量的，卸不掉的重量，压在他们身上，也压在他们心上。他们无法承受。

他们的心会发抖。不是因为爱，也不是因为激情，而是因为恐惧。

他们赤裸地抱在一起的时候，是两团交融的火焰。他们享受着犯禁的快乐，呻吟、撕咬、抓挠……像两头野兽。如今他们那样安静，像两块石头，因自身的重量而安静地待着。

5

少女和男人不可能是青青和她的情人。

玻璃和玻璃后面的黑暗给了她错觉。

她收回目光，爬到铺上。她的铺位与少女正对着，也是中铺。她看少女一眼，少女的身段有些像青青，且少女的皮肤也那样白，即使在阴影中也非常醒目。青青的皮肤是透明的，蓝色的血管清晰可见。少女的皮肤如同一片皎皎月光，完全能够和青青相媲美。

列车员推着小车兜售矿泉水、可乐、方便面、扑克、火腿肠等，对面下铺的男人要了一瓶矿泉水，然后又坐回阴影中。

过道里不断有人走动，上厕所，或到车厢的连接处吸烟。

广播里放着音乐。

她想，一列火车的人都与自己不相干，可每个人都像一本书，如果打开，就是一个长长的故事，曲折也好，平淡也好，都少不了酸甜苦辣、油盐酱醋，少不了爱恨情仇、阴差阳错。谁也不例外。

窗外，黑暗幽深，什么也看不到。

她也没想着看到什么。

睡一觉吧，明天就能见到青青啦。她们已经整整八年没见面了。

6

没有人比青青的爸妈更痛苦。青青刚私奔的时候，青青的爸妈来找过她，他们以为她能告诉他们点什么。

虽然芳芳提前透了信儿，说青青的爸妈会来找她，她已有心理准备，但见到青青爸妈，她还是不知所措。她甚至忘了请他们进屋。青青爸妈站在楼道里。楼道很昏暗，她看不见他们的表情。奇怪的是，他们看上去比原来矮一些。那一刻，她知道悲哀是有重量的，能把人压成那个样子。

她说她和青青几天前见过一面，在一起还聊了很长时间，但青青一点儿也没透露她的出走计划，半个字也没说。她什么时候走的，和谁一起，会去哪儿，她一概不知。

　　她不知道青青和一个有妇之夫在谈恋爱。

　　她更不知道青青有私奔的打算。

　　她什么也不知道。

　　她答应青青的爸妈，她一有青青的消息就与他们联系。她只能做到这一点。尽管她想做点什么帮助他们，可事实上她什么也做不了，她无能为力。她感到难过，青青爸妈的样子和声音让她难过。他们快要崩溃了，他们看上去比实际年龄要老十岁，不，二十岁，也许还不止。

　　说到声音，她一辈子也不会忘记那种声音和声音中的痛苦。那声音沉重得就像一匹湿布。她忘不了那声音，还因为那声音让她的心往下沉，往下沉，仿佛能一直沉到地狱中。

　　那是青青母亲的声音。

　　青青父亲好像一句话也没说，他说不出话来，他的舌头已经被悲伤碾碎。她听到他嘴里发出一些声音，呜噜呜噜的，什么也听不清，像病兽的呻吟。

　　青青的父母并不完全相信她的话。他们说她也许答应过青青，要替她保密，这他们理解。可是他们也想让她理解他们的心情，他们是爱女儿的，他们不能眼睁睁着女儿往火坑里跳。

　　　　　　　　　　　　　　　撒谎的女人

到后来，青青的父母简直是在求她。只要她说出青青的下落，他们什么都能答应。他们几乎要给她跪下，如果不是她阻止的话。

她说她真的不知道，如果她知道，哪怕背叛朋友，也会告诉他们。

青青太不负责任了，她怎么能让父母陷入这样的悲伤中呢？

7

直到青青的父母下楼之后，她才想起忘记请他们进屋喝茶了。

他们沉重的脚步声长久地在楼道中回响，也在她的头脑中回响。

她在阳台上看着他们走远。天色阴沉，快要下雨了。风趴在地面上，擦着地面吹起尘土和纸屑。

偶尔有人走过，脚步匆匆。

他们好像没觉察到要下雨，互相依靠着，脚步沉重地往前挪移。她想追出去给他们送把伞，让他们遮挡风雨。又想，他们会拒绝，他们宁愿淋雨。淋雨的时候他们可以尽情地流泪，无所顾忌地流泪。

她给芳芳打电话，她说她很难过，不是为青青，而是为青青的父母，他们好像被击垮了。她不忍心看他们被击垮的样子，他们看上去那么可怜，那么无助。谁也帮不了他们。我们帮不了，别人也帮不了。

她又说他们的背影，她说看着他们的背影她就想流泪，他们还不到五十岁，走路竟然互相搀扶，步履蹒跚……

这时雨落下来了，噼里啪啦，砸在窗台上或窗玻璃上，窗外的杨树一片喧嚣。她说他们也许走在雨中，他们想让雨水冲走他们的痛苦，可是雨水只会带给他们疾病……

说着说着她哭起来，挂断电话后她又哭了很长时间。

8

青青的父母怎样度过那么多悲伤的黑夜，没有人知道。

他们虽然挺过来了，但是命运的打击也永久地改变了他们。青青的父亲失去了声音，女儿出走后，他突然变得不会说话了，嘴里发出的只是呜噜呜噜的声音。除了青青的母亲外，任何人都听不懂。青青的母亲某一天起床后，从镜子里看到一头白发非常惊讶，一开始她以为是日光灯让她产生了错觉，当她弄明白是怎么回事后，她哭了起来。她只是在家里哭一哭，只是在丈夫面前哭一哭，出门后她是不会哭的，在外人面前她也不会哭。

他们申请提前退休，当时的政策鼓励这样做，于是很快就获得了批准。

他们原本就是很优雅的人，这件事之后，他们变得更

撒谎的女人

优雅了。不仅如此，他们身上还多了一种世上罕有的平静。他们像两潭毫无波澜的水，或者说，就是一潭毫无波澜的水，因为他们总是相依相偎地走在一起，从未分开过。

9

她再次见到青青的父母是在青青私奔半年后，已经是冬天了，刚下过一场雪，地上的雪大都很干净，就连路上被车轧过、被行人踩过的雪也不是很脏。

出其不意的见面。

他们迎面快撞到一起时才互相认出来。青青的父亲手拄一根精制的竹杖，青青的母亲一手挽着他的胳膊，一手拎着几棵葱。青青的母亲很和蔼地和她打招呼，问她工作怎么样，朋友谈得怎么样，结婚了没有。她支支吾吾地应付过去。那时她刚结婚不久，但她怕说出来刺激他们的神经。

她听说过青青母亲的头发全白了，可是猛然看到，她还是有些惊讶。她的每一根发丝都洁白通透，闪闪发光，映得她的面孔也分外明亮。白头发改变了她的形象，将她的温柔变成了慈祥。看来古书上说的伍子胥过昭关一夜白了头并不是虚构。

他们的脸上没有悲伤，也没有忧虑，只有平静和温和。

她问他们的身体怎么样。青青的母亲说不错，身子骨很硬朗。青青的父亲始终没说话，只是微微点了几下头，表示认可青青的母亲说的话。

就这样寒暄几句他们就分开了。她没提青青的事，青青的父母也没提，好像青青并不存在一样。

过后，她和芳芳谈起这次偶遇，说到青青母亲的白发，她说像雪一样白，比雪还白。她们唏嘘一会儿，半天没说话，只是傻坐着，心里说不出的沉重。

10

她和芳芳有过一场关于青青的对话。

——青青太自私了。

——她只顾自己幸福。

——她竟然什么也没给我们说。

——她知道我们不会给她保密。

——至少我做不到，看着她爸妈痛苦的样子，不说你会觉得自己很残忍。

——不只是残忍，简直是犯罪。

——也是折磨，我会心里不安的。

——看来青青没告诉我们是对的。

——幸亏如此，否则，我们怎么办，是出卖朋友，还是硬起心肠？

——她不告诉我们也可能是替我们着想。

撒谎的女人

——也许吧。

11

时间会淡漠一切。

青青的故事曾轰动一时，还上了晚报的社会版，可是几年过去，已经没有人再提起那件事，就连她和芳芳也不再提起。她和芳芳在一起时谈得最多的是孩子、衣服和丈夫，这是女人永恒的话题。

青青的父母好像也淡忘了青青，他们从不对外人谈起青青。他们完全接受了现实，接受了失音和白发。

每个人有每个人的命。

12

火车钻进了隧道。在隧道里，铁轮碾轧铁轨的声音被禁锢起来，在狭窄的空间回荡，震得窗玻璃嗡嗡嗡响。

外边什么也看不见。

火车冲出大山之后，在单调的平原上奔驰。黑暗中的庄稼在细雨中迅速成熟，空气中弥漫着小麦的芬芳。

半梦半醒，随着火车有节奏的振动，思绪在睡眠的边缘摇摆，她分不清头脑中纷乱的念头何为回忆，何为想象，何为错觉。许多问题突然跳出来，但旋即又消失于黑暗中，也有一些问题顽固地飘浮在空中，像一张张若隐若现的面孔，等待着她的回答。这些问题是：

——你理解青青吗？或者，你试图理解过青青吗？

——你理解那个男人吗？或者，你想过要去理解那个男人吗？

——你理解爱情吗？或者，你理解欲望吗？

——你理解命运吗？或者，你理解何为身不由己吗？

——你理解私奔的幸福吗？或者，你理解私奔的痛苦吗？

——你理解青青的父母吗？或者，你理解他们的爱和冷漠吗？

——你理解青青为什么不回南阳吗？或者，你理解青青吗？

…………

13

青青的母亲再次听到女儿的声音时，在她们之间横亘的不仅仅是上千公里的距离，也不仅仅是五个寒暑一千八百多个日日夜夜，还有无法计数的恐惧、担忧、耻辱、思念以及沉默等，她无法一下子超越所有的阴影，一句话也说不出，话筒从手中掉落，重重地砸在地板上。其实青青的母亲接电话时，对方始终一句话也没说，里边传来的只是哭声，一个年轻女人的哭声。那是压抑已久的哭声，那是委屈的哭声，那是……

　　青青的母亲听出那是女儿的哭声，尽管女儿以前从未这样哭过，但她还是听出来了，这大概是做母亲的本能使然吧。她没有哭，她不想哭，她耐心地听着女儿哭泣，一句话也不说，等着。等女儿哭完，话筒掉了她再捡起来，她等着，她的身体在颤抖、摇摆。丈夫也猜到这个电话是谁打来的了。他们等这个电话等了整整五年。他们早就原谅了女儿，但又好像从未原谅。女儿带着哭腔喊了一声"妈——"，她咬住嘴唇，把嘴唇都咬出血了，也没流泪。她没答应。女儿又喊一声"妈——"，她仍没答应，但眼泪滚滚而下。她想擦干眼泪，可总也擦不干。丈夫来到她身边支撑住她，防止她摔倒。女儿提出想回来看看，她拒绝了。不是冷漠，而是爱。她不想让女儿承受舆论的压力，那会毁了她的生活。

　　女儿说她已经结婚了。

　　不过，并不是和与她一块私奔的那个男人。

　　是另一个，一个上海男人。

　　那就更不能回来！青青的母亲厉声说道。

　　……她仿佛看到了这一幕，不是在别处，而是在头脑中，或梦中……

14

列车第二天中午到达上海。尽管岚岚无数次地设想过她与青青见面时激动人心的场景：大笑、拥抱、飞溅的眼泪等。但现实让她倍感尴尬，她竟然没认出青青。青青原来留有一根长辫子，那是她的标志。她在站台上茫然四顾，寻找长辫子，一脸茫然。青青朝她挥手，她也没有反应。她朝身后看一眼，看这个女人在向谁挥手，似乎没有那么个人，这让她很纳闷。管他呢，她这么想时，青青已站到她面前。青青的眼睛充满笑意地看着她。她终于认出了青青。

你的辫子呢？

八年前就剪了。

青青从她手里接过行李，穿过地下通道，出站。那么多人，那么多面孔，那么多高楼，看上去让人眩晕，让人感到自身的渺小和卑微。人就是一粒尘土。走向公交车时，她落后一步，看着青青的背影。她从青青身上已经嗅到了陌生的气息，已听到了陌生的声音，现在她又看到了陌生的背影，少了一根辫子的背影。青青仍是那么漂亮，可是在她身上少了一种东西，什么东西呢？青春的光芒。原来她的肉体是放光的，从面孔上，从裸露的皮肤上，从眼睛里。现在没有这种光了，代之的是沉稳和内敛，以及苦难生活投下的阴影。她不愿看到这些，但她不能不看。她这时有些明白她上火车时为什么恐慌了，那是对原来情谊消失的恐慌，是对变化的恐慌，是对幻想破灭的恐慌。她总想着她们只要一见面，就会像从前一样无话不谈，就会亲密得像一个人似的，看来这是不可能的。

她住进青青家里。这儿是这样小，一室一厅，晚上她睡哪儿呢？

青青说，我们俩睡床上，让阿文睡沙发。

阿文是青青的丈夫，土生土长的上海人。

卧室里挂着青青与阿文的结婚照，虽然化着浓妆，仍然看不出阿文有什么光彩，阿文的面孔看上去有些别扭，但又搞不清别扭在哪里。

阿文要到晚上才回来，中午只有她们两个，整个下午也只有她们两个。她们一起下厨房做饭。在厨房里她找到了一点儿过去的感觉，在南大上学时，她们一起做过饭，那是在她家里。现在又置身厨房之中，她感到自在一些了。她问青青，适应上海的生活吗？青青说早就适应了，又补充说，现在什么都能适应，无论是哪里。就差说连地狱她也能适应。

她自叹弗如，她现在是除了南阳，哪儿也适应不了。就是这么没出息。

青青说她是被生活逼出来的，没办法。

青青生得娇小，皮肤白嫩，一副小鸟依人的样子，是一个永远需要被男人呵护的女人。可是她说她什么苦都吃过，什么罪都受过。五年间，她和那个男人辗转七个城市，干过不下二十样工作，却始终没挣到多少钱，有时糊口都困难。她说，你是不知道没钱的滋味，五年间，我们几乎整天都在为挣钱、吃饭、付房租操心，口袋里总是空空如也。她说他们曾经一星期只靠一袋米生活，天天吃粥，顿顿吃粥，吃得后来见了粥就想吐。

她说，今天咱们不吃粥，吃清汤挂面。

青青说，太简单了吧。

她说，葱姜爆一下，放点辣椒，就像那一次。

她指的是十年前在她家里做饭那一次，当时她父母到乡下去为一个死去的远房亲戚奔丧，恰逢周末，她就约青青和芳芳到家里玩。芳芳临时有事，只有青青去了她家。她们在一起度过了一个快乐的周末。那天她们做的就是清汤挂面，吃得津津有味。晚上她们还去看了一场琼瑶的电影，电影名叫《庭院深深》。他们为电影中的爱情故事所打动，开始憧憬爱情。夜里她们睡在一个被窝，她们被青春的气息撩得心猿意马。她们开了一些平时不会开的玩笑，说了一些平时不会说的粗话，然后哈哈大笑，然后滚在一起打闹，甚至可笑地模拟了一些让人脸红的动作。然后沉默不语。屋里静得能听到彼此的呼吸和心跳。肉体膨胀，又渐趋平静。布满繁星的天幕上有流星划过，留下一道又短又亮的弧线。

撒谎的女人

她所说的那一次，青青完全明白。

青青说，给你接风的，怎么能只吃面？

她说，如果你费事，就是把我当外人了。

于是，她们就只做了一锅清汤面。

15

晚饭时岚岚见到了青青的丈夫阿文。她虽然看过照片，不存在什么幻想，但见到本人，她还是抑制不住深深的失望。她内心深处发出了一声悠长的叹息，她为青青可惜。阿文在家说一口上海味的普通话，有时和青青说话时还用地道的上海话。阿文对她很热情，但透着虚假。

饭桌上，阿文只是礼节性地同她寒暄几句，就把话题扯到单位那些鸡毛蒜皮的琐事上。他在琐事上表现出的精明让她感到吃惊。她勉强敷衍几句。青青说阿文很能干，领导很看好他。看得出来，阿文是一家之主，他在家中有绝对的权威。青青只是附庸。

她想，她原来的恐慌是对的，也许她根本就不该来上海。

饭后，青青为她和阿文各泡一杯茶。阿文端起茶杯吹了吹浮起的茶叶，水太热，就放下杯子，拿起晚报翻起来。青青则收拾桌子，进厨房洗碗刷锅。一切都自然而然，因为每天都是这样的程序。青青习以为常，她看着却觉得怪怪的，因为她在家里一般是不洗碗的，洗碗的事由她先生承包了。她帮着端盘子。阿文说，放下，让青青来。她说没关系，端着盘子钻进了厨房。

她小声对青青说她晚上睡沙发。

青青停顿了一下，抬起头看看她，说，也好。

青青干起活来非常利索，一会儿工夫就将厨房收拾得井井有条。

你真能干。

青青说，不干不行。

回到客厅，青青拿出地图，和阿文一起给她制订游玩的计划。她对上海一无所知，全凭他们夫妇安排。他们根据时间、地点，规划一天玩几个地方，玩哪几个地方，然后不厌其烦地交代她如何坐车，坐几路车，在哪儿转车，转几路，在哪儿下车，等等。听那意思，他们不打算陪她，而是让她自己去玩。她对大上海本来就心存恐惧，让她一个人去玩，岂不等于把她抛入钢筋水泥的迷宫中吗？

阿文说，口说不行，要写到纸上。

青青把他们制订的方案写下来，还写下了备选方案，又写下了他们家的详细地址。最后补充说，别忘了带上地图。

当青青和阿文为不能陪她游玩表示歉意时，她连忙说，真不好意思，是我打扰了你们的生活。

撒谎的女人

16

　　夜里，她躺到沙发上，瞪着两眼，久久不能入睡。是的，她到了上海，见到了最好的朋友（至少是两个最好的朋友之一），可是她却比以往任何时候都更孤独。没见青青之前，她想过她们见面会有说不完的话题，毕竟八年没见了，有多少话贮存在肚子里啊，又有多少思念要倾诉啊，此外，还有十万个为什么要问，她要知道她朋友的一切。一切，什么都包括。她们三天三夜也说不完。她曾无数次在头脑中虚拟过她们的对话，在虚拟的对话中，无论说什么，她们都兴致高涨，滔滔不绝。游玩也许并不重要，重要的是朋友相聚，见见面，说说话。这的确很重要，至少她看得很重要。

　　可是今天的见面并不让她激动。青青也一样。

　　下午，她想摸一下青青的短发，为青青失去的辫子表示遗憾，可是她没有。好像那动作过于亲密了，不合适。她问青青这八年是怎么过的，青青一句话就将她打发了。青青说：就那样呗。她又问青青当初走的时候后悔吗，青青说一上火车就后悔了。那为什么不回去呢？死要面子活受罪呗。

　　——你爱他吗？

　　——说不上。那时我不懂得什么是爱，可是自以为懂。

——他爱你吗？

——我不知道，至少当时是爱我的。

——你想没想过家？

——怎么没想过，可想有什么用呢？没用，还不如不想。

岚岚知道青青说的是违心话。青青在回避这个话题，从青青的表情上看得出来，青青不愿谈。是的，这不是个轻松的话题。这个话题让她痛苦，她不想涉及。在她们说话的时候，她几乎一刻也没停下来过，不是泡茶，就是抹桌子，即使没什么可干了，她也在走来走去，岚岚不明白她为什么就坐不下来呢。岚岚觉得她有义务告诉青青她走后她家里的情况，她父母的痛苦，她父亲的失音，她母亲的白发，他们对她的爱，他们承受的压力，等等。青青应该知道，她应该问的。可是她没问，她什么也没问。她对南阳漠不关心，她对她父母漠不关心，她对朋友也漠不关心。岚岚想：所有的痛苦都是你造成的，你该受惩罚。她一次次地把话题往南阳引，青青一次次巧妙地把话题引开。

岚岚还想说说自己的故事，没故事的故事。她的困惑，她的犹豫，她的茫然。她想和以前的好朋友谈谈自己的生活，谈谈自己的家庭，谈谈自己的丈夫和儿子，谈谈自己的爱情，谈谈自己的爱情的消失，等等。可是青青没问她，青青不感兴趣。或者，青青觉得与她的故事相比别的故事都太平淡，不听也罢。

岚岚找不到过去她和青青之间的那种亲密。

她倍感孤独。

17

她此次出行，只是想出来散散心，并没有其他明确的目的。可是见到青青之后，她失落的心萌生了一个奇怪的念头，那就是探究青青的秘密：她为什么私奔？

她不能容忍青青变成现在这个样子，说狭隘一点，她不能容忍失去友谊。青青在南阳时，有一个令人羡慕的工作，她在银行上班，那可是多少人想去而去不了的地方，奖金比别人的工资都高。她长得那么漂亮，在校时是有名的"三枝花"之一，另两枝花是岚岚和芳芳。平心而论，三人之中数青青最惹人疼爱。芳芳过于有主见了，在她眼中男生都是小毛孩，没一个成熟的。岚岚则有些懵懵懂懂，好像男女这方面还没开窍。只有青青看上去有几分羞涩，几分娇弱，几分忧郁，让男生顿生爱怜和保护之情。她与不少男生有过约会，可是并没有一个固定下来成为男朋友。参加工作之后，追求的人也很多，她是单位当之无愧的香饽饽。那时的青青，有一个好工作，有钱，漂亮，脸上总是阳光灿烂。现在的青青呢？她被生活摧垮了，她身上的光芒消失了，倒是增加了市侩气息。家中的财权在丈夫手中，她仅比一个奴隶强一点。作为交换，她获得了一个上海户口。

现在的一切是青青当初追求的吗？

她觉得不是。私奔，一般情况下是浪漫这根藤上结的苦瓜，可她现在的生活中连浪漫的影子也看不到，她比任何人都实际，实际得不能再实际了。

18

她在上海玩了三天。

这是迷失的三天，她像在梦中一样，一会儿踏在现实的土地上，一会儿又处于超现实的云端。恍恍惚惚中，高楼、大桥、欧式建筑、弄堂、金融区、商业街、东方明珠等，既真实得可以触摸，又虚假得如海市蜃楼。她会突然在一个很陌生的地方下车，走上一程，眯起眼睛看看太阳，再登上另一个公交车，随便公交车把她带到什么地方。她是自由的，也是孤独的。她找不到任何旅游的乐趣，找到的只是惆怅。她像一粒尘埃，飘浮在城市的风中。让她感到伤心的是，青青和她丈夫阿文竟然没发现她没按他们给她规划的路线去玩。她回来，他们问今天玩得怎么样，她说很好。他们问人多吗，她说多。于是完了，他们不再问别的。他们对上海太熟悉了，没什么可问的。

她说她累了，她需要睡觉，于是她就在梦中继续迷失。

青青坐在她身边，看着她睡觉。

撒谎的女人

她闭上眼睛，一动不动，假装睡着。

青青把手放在她手上，用手指轻抚着她的手。

她翻个身，把手压到身下。

青青把手放到她肩膀上，放了一会儿。

她真想翻过来，抓住青青的手，抓得紧紧的，把脸埋在青青的手掌中。可是她没有。

她还想看看青青此时的神情，但她没睁眼。

下一个夜晚。

她躺在作为床铺的沙发上，青青坐在她的身边，青青的短发耷拉下来遮住半个面孔，颈项的侧面闪出一片白光。她说，你的辫子，可惜啦。青青说，我也不知道是咋了，就好像喝了迷魂汤，说剪就剪了。青青又说，辫子太招眼了，容易被认出来。

辫子一剪，青青和那个男人就失去了特点，消失于城市的芸芸众生中了。双方的家人不可能找到他们。

剪了辫子后，青青有好多天感到头轻飘飘的，像氢气球一样。风吹乱她的头发，她迷惘极了。

青青说她抱着辫子哭了一场，她把辫子浸泡在泪水中。她一生中从未哭得那么痛过。那个男人没有哄她，让她哭了个够。她几乎把一生的眼泪都哭出来了，甚至把后半生的眼泪也提前哭出来了。

她原来喜欢把辫子拽到胸前玩弄，在她害羞的时候或一个人无所事事的时候。后来她再也没有这样的动作了。刚剪掉辫子的时候，手还不自觉地往胸前放，然而每次都很失落。

青青剪掉辫子的同时，也剪掉了与过去的联系。

她说，我和芳芳与你的辫子是一样的命运。

青青不明白。

她解释说：你把我们都剪掉扔了。

青青忽然站起来，从客厅角落的一个柜子里拿出一包东西。青青打开外边套着的塑料袋，又打开一个洁白的棉布包，一条乌黑的辫子出现在面前。你看——

青青把辫子塞到她手中，扭过头去。

青青有些伤感。

她抚摸着青青的辫子，一种久违的感觉爬上心头。她曾多次抚摸过这条辫子，那是很久以前的事了。现在这条辫子仍像以前那样光亮，像蛇一样盘着，也像蛇一样有生命。这是一缕往昔的光，这是记忆的绳。她把手放在青青的肩膀上，和青青一起陷入沉默之中。

青青在落泪。

停了一会儿，青青说：

其实是你们扔下了我。

说罢青青把辫子收起来，重新包好，放回原处。青青和她道了晚安，关掉灯，走进卧室。

　　　　　　　　　　撒谎的女人

19

一个夜晚加一个白天，她都在想青青说的那句话。真的是她们扔下了青青吗？

难道事实会与表面看到的相反？

她回想在青青私奔之前那段时间，她和芳芳都在干什么。

那时她们碰面不多，但隔段时间总要见一见，各自谈谈自己的故事，打听打听朋友的故事。芳芳正在谈朋友，一个名叫雷的男孩追她追得很紧，她也很喜欢雷。那是烈火般的爱情。芳芳每每说起雷，眼睛就灼灼放光，光芒还从她整个肉体的所有轮廓中漫溢而出，甚至衣服也遮挡不住。雷在深山沟里一个兵工厂工作，那儿距南阳市有九十公里，但这阻挡不了他们约会。雷总是在星期天乘首班车来和她约会，然后乘末班车回去。他还争取种种机会出差到南阳和她约会。芳芳给她们看过雷的照片，这是一个单纯的大男孩，脸上布满阳光，眼睛中射出既柔和又执着的光芒。

那段时间，她和祁哲也爱得热火朝天，人简直疯掉了，一会儿不见就想，工作时头脑中也全是他的样子。在每一片树叶上，在每一缕风中，甚至在变幻莫测的云上，她都看到他的影子。爱真是折磨人。因为她受了折磨，便也要折磨他。她使性子，闹别扭，让他哄她，呵护她，给她更多的爱。白河边的小树林、王府山上的凉亭、武侯祠内的碑林等地方，都变成了尘世的天堂。他们在白河中做爱，在独山上做爱，在月光中做爱……

青青呢？好像没什么故事，每次见面只是听芳芳和她讲故事。

青青的感受，青青的表情，青青的心思，她和芳芳都没在意。

青青是她们的朋友，分享她们的快乐，理所当然。她们那时就是这样想的。

20

最后的夜晚。

明天她就要离开上海了，短暂的重逢过后，必然是离别，一种"长亭外，古道边……"的感觉袭上心头。分别，总是伴随着忧伤、感喟和无奈……

她躺在沙发上，青青坐在她身边。她们的手叠在一起，手指与手指互相抚摸，像一群小动物与另一群小动物在交头接耳。简单的动作，从神经末梢泄露着心灵的秘密和隐痛。

青青说，能说出来的都不是真正的痛苦，真正的痛苦是说不出来的，它烙在心上，是永久的伤疤。我说你们扔

　　　　　　　　撒谎的女人

下我，这是能说出来的，它很轻，不是真正的痛苦。

我们没有扔下你，我们……你知道，让爱情冲昏了头脑，你能够理解，那是一种病，一种癔症，犯病的时候，人就魂不守舍，颠三倒四，不把其他事放在心上，心中念叨的只是爱情爱情爱情……自以为是的爱情！

是你们扔下了我，别不承认！

很少见青青说话这么霸道，这不是她的风格，她总是那么婉约，轻声细语，生怕冲撞了什么。且听她说下去，看她想说什么。她却打住了。

好了，我说过能说出来的都不是真正的痛苦，我说出来了，痛苦就不在这儿。

痛苦在别处，她想，那是青青的秘密，她不说出来，不是她不想说，而是因为真正的痛苦是说不出来的。说不出来的痛苦会是什么呢？

她隐约能感到一些东西，不问她还知道，一问她反而迷惑了。

她把青青的手贴到脸上，她说，你的手上有茧子啦。

早就有了，青青说，还有一个地方也生了茧子。青青把她的手拿起来放到胸口上，说，心上！

她的手碰到青青温热、柔软的乳房，感到乳房下心脏的跳动，还有乳房的颤抖。或者，是她的手在颤抖。

这么多年，谁的心上会不生茧子呢？

她多想找一个人来诉说诉说自己心上的茧子，也就是说，说说情感的麻木，说说激情的消失，说说爱情的彷徨。她原以为青青是很好的对象，闺密，远离南阳，再者，青青还有一双善解人意的耳朵。可是，怎么能对青青说呢？青青不是说，说出来的痛苦都不是真正的痛苦吗？同理，说出来的烦恼也不是真正的烦恼。她如果将自己的琐事说给青青听，青青会笑话她的。尽管看上去，她相信青青决不会笑话她。即使青青不笑话她，她自己也会笑话自己。

她把手拿回来，她们的手还没有分开。她把她的指尖与青青的指尖触碰到一起。

青青说，茧子与茧子不一样。

她承认。

她原来想探究青青私奔的秘密，既然是朋友，秘密就应该共享嘛。她此前是这样想的，现在，她不这样想了。她尊重朋友的隐私。共同保守秘密的最好办法，就是不再彼此分享秘密。原来，她很想告诉青青她走后她父母的痛苦，青青总是岔开话题，可能并非她不想听，而是她已经知道，她只是无法承受，才不让她重新提起。现在，她不再提了。她知道，谁也无法洞察一个人内心的痛苦，那些说不出来的痛苦。

她说，我昨天做了一个梦，梦到钟表在倒走，我们都在回到过去，我们在反向经历曾经经历的一切，每件事都是先有果后有因，果成了因，因成了果，也就是说，欢乐导致了成功，痛苦导致了失误，后悔导致了过错。譬如：

　　　　　　　　　　　撒谎的女人

我情绪不好，然后我和丈夫吵了一架；我哭泣，然后亲人死去；我生下儿子，然后我怀孕；我见到同事因车祸瘫痪，然后他在门前打羽毛球；我看到你的短发，然后你在扎辫子；父母训斥我，然后我说谎；我在摇篮里大哭，然后看到一只可怕的黑猫；我睁开眼睛，然后我回到母亲的子宫……这时我醒来了，隔着窗户，看到满天的星斗……

青青说，好奇怪的梦，如果时光真的能够倒流，我们都会回到天堂。

如果青青说的天堂是指母亲的子宫，她不否认。的确，那儿就是天堂，尘世的天堂，人类的天堂，你、我、他和她的天堂！

她说，是的，我们都会回到天堂。

21

离开上海的时候，她很高兴阿文没有去车站送她。她很不喜欢这个人，他身上到处都显出小来，人长得小，心眼也小，情趣也小，不像一个男子汉。

由青青送她就够了。

一阵风吹乱了青青的头发，发丝纷乱地舞着，在她的眼前变幻出奇怪的光影，她眼中的世界自然迷茫起来。在月台上，这是一道风景。

她很想帮青青理一下头发，她想像从前抚摸辫子那样再抚摸青青的短发，手指对头发的记忆不会泯灭，在头发的末端手指会感到突兀的变化。穿过黑发的手指会留下头发的芬芳和新的关于头发的记忆。

维修工在用小铁锤铛铛地敲火车轮子和那些巨大的弹簧，进行例行检查。装邮件的小排车从她们身边开过去。列车员在车门口检票。一个个乘客登上车在找自己的位置，并安置行李。送站的人上去又下来，与车里的人隔着车窗话别。

她和青青站在列车前，平静地说着话。

后来，她们移到车门口说话，这样她随时可以踏上列车。

分别在所难免，她们都清楚这一点，她们成功地避免了伤感。还会再见面的，其实见一面并不难，她们都这样说。她们选择乐观。至少此刻如此。

该上车了，青青说。

她是最后一分钟跳上火车的，在此之前，她们飞快地拥抱了一下，可能就一秒钟，或者还不到一秒钟。她们的身体轻微地战栗一下，两人都觉察到了。

她上车后很快就来到窗前，隔着玻璃，她看着青青，看着她舞动的头发，看着她挥手和说话。她朝青青挥手，然后把脸贴到玻璃上，玻璃把她的脸挤得变了形……

火车徐徐开出车站。

她的眼睛模糊起来，世界也跟着模糊起来……于模糊中，她看到青青的眼睛变得异常明亮，她又看到青青转过身去，双手用力拢一下头发，又转过身来，朝她挥手……

22

火车上。

她现在没有恐慌感了，代之的却是忧伤。

她不了解青青私奔的秘密，也许那只是个无法理解的行为，恐怕连当事人也不知道他们为什么要那么做，外人就更无从知晓了。或者，青青和那个男人的出发点是不一样的，青青是出于爱情，但愿如此；那个男人嘛，是出于对青青美貌的占有，而以爱情为幌子，男人常常如此。

她想象不出青青和那个男人在一起时的情形，也就是说，想象不出他们肉体的放纵和欢娱，一个结婚多年的男人对一个少女是会很用心的，他会教给她很多东西，关于性的，关于身体的，而不会是关于道德的和伦理的。在那个年龄，她们是刚刚绽放的花朵，肉体散发着五彩缤纷的芳香，皮肤绸缎般光滑，脉管中的血液燥热难当，头脑中则是光怪陆离的念头和不切实际的幻想，梦想着远方，梦想着白马王子，对现实一百个不满意。她如此，芳芳如此，青青自然也如此。她们用以对抗现实的只能是爱情和性。她和芳芳陶醉其中，青青大概也陶醉其中吧。青青的私奔，不会与性无关，或者简直是由性决定的也未可知。性是美

三姐妹

好的，是黑暗中的火和光。

他们的肉体缠绕，像两条蛇。他们心醉神迷时山盟海誓许下诺言，自以为找到了幸福的钥匙，然后大胆地、义无反顾地付诸行动。为此，他们不惜把两个家庭抛入痛苦的深渊。

他们受到命运的诅咒，饱尝艰辛。他们能够在一起五年而不分开，算得上是个奇迹。单单这一点，就不能不分青红皂白地指责他们。对那个男人也一样。也许他是爱青青的，而不仅仅是出于冲动。

他们最终又分开了，这也不难理解。生活的逻辑总是很残酷的。

她想，人的动机并非总是来自理性，有时来自不可知的神秘之域，一种原始的冲动，一个不自知的潜意识，一缕稍纵即逝的思绪，或者一个世俗的观念，或者一个反世俗的观念，等等。总之，不可思议，无法解释。

23

见芳芳之前，那种一度消失的恐慌又回来了，前去见好朋友为什么会有一种恐慌感呢？她嫉妒朋友的成功吗？陌生地方的陌生气息让她不适应吗？她说不清楚。

见到芳芳，她觉得时光在芳芳身上是倒流的，芳芳比三年前年轻，也比三年前漂亮，真是不可思议。

芳芳说，你别恭维我，你才真叫漂亮呢。

漂亮什么呀，她说，和你一比，我简直成了乡巴佬。

如果说她此时把自己说成是乡巴佬是一种自谦，那么几分钟后，当她坐上芳芳的宝马，她就从内心深处感到自己是乡巴佬了。她问车多少钱，芳芳说 97 万。她啧了一下嘴，说，你真行！

这不算啥，这儿有钱人太多了，和他们比，我就是个穷人。

那我们就只能做乞丐了。

可别这么说，没有人比你过得幸福，不要身在福中不知福。

我幸福什么呀，你才幸福呢。

你还不了解我吗，我那能叫幸福？

那几年不说了，至少你现在是幸福的吧。

幸福这个词和我无缘，芳芳说。

雷怎么样？

就那样，芳芳说，老样子。

芳芳的语气中透着不满，还有些惰性，看得出来她对谈论雷没什么兴致。四年前她可不是这样，那时她们只要到一起，芳芳很少有不谈论丈夫和婆婆的时候。雷是独生子，父亲去世早，他由母亲带大。雷的母亲和儿子相依为命多年，对芳芳的介入很不适应，婆媳之间或明或暗冲突不断。雷的母亲认为芳芳夺走了她儿子，心中很失落，甚至有些变态。芳芳则认为她自从爱上雷之后，千方百计把工作由南阳市调到雷所在这个山沟里，做出了很多牺牲，而雷的母亲不但不理解，还暗中和她过不去，她能不委屈吗？总之，两个女人都爱雷，都想把雷据为己有。可以想象，那段时间最累的人是雷，一边是母亲，一边是妻子，他都要周旋，都要抚慰，想让两边都满意，常常是两边都不满意。芳芳天生是不服输的，她决不会输给性情古怪的婆婆。芳芳也心疼丈夫，她说，雷都快崩溃了，快被我们撕成两半了。但她们无法停止这种撕扯，她们谁也不愿放弃，除非……最终，上帝做出了裁决，他召回了婆婆，芳芳失去了对手，婆媳之间的战争宣告结束。那是四年前的事，那一年，对芳芳来说发生了两件大事，一是婆婆去世，二是兵工厂从山沟里搬到了富裕的温州。芳芳的生活彻底改变了。

雷还会是老样子吗？她有些疑问，她觉得雷不应该是老样子，既然芳芳的生活发生了翻天覆地的变化，雷怎么还会是老样子呢？

芳芳将她接到芳芳美容中心。芳芳在这儿有一个套间，里边摆放一张双人床，这是芳芳平时休息的地方，现在芳芳让她和自己住一起。芳芳问她要不要再搬进一张床，她说这么大的床，我们两个人睡绰绰有余。

让她感到奇怪的是，中午雷没有出现，晚上雷还没有出现。她问起来，芳芳说，我们的厂在郊区，家也在那儿，雷平时不进城。

你每天都回去吗？

我平时就住城里，芳芳说，我一周回去一到两次，主要是陪孩子。

主要是陪孩子？芳芳的语气听起来有点怪怪的，像是在强调着什么，又像是在掩饰着什么，让人捉摸不透。

24

她结婚的时候，不顾亲人的反对，坚决请芳芳做伴娘。她的理由很简单，她有两个好朋友，一个是青青，一个是芳芳，青青私奔了，她不请芳芳请谁？

亲人反对的理由是芳芳个子太高了。她觉得可笑。

实际上，芳芳在婚礼上表现得非常优雅、得体，很为她挣面子。她为有这样一个朋友而自豪。

后来，已经是两年后了，她偶然把结婚那天的录像带拿出来观看，才明白亲人们为什么反对让芳芳做她的伴娘。

不是芳芳表现不好，而是她表现得太好了。整个婚礼热热闹闹，每个人在录像中都多多少少显出一些不协调，可笑的动作，不雅观的大笑，夸张的表情，呆板的衣着，幼稚的发型，等等。只有芳芳挑不出毛病。芳芳化的妆比平时稍稍浓一些，但仍属于淡妆，可是一丝不苟，看得出来，是出自专业美容师之手。芳芳的发型看上去还带着啫喱水的味道，也只有高档美发厅才具有这样的水平。芳芳穿着蓝西服，雪白的衬衣领子翻出来，简洁大方，亭亭玉立。芳芳顾盼自如，每一个动作都那么优雅，优雅得令人嫉妒。她作为新娘子，毫无疑问是镜头的核心，可是看看她的表现：离开母亲时哭得太厉害，把脸上的妆冲得乱七八糟，使原本就比较浓的妆显得更夸张可笑；租来的婚纱不是很合身，走路怕踩住，上下车怕挂住，有时竟让她有些狼狈；婚礼上她对一些来宾开的玩笑也不能接受，如芒在背，表情尴尬。这就是她，新娘，婚礼的主角。可是，她越看越觉得芳芳才是主角，她的光彩是表面的，芳芳却仿佛从内部放射出灼人的光芒。后来，丈夫的几个朋友拐弯抹角地打听芳芳的情况，想结识芳芳，由此可见芳芳那天散发出来的魅力。

她差点把录像给删了。

但这怨不得芳芳，她很清楚这一点。

从那时起，和芳芳在一起她就开始有些恐慌了。在她眼中，芳芳是个近乎完美的人，不但长相出众，气质不凡，神采飞扬，而且追求浪漫，洒脱自信，沉着果断，爱情轰轰烈烈，事业蒸蒸日上。这些都是她所不及的。

　　　　　　　　　　　　撒谎的女人

25

　　晚上，在美容中心上边的套间里，在那张宽大的双人床上，她们，她和芳芳，说了很多话，关于南阳，关于青青，关于她们的从前，关于孩子。芳芳不再谈论婆婆，因为婆婆已经去世了。芳芳也不再谈论丈夫雷，不知为什么。她也不谈论丈夫祁哲。这就是变化，四年间的变化。

　　她说青青的变化让她感到吃惊，她不明白青青是如何变成现在这种样子的，就像她不明白青青当初为什么要私奔一样。她说青青就像一块燃烧过的炭，失去了能量，安静了下来。

　　芳芳说，也许吧，她被生活打败了。

　　芳芳的这个结论同样让她感到吃惊。芳芳用了"打败"这个词，用在朋友身上，这么轻描淡写，仿佛谈论的是一个陌生人。

　　芳芳和青青也八年没见面了，但她们根本没想着要见面，尽管她们离得不远。她们并未把友谊看得那么重要。

　　芳芳毫无疑问是个成功者，她四年间开了八个美容店，几乎每年翻一番。她不打算再在温州扩展了。下一步，她说，她要到法国去发展。

　　法国，多么遥远啊，遥远得她无法想象，仿佛那是另一个星球上的国度。

　　与芳芳比起来，不要说青青是个失败者，就连她也是

三姐妹

个失败者。

芳芳意识到了什么，马上岔开话题，说最羡慕她的生活。

她说，你是在讽刺我吧？

芳芳说，真心话，你的生活那么真实，那么温暖，没有多少烦恼，也没有多少困惑……她不愿听这样的话。如果芳芳不是存心讽刺，那就是对她的生活并不了解，还停留在过去的印象上。现在，她的生活真实倒是真实，温暖却谈不上，只能说是麻木，至于烦恼和困惑，能说没有吗？

她觉得有些闷，她说把窗子打开吧，芳芳说可能就是开着的。

她起来拉开窗帘，窗子果然是开着的。月光很好，落在树叶上，白白的，静静的，与树的影子交织在一起，像一幅黑白静物画。

她看到窗帘遮挡的角落里有一个东西，问芳芳：

雷常来这儿吗？

很少来。

他抽烟吗？

不抽。

你呢，抽吗？

从不抽。

我发现了你一个秘密。

什么秘密？

　　　　　　　　撒谎的女人

你有情人。

芳芳有些诧异，但出乎她意料的是，芳芳既没否认，也没遮掩，只是问她：你是怎么知道的？

她拿出隐藏在窗帘角落里的烟灰缸给芳芳看。烟灰缸里有十几个烟蒂，看样子是最近抽的。芳芳笑了，她招供说：没错，是有一个情人，他昨天来过。

26

芳芳说，她也不知道为什么，婆婆去世后，按说雷只属于她一个人，可是她忽然觉得很失落，生活一下子变得轻松了，可也没什么意义了。这时她才发现，她那么多年和婆婆较劲，并不是出于对雷的爱，只是不愿认输罢了。婆婆不在了，她对雷的爱也越来越淡了。她到温州之后就辞职开了个芳芳美容店，开始也不顺，一年后就发展起来了。

这中间"他"帮了不少忙，芳芳说。

从芳芳的语气中，她听出"他"指的不是雷。

事业往上走，夫妻感情却往下走。芳芳清楚是自己的问题，可是感情的事……无法控制。她说她现在理解了青青当初的私奔，这里边没有理性可言，也没有什么对错，人就像是被打了迷幻针，自己左右不了自己，行为不是头脑做出的，而是身体做出的。身体，她说，有它自己的意

三姐妹

志，你挡不住它。她也没想挡。

青青私奔，她说，我们都认为是错的，可能青青冷静下来也会认为是错的，但这没用，这改变不了什么。她那时不听头脑的，只听身体的。身体内部有一个声音，这个声音怂恿她大胆地往前走，不计后果，不计得失。这个声音说，前进啊，冒险啊，快乐啊，享受啊，等等。你听这个声音的，你发现生活还有另一种样子，你想尝试，于是，你就跨过了某条界线，就这么简单。

也许芳芳说得对，身体内部会有一个声音，这个声音让人迷狂，让人冒险，让人……她想，人通常是理智的，但也有控制不住自己的时候，也会犯错误。

她试探着询问"他"的情况。

芳芳说，"他"有家庭，有孩子，还有事业，为此，"他"很痛苦。

芳芳可能也想找个人倾诉，分享自己的秘密，以及困惑和迷惘吧。有些东西在一定范围内需要保密，超出这个范围就没必要保密了，甚至还想让人知道，毕竟秘密装在心里让人憋得难受。

她说，我们在一起是很疯的，我是说，那种感觉，和初恋时不一样，初恋时是冲动，这则是……燃烧，火焰与火焰，加在一起，更大的火焰。他唤醒了我身体中沉睡着的某种东西，如果不是他，我不知道会那么美妙，就像登山，没有他的带领，我可能一辈子都上不到山顶，只停留

　　　　　　　　　　　　撒谎的女人

在半山腰，还以为再往上就没路了呢。

芳芳在谈论性。她想，芳芳真是变了，这样的话题谈论起来一点都不害羞，也许她还会放得更开，并最终达到毫无顾忌的地步。但是芳芳突然转到了爱情——

他是爱我的，你别不信，我们在一起不是为了赶时髦，也不是为了别的，什么也不为，只是因为爱。现在谈论爱情可能让人觉得可笑，可我们是真的，真的相爱。

她让芳芳证明给她看，芳芳说，就说性吧，你知道两个人在一起如果没有爱情，性会怎样，身体是骗不了人的。

她问芳芳怎样区分情欲与爱情，这是有区别的，但它们表现在性上可能并无二致，都会带来疯狂，带来满足。

我只说一点，你就会明白。芳芳的声音像月光一样柔和，她说，你知道，他和我在一起是很疯的，我们能够整个下午不停地做爱，可是自从和我在一起之后，他和他妻子就不行了，突然就那样了，他也无法解释，他不想那样，可就是做不成。他妻子以为他得了阳痿，求医问药，想给他治好，让他吃了很多药，中药西药一齐来，就是不见起色。你说怪不，他在家不行，一到我这儿，就又行了，不但行了，还很厉害。你说，这是不是爱情，他是不是爱我？

她承认这是爱情，正如芳芳说的，身体是骗不了人的，但她这会儿不合时宜地想到了雷和"他"的妻子——

27

　　她在温州的几天一直没见到雷。芳芳开车领她玩了几天，爬雁荡山，泡温泉，徒步大峡谷，漂流，等等。到没什么可玩的时候，她离开了温州，打道回府。这几天中，芳芳谈到过雷，尽管很少，毕竟谈到过。

　　那是在路上，窗外是寻常的街景，芳芳突然说，我应该让你见见雷的，可是不见也罢，他没什么变化，不会开车，进城总是坐厂里的班车。他很少进城。

　　你还爱他吗？她知道这个问题很蠢，但还是问了。她对雷的印象很好，她为雷感到惋惜。

　　我不知道，我们已经很久没做爱了。我知道性不等同于爱，可是两个相爱的人会很久不做爱吗？

　　谁的原因？

　　双方的吧，我不想，他也不想，就那样了。芳芳自嘲地说，我们现在是时髦的无性夫妻。

　　他还爱你吗？

　　不知道，他可能有点怕我。

　　你是不是很野蛮？她开玩笑道。

　　不是那种怕，芳芳说，他可能觉得自己停止不前，而我一直在发展，他有些跟不上我的步伐。

　　雷是个很优秀的男人，她说。

　　芳芳不否认，但她说优秀的男人有时让人感到乏味。

　　　　　　　　　　　　　　　　　撒谎的女人

她打抱不平地说，是你自己出了问题，你才会有这种感觉。

可能吧，芳芳说。

芳芳心里对雷并没有愧疚之情，她只是对儿子愧疚，她对儿子照顾很少，儿子和雷非常亲近，和她有些疏远。她尤其担心儿子发现她的隐情，造成心灵创伤。儿子七岁了，正是需要呵护的年龄。儿子朦朦胧胧懂一些大人们的事情。她从没打算离婚，不是她离不开雷，而是她怕对儿子造成伤害。另外，她说，我不想对"他"施加任何压力，包括婚姻的压力。

28

这天，她意外地见到了"他"，芳芳的情人。她没想到芳芳会带她去见她的情人。见面之后，她才明白芳芳是在向她炫耀。尽管她对"他"扮演的角色不赞同，但仍然认为"他"是有男性魅力的。"他"高大，健壮，随和，平头，穿白 T 恤，善于体贴人。

是在一个很偏僻但很高档的西餐厅见的面。

"他"请她们俩吃西餐，喝法国红酒。

"他"很会向女人献殷勤，对她们俩照顾得无微不至。

她想起芳芳说过的话，不由自主地想象"他"在床上的表现，"他"的疯狂，"他"的持久。她头脑中出现一些情色画面：缠绕的肉体，灼热的皮肤，滚动的汗珠，尖利的指甲，迷离的眼睛，蓬乱的头发，呻吟的嘴巴，等等。她为自己有这样的想象而暗暗发笑。偷眼看芳芳，芳芳一副端庄模样，不像是与情人吃饭，倒像是吃公务餐。"他"倒没有一本正经，不时地开个无伤大雅的玩笑，活跃活跃气氛。看得出"他"是一个有地位有钱的男人，可是"他"没有沾染那种人通常都有的傲慢自大和爱显摆的毛病，而是风趣幽默，彬彬有礼。眼中那一丝抹不去的忧郁也很能打动人。

"他"恰到好处而又很得体地奉承了她的美貌和气质，让她很受用，她觉得和他在一起很舒服。

过后，她对芳芳说，我理解你，"他"是个很优秀的男人。

芳芳说，我也是个很优秀的女人嘛。

她马上想到，她也说过雷是个很优秀的男人，她怎么就变得没有一点立场了呢？于是她不再说下去了，沉默。

29

离开温州的前夜，她们触及了痛苦的话题，那是从再一次谈论青青开始的。

八年前，她和芳芳曾经去与青青私奔的那个男人家里探访过一次，看有没有那个男人的消息。她们见到了那个

　　　　　　　　撒谎的女人

痛苦的女人。那个女人很瘦，面色发黄，眼睛里充满怨恨。她们直截了当地说明来意，那个女人堵在门口，不让她们进屋。那个女人冷冰冰地说没有消息，什么也没有。她们想和那个女人谈谈，那个女人却一点儿也不想和她们谈，哐的一声把门关上了，门板差点碰伤她的鼻子。她们从邻居那儿得知，那个女人有个 17 岁的儿子，正在上高中，因为受不了别人的议论，和同学打了一架，受到学校处分。那个女人刚从学校回来。

那个女人的形象长久地烙印在她们头脑里。

我忘不了她那双充满怨恨的眼睛，我害怕再看到一双这样的眼睛。芳芳坐在梳妆台前看着镜子，好像镜子中会浮现出这样一双眼睛。

痛苦会毁了一个家庭，她说。

我不想把自己的快乐建立在别人的痛苦上，芳芳说。

那是自己亲人的痛苦，和所爱之人的亲人的痛苦。

我避免这些，我不向"他"要求任何东西。

就这样得过且过吗？这是一条康庄大道吗？能避免所有痛苦吗？

芳芳走到窗前，站住，月亮把树的斑驳的影子投到她身上和窗台上。她说，这样，现在这样，也不是没有痛苦，我是痛苦的，"他"也是痛苦的。你来之前的那个晚上"他"在这儿抽了很多烟，就是因为他痛苦。雷是痛苦的，"他"的妻子也是痛苦的。雷不知道我的事情，"他"的妻子也不知道他的事情。可是生活已经改变了，原本属于家庭的快乐和温暖没有了，或者打了折扣。人都有良知，而良知很折磨人。我们的痛苦看不见，在心的深处。我们无力改变命运，因为都不想让亲人痛苦。已经有了风言风语，纸终究包不住火。终有一天，雷会知道，"他"的妻子也会知道。到那时，怎么办？我不敢想象。

芳芳抬起头，深情地望着窗外某个地方，仿佛望着一个扑朔迷离的梦。

她本来以为芳芳很为她现在的生活得意，其实不是这样。

芳芳说她很害怕将来，她害怕某一天生活会分崩离析，一切属于她的东西都离她远去。她也许很有钱，但没有爱情，没有亲情，没有友情，心灵空荡荡的，像一个空房子，只填满了空虚……

她想不到芳芳也会有痛苦。

芳芳说，每个人的生活只有他自己清楚，别人看到的只是表面，那未必真实，说不定是装出来的，专门制造的假象……

30

在回程的火车上，她头脑中塞满了这趟旅行中浮光掠影式的影像，这些影像万花筒般变幻不定，于寂静中喧嚣一阵，然后飘散到远处，天边外，在那里成为背景。一些东西隐去，另一些东西浮现出来……

青青的短发让她难忘。她想抚摸青青的短发，想感受剪掉辫子后的断茬儿，那会是一种很新奇的感觉，那种感觉会被手指长久地记忆。青青裸露出来的一截儿脖颈白得像刚剥开的熟鸡蛋，上面的茸毛那么柔软，那么纤细，是透明的，仿佛是光线落到脖子上溅起的光芒。青青的脖颈好像在呼唤她的手掌，呼唤一个爱抚。她想抚摸想得手都发痒，可最终她没把手伸向青青的短发和脖颈，她的手一直矜持地缩着，有些不安，有些紧张。这很遗憾。

再就是芳芳卧室的烟灰缸。她老想起这个烟灰缸，它的形状像一个盛开的百合，那些戳在里边的烟头则像花蕊。芳芳疏忽了这个烟灰缸吗？答案应该是肯定的。其实也未必。所有的疏忽都反映了某种潜意识，芳芳的疏忽反映的是什么呢？一是她不害怕暴露隐情，她对可能出现的后果有心理准备，大不了离婚嘛；二是她渴望暴露隐情，因为她对现状很不满，可她又无力改变现状，潜意识中希望借助外力来改变现状；三是芳芳不怕她知道自己的隐情，或者芳芳想让她知道自己的隐情，如此，芳芳好借机向她说出秘密，这样既可炫耀，又能缓解保守秘密所带来的憋闷感觉；四是警钟敲响了，芳芳想有所收敛，否则后果不堪设想；等等。当然，这都是猜测，真实像黄昏的光线晦暗不明，不易捕捉。

三姐妹

短发、辫子、烟灰缸，在头脑中飞来飞去……她做了一个奇怪的梦，这三样东西都在梦中找到了自己的位置——

她发现对面铺位上的人竟然是芳芳的情人——"他"。她很诧异，"他"是什么时候上车的？她怎么一直没发现？她是由芳芳送上车的，芳芳也没发现，多么奇怪啊！

"他"主动和她打招呼，问她要不要喝水。

她摇摇头，觉得"他"的语气过于亲近了。这是夫妻间或情人间才有的语气，温情又随意。他们并不很熟，"他"怎么能用这种语气和她说话呢？

这时，车上卖东西的流动小推车过来了，"他"问她喝不喝饮料，她又摇摇头。"他"要了一听雪碧，一听可乐，问她选哪一样，她摇摇头，说不渴。

"他"说，那就喝雪碧吧。"他"把雪碧硬塞给她。

她推辞不掉，就勉强收下了。

在推让的过程中，他们的手碰到了一起，她有种触电般的感觉，这让她羞愧难当，甚至觉得可耻。不可思议的事还在后面，"他"竟然抚摸她，做得那么自然，手轻轻滑过她裸露的手臂，如微风吹拂一般。更不可思议的是，她竟然没有反抗，默许甚至纵容"他"的行为，让"他"得寸进尺。果然，"他"更进一步，轻轻地吻了她，尽管如同蜻蜓点水，是礼节性的，但毕竟是吻，而且不是吻额

　　　　　　　　　　　　撒谎的女人

头，也不是吻面颊，而是吻嘴唇。这怎能不让她震撼？她受了侮辱一般，义愤填膺，怒目圆睁，呼吸变得粗重。她想抽"他"一耳光，可是抬不起手。"他"假惺惺地问她怎么了，她说不出话。这时，她的呼吸变得更加粗重，像拉风箱一般，但已经不是因为气愤，而是因为兴奋和激动，还有情欲的勃发。

她觉得他们之间是不道德的，且不说"他"是有妇之夫，她是有夫之妇，单单"他"是她朋友的情人这重身份，就让她觉得不道德。抢朋友的情人，这算怎么回事？

可是她顾不了那么多，她已经爱上这个男人。爱情是不道德行为的理所当然的借口。她可以为"他"去流浪，去受苦，去上天，去入地，去生，去死！

她此时是崇高的，是无私的，是浪漫的。她自己感动了自己。她不再内疚，也不再有负罪感。她的行为完全合乎浪漫小说所推崇的观念。她在一个现实故事中出任主角，她亲自演绎书本中才有的故事，好过瘾啊！

私奔，她头脑中突然冒出这个念头。

很快奇迹出现了。火车为了成全她，瞬间掉个头，不再朝着回家的方向开，而是朝着远离家乡的方向开。

她不相信这是真的。可是火车轮子传来的声音对她说，这是真的，这是真的！

她问，我们这是去哪里？

"他"说，去一个谁都找不到的地方。

此时，她突然觉得理解了青青，青青和她一样对陌生的地方有一种本能的恐惧和向往。

理解带来了变化，她意识到这一点，摸摸脑后，一条突兀的大辫子让她震惊不已。

她拽拽辫子，把头拽得往后仰了又仰。显然这是她头上的辫子，与她的头皮连在一起。她把辫子拽到胸前，抚弄着，忽然间，她意识到这个动作属于青青，青青多年前一直是这样抚弄辫子的，那是她的标志性动作。再一细看，这不是她在上海见到的那条辫子吗？乌黑乌黑的，像蛇一样。

她问，你喜欢这条辫子吗？

"他"说，喜欢。

你不会让我把它剪掉吧？

不会，不过——

不过什么？

如果要开始新生活，最好把它剪掉。

剪掉？你——

她感到从她口里说出的话，并不是她想说的，她的舌头已不属她管辖，而是属另外一个人管辖。

她想去照照镜子。这时顶灯突然熄灭了，到了睡觉时候，只有脚灯亮着，光线昏暗。

睡吧，"他"说。

她看到盥洗处有灯光，她过去照镜子。在镜子中她没看到自己，而是看到了大辫子青青，也就是说镜子里出现的是八年前的青青。她眩晕了。一切都不真实，都不可理解。奔驰的火车不真实，镜子不真实，镜中映象不真实。她往镜子深处看去，一个理发店从黑暗中影影绰绰浮现出来，渐渐变得清晰。正在理发的人也看清楚了。她再次感到震惊：坐在理发椅上的正是青青，她攥着长长的辫子，舍不得让理发师剪掉。她想，既然理发店里的是青青，那么她就不是青青，总不会有两个青青吧。她再看镜子时，哪里还有镜子，不但没有镜子，连火车也没有了。她从虚无中意识到理发店里的青青就是她。她坐在理发椅上，"他"站在旁边。

剪吧，"他"说。

如果说在火车上"他"是劝说她剪辫子，那么此时他则是命令她。

咔嚓——

随着这惊天动地的一声响，辫子跌落下来。

她用手抚摸短发，她终于抚摸到了短发，如同抚摸到了伤口，这种感觉竟是撕心裂肺。

她捡起辫子捂在脸上哭了起来。

她大叫，我要回去!

这一喊非同小可，理发店消失了，代之的是美容院。她未回到南阳，而是又到了温州。她熟悉这地方，双人床、镜子、临街的窗、窗外的树等，都是她熟悉的。她刚离开这里不久，这儿还留有她的体温和气息，她坐过的床垫上还留着一个屁股大小的凹痕。她又回来了。"他"自然也在这儿。她问"他"今后怎么办，"他"说不知道。"他"坐下抽烟，"他"痛苦的时候总是爱抽烟。她看都没看，伸手撩开窗帘，从隐蔽的角落里摸出烟灰缸，递给他。动作如此熟练，她自己也感到吃惊。她是谁？

她照照镜子，镜子中出现的是芳芳。她以为是芳芳回来了，却四顾无人。原来自己变成了芳芳。难怪"他"一直跟着自己，也难怪"他"和自己那么亲密。

我是芳芳。

这一切都是我的，"他"也是我的。"他"为什么不扑上来，还等什么，真是笨蛋。

她走过去，把白嫩的手放到"他"肩膀上。"他"扭回头，搂住她，脸贴在她小腹上，好像在哭泣。她拉上窗帘，又去锁好门。这儿成了两个人的空间。他们的空间，"他"的和她的。他们做什么都可以。可是，"他"什么也没做，脸上挂着一层霜。"他"开始诉说内心的爱和痛苦，她知道"他"要说什么，她了解"他"，了解"他"的爱，也了解"他"的痛苦。她不让"他"说，她不想让结局提前到来。"他"说我们不能这样下去。"他"说长痛不如短痛。"他"说这会毁了你的生活。"他"说这也会毁了我的生活。"他"说结束吧。"他"说我们已经陷得太深。"他"说我爱你。

撒谎的女人

她同意"他"说的。她一直在流泪,除了流泪她还能干什么?她的脸已经成了沼泽地。她知道一切都无法挽回。男人一旦说出离开的话,"他"是下了决心的。她知道这是理智的。她也知道这对她有好处,也对"他"有好处。否则,生活会崩溃。他们都害怕出现那种局面。"他"有一个贤惠的妻子,她也有一个疼爱她的丈夫,他们并不想伤害自己的配偶。这是最好的结局。早了断对他们俩都好。那就了断吧。可是,她是多么爱"他"啊,生活是多么残酷啊!

眼泪,此时只有眼泪是相宜的。

突然,门打开了,芳芳赫然出现在门口,在芳芳身后竟然站着"他"。

她感到某种东西轰然倒塌,惊叫一声,从梦中醒来。

火车正在钻隧道,隧道回音很大,给人的感觉好像不是在穿越大山,而是在穿越时间屏障⋯⋯

31

夜深沉,窗外全是黑暗和寂静,这黑暗和寂静浑然一体,充塞天地之间,毫无缝隙。

她从奇怪的梦中醒来之后就再也睡不着了。

梦那么清晰,仿佛是她经历的一部分,让她无法忘怀。

还有恐慌,沉淀在肉体中。

三姐妹

她倾听从铁轨上传来的声音，判断出火车是在朝着家乡的方向开，而不是相反，于是大为安心。梦中她先后变成青青和芳芳，很奇怪。她想成为她们吗？不，她不想。

　　梦是启示吗？她隐约有所感觉，但不明白是什么，还需要进一步领悟。躺在轻轻摇晃的铺位上，她感到从未有过的平静，出行时的那种恐慌此时无影无踪了。

　　那时恐慌什么呢？

　　此时想来，与其说是陌生而辽阔的外部世界让她感到不安，不如说是她担心朋友看不起她，从而使友谊大打折扣。与两个好朋友相比，她的婚姻太平淡了，平淡得没有故事，平淡得她自己都感到不满。她害怕她们嘲笑她，嘲笑她缺乏行动的力量和冒险精神。可是，事实正相反，她们不但没有嘲笑她，反而羡慕她。她们说，她过的才是真正幸福的生活，安定，宁静，踏实。

　　是啊，她是身在福中不知福。

　　她真的没有故事吗？难道那些无法入眠的夜晚她与祁哲之间的缠绕不是故事吗？他的手指从她皮肤上划过，她的皮肤就燃烧起来，血液就沸腾起来，心脏就跳得厉害，瞳孔就变大。她感到从未有过的幸福，她在他怀中腾云驾雾，体验飞翔的快感，体验天堂的滋味……难道大雪天她与祁哲徒步穿越整座城市不是故事吗？那是一次浪漫的约会，她在大雪中去找他没有找到，因为他离开家去找她了，他们在路上错过。肯定是雪迷了眼睛，使他们彼此没有看

　　　　　　　　　　　　　　撒谎的女人

到对方。返回的时候已是傍晚，天色昏暗，大雪纷飞，如果不是撞到一起，他们还会错过。那么巧，他们碰上了。这时他们两个都成了雪人，他们认不出对方，这只是最初的反应，很快他们听出了对方的声音，辨出了对方的轮廓，于是两个雪人紧紧拥抱在一起……难道他跑遍整个城市去为她买臭豆腐不是故事吗？有一天她忽然想起童年时候在外婆家吃臭豆腐的情景，她想念外婆，她提出要吃臭豆腐。臭豆腐不是这个小城的特产，很少有卖的，但他二话不说骑上车子就出去了。他一条街接着一条街去找，一个铺子挨着一个铺子去问，最后终于在一个偏僻小巷里买到了臭豆腐。回来时天已黑透了，但他两眼放光，欢喜得像个孩子……

她有一个可爱懂事的儿子，她想，即使人们拿整个世界来交换她的儿子，她也不会答应的。

日常生活磨损了爱情，她不再为祁哲端到床头的早餐而感动，不再为他出差时给她买的礼物而高兴，也不再为他每日接送孩子而道声辛苦……而是为他升迁缓慢讽刺他，为他做了好事没有得到好报而埋怨他，为他不懂情调而给他脸色……她没理解他大山一般的意志，他海洋一般的胸怀，他金子一般的品格……在领导和同事眼中他十分优秀，在朋友圈中他卓尔不群……更重要的是，有不少美女向他暗送秋波他不为所动，他是那么爱她……而出行之前她怎么没意识到这些呢？

三姐妹   267

32

　　清晨，金色的阳光照在车窗上，看上去像是车窗在放光。田野里全是金黄的麦子，像海洋一般辽阔，但比最平静的海洋还要平静，仿佛所有麦子都屏住呼吸一般，这是一个盛大的仪式，庄稼自身的仪式，庆祝麦子的成熟，它们即将成为粮食和种子。

　　她看着窗外。田野间有麻雀和鹌鹑飞起又落下，还有一只叫不上名字的鸟从麦田中腾起，与火车平行着朝前飞，顽皮地和火车比试着速度，开始时雄心勃勃，后来渐渐落后，懊恼地放弃了比赛。两只布谷鸟在戏耍。三个农民拿着镰刀站在田塍上，阳光给他们身上涂抹了一层温暖的光辉。他们说着话，其中一个拿镰刀挥舞了一下，其豪迈不亚于指挥千军万马的将军，另一个从口袋里掏出烟与他们分享，第三个人奉献了火柴。村庄里升起袅袅炊烟，一个老农牵着一头老牛从村里慢慢走出来，牛后边还跟着一只老山羊。一群背着书包的小孩从村里出来，跑着跳着打闹着，超过老山羊、老牛和老农。电线上栖着四五只喜鹊，隔一根电线杆，电线上又栖着两只喜鹊，一只飞走，另一只跟着也飞走了……火车上的广播响了，开始介绍南阳……

　　快到家了，她想，他们会在车站接她的。下车后，她一定要给祁哲一个拥抱，祁哲可能会觉得不习惯，但她要紧紧地拥抱他，让他感到这不是在外边学的时髦玩意儿，而是她从内心深处想拥抱他，想和他融为一体。然后把儿子抱起来，三个人再拥抱……

（原载《芙蓉》2018 年第 1 期）

我想把孩子生下来

一

心理学上有个定律，越担心的事情越会发生——叫什么定律来着？朱丽回来的路上一直在想，可是怎么也想不起来。问度娘，才知道叫墨菲定律。真他妈的应验，她心里嘀咕道，怕啥来啥，够准的。

这几天她最担心的事就是怀孕，可是，偏偏就……关键是，怀的还不是丈夫的，真是要多糟糕有多糟糕。

经过花店，她稍稍犹豫一下，还是进去了。花店不大，只有十几平方米，但该有的花都有。她一般只买百合，而且只买白色的百合。她喜欢百合的洁白和清香，还有百合的大气。平时买花，心情愉悦。现在，她有些意兴阑珊。百合依旧洁白、水灵，可是她却没有兴致。卖花的女孩扎一个马尾辫，很清纯的样子。有二十岁吗？她心里揣测着，生出许多羡慕来。这种天不怕地不怕的年龄，她也有过。

多好啊，她想，可以胡来。女孩看出她在犹豫，问她想要什么样的花。她说百合，白色的。女孩浅浅一笑，拿给她几枝白百合，说这是今天刚来的。她点点头。女孩将花包起来。她问多少钱。女孩说，24元，您第一次来我店买花，我给您打八折，19.2元，零头抹去，19元吧。若在以往，她会和女孩聊几句，今天她一句多余的话也不想说。付了钱，捧着花出来，一辆自行车飞驰而过，差点撞到她。她看过去，是一个少年的背影。她嗅到一股荷尔蒙气息。她怔一下，继续往前走。背后，卖花的女孩看着她远去的身影，心想：真是个谜一样的女人！

朱丽走在街上，怀抱鲜花。九月是最好的季节，阳光和暖，空气宜人，天高云淡。擦肩而过的人，不由得多看她一眼。他们看到什么了？洁白的鲜花，优雅的女人，互相映照，这两样加在一起等于幸福吧。他们一定以为她很惬意吧。谁也不会想到她正在为一个小小的种子烦恼着。

这种事，她知道怎么处理。流产。没别的办法。可是，该怎么请假呢？有点小麻烦。实话实说，也合情合理，一不小心……都会理解，这种事谁也不想摊上。或者，谎称生病，比如说发烧，也可请几天假。总之，单位好说。关键是丈夫这儿，不能让他知道。丈夫在上海工作，不常回来，不必担心，他不会知道。那么，还有什么问题吗？没有了。可是……好像……似乎……有那么点不对劲。哪里不对劲呢？她又说不上来。她忽然想起可可，这个小妖精，让她给参谋参谋。她立马给可可发一条微信：亲，出事了，你能来一下吗？可可马上发过来语音：什么事，别吓我，我这就过去，你在哪里？她回复：我在外面，马上到家，你直接来家里。

朱丽回到家，把花瓶里那一大束半枯萎的雏菊取出来，丢进垃圾桶里，换上新鲜的百合。她脱下外套，挂到贮物间。她掏出化验单看一眼，上面写着怀孕 35 天。好准确啊。她又将化验单塞回口袋。

敲门声响起。

她隔着门镜看一眼，是可可。

她打开门，可可拎着一个大购物袋，风风火火进屋。可可踢掉鞋子，换上拖鞋，将购物袋扔沙发上，就一屁股坐下来，看着她，说，亲，你吓死我了！什么事？我看什么事也没有。你说出事了，吓得我这小心脏扑通扑通……你看，现在还在跳。

可可上去抓起朱丽的手放到胸口上，让她感受。朱丽并没认真感受，很快将手拿开。可可总是这么夸张。不过，她身上升腾的热气、额头上细密的汗珠以及粗重的呼吸，都说明她是慌里慌张跑来的。可可总是用这种方式让她感动，她也应该感动。

嗯，还在跳。朱丽说，你买的什么，快拿出来让我看看。

　　　　　　　撒谎的女人

一条裙子，我是从商场过来的。可可说，你吓死我了。你说出事了，什么事？

我看看，什么裙子？

你帮我参谋参谋，不合适我拿去退。

在所有朋友中，可可最信任朱丽的品位，已经信任到盲目的程度。她曾想对抗朱丽的品位，尝试几次之后，不得不承认这方面朱丽就是强，比她高明。朱丽更懂衣服和搭配。从此以后，可可买衣服总是征求朱丽的意见，朱丽也乐意为其参谋。这次可可买衣服没征求朱丽意见，自己心虚。

朱丽从购物袋内掏出一件黄色连衣裙，抖开，瞪大眼睛看着可可。

怎么了？可可问。

这颜色真够响亮的，朱丽说，像吹响的小号。她本来想说像大喇叭，话到嘴边换了词。

可可搞不清是赞美还是嘲讽，说，你不是说关键看搭配吗？

没错，不过——

卖衣服的姑娘说穿上年轻十岁。

也许换个说法更恰当。

什么说法？

年轻十岁穿上……

你是说我不适合穿这么亮的裙子？

年轻十岁，穿上光彩夺目。

现在呢？

穿上年轻十岁，那姑娘说得没错。

可可竟然没听出她的嘲讽之意，还兴冲冲地要试穿给她看。

我穿上，你帮我看看，不合适我就退。

可可进到房间里换上裙子，走出来看到朱丽的表情，她已经知道什么效果了，不自觉地有些懊恼。更让她郁闷的是朱丽又一次打击了她的品位。

嘻，别说！

可可自己也不能忍受这件裙子了，她迅速进房间将裙子换下，塞进购物袋里，舒了一口气，总算摆脱了。她以为自己巧妙地掩饰了内心那一丝挫败与懊恼，但看朱丽的眼神，她就知道什么也没掩饰住。

你是对的，可可说，那会儿我忘了自己的年龄，那姑娘恭维我两句，我就昏了头，以为自己只有三十岁。穿上这件裙子再年轻十岁，我成了二十岁的小姑娘。店里柔和的光一照，镜子里，你别说，我真看到了二十年前的我。自嘲也不行，还是有些尴尬，她凑到百合花上嗅了嗅，真香！最好的办法是转移话题，回到正题上，说说吧，什么事？

朱丽给可可泡一杯茶，放到她面前。

说说，出什么事了？可可又说。

两个女人在一起，即使是朋友，也免不了有竞争，或衣着，或心情，或品位，或气质，或化妆……暗中比较，忖度胜负。朱丽的品位压过可可，可可马上反击了，而且一下子就击中了要害。

朱丽去贮物间将化验单掏出来给可可看，这样做一步到位，瞧，这是证据，你一看就全明白了。

可可的确看明白了，怀孕 35 天。对四十岁的女人来说，要还是不要，这是个问题。这个问题虽然不像哈姆雷特那个问题那么致命，但也够烦的。要不，她不会急急火火把我叫来。她肯定要征求我的意见，不着急，先摸摸她的态度再说。

什么时候化验的，今天吗？

今天。朱丽说，这个月"大姨妈"老不来，我就想，糟了，要倒霉了，别是怀孕了。真是怕处有鬼，一查，还真是的。我就给你发微信，你是第一个知道的。

这就对了，就应该第一时间告诉我。可可说，这是好事啊，应该祝贺！这个年龄，怀孕可不是一件容易的事。了不起，你太了不起啦！从今儿开始，你什么也别干，都交给我，我来干，你只管歇着。想吃什么，我给你买，我给你做，叫外卖也行。想吃辣，还是想吃酸，有没有妊娠反应？

可可的话言不由衷，她知道朱丽不想要孩子，朱丽给她打电话说出事了，意思还不够明显吗？但她觉得必须这样说，这样说才进退自如。同时，她又暗暗得意，朱丽在品位上压她一头，但在这类事情的处理上，朱丽却是个白痴，有求于她。

朱丽摇头，我哪儿有那么娇气，四十岁的人了。

可可说，正是大龄，才要娇气。年轻啥都好说，驴踢马跳也没事。这个年龄怀孕，就得小心了。我有个同事，比你还小一岁，怀孕了，哎哟，那比大熊猫还娇贵，走路都怕掉了，打个喷嚏都恨不得再到医院检查一遍，看掉了没有，啧啧。

真这么容易掉就好了，那我走路就蹦着走，一天立定跳远一百次，再打一百个喷嚏，哪怕翻跟头也行，一天再翻一百个跟头，只要……

喂，喂，我怎么听着不对劲，朱朱，你难道不想要这个孩子？

不想要，一点儿也不想要。我这个年龄，再弄个小婴儿，天天唧哇唧哇哭，又是屎又是尿的，你说我能受得了吗？烦也烦死了。

你知道多少人想要还要不上呢，你可倒好，怀了还不想要。

我，你还不知道吗，我能是那种为了孩子放弃自我的人吗？我要先为自己活着，对得起自己再说。可可，我不是生育机器，没必要再为社会造一个人。

没怀上也就算了，怀上就生了吧。肯定是个漂亮的宝宝。

不，决不。

这可是一个小生命啊，就像一粒种子，已经在土里发芽了。

还没拱出地面，就没必要出来遭受风吹日晒雨淋了。如果知道外面有多可怕，你说，他还愿意出来吗？朱丽自己回答道，愿意才怪哩。

你决定不要了？

决定不要了。

不会反悔？

决不反悔！

可可松了口气，将化验单还给朱丽，朱丽又放回口袋里。

可可说，唉，不要了好，不要了好。说句实话，弄个婴儿，你的生活就全毁了，差不多你的一生就完了，快活到头了。旅游别想了，找你喝个茶你恐怕都没时间。

你真是个变色龙，来回都由你说。说要也是你，说不要也是你，你到底是让我要，还是不要？

可可突然一本正经地说，朱朱，这事不开玩笑，要或不要，都是你做决定，我可不担这个责任。我要说了，哪一天你后悔了，还不把我骂死。

朱丽半开玩笑地说，你还是闺密吗，把自己择这么清。告诉你吧，我永远不会后悔！你该咋说就咋说，我啥事都不会赖到你头上。

可可为自己辩解，本来就是你拿主意嘛。

朱丽若有所思。

想什么呢？

我……朱丽欲言又止。

你也会吞吞吐吐？可可说，这可少见。

朱丽在想自己拿主意的事，可可说得没错，这事本来就该她拿主意。自己的事，自己决定。何况，还有更重要的内情没给可可说。要给她说吗？她们俩可是因为交换秘密成为闺密的。她们无话不谈。至少看起来是如此。或者，她们都竭力给对方营造这样的印象。朱丽喃喃地说，你说，我会不会完蛋？这话把可可吓一跳，不就是怀孕吗，多大个事，看把她吓的。可可说，这是 21 世纪，中国，你又没有宗教信仰，流产算什么？再说了，现在还说不上是胎儿，甚至连个小蝌蚪大都没有。你权当一个小蝌蚪在这儿停了一下，又游走了。就这样，没那么可怕。

能不能药物流产，我这个年龄？朱丽问道。

应该能吧。我认识一位妇科主任，我帮你问问。

可可掏出手机。

别说我的名字。

知道。

可可拨号。

等等。

可可看着朱丽。

你准备怎么说？

还要打个草稿吗？可可说，我就问，四十岁，药流可以吗，嗯？

时间？

什么时间？可可说，单子上不写着吗，孕期35天。哦，你是问什么时间药流合适？我知道了。

可可拨通电话，不自觉地起来往窗边走，朱丽紧张地看着她。

喂——唐蒙，我是可可……别挂别挂，我就问一个小问题，一句话……四十岁的女人怀孕了，能不能药物流产……嗯……嗯……好，我知道了……好的，你忙吧，有事我给你微信……OK（好的），拜。

能吗？朱丽问。

能，但不是每个都成功。

不成功会死吗？朱丽突然声音变得尖厉，吓可可一跳。

不会吧。可可说，只是流不干净，需要刮宫。

朱丽无比沮丧，她说，那就糟了，全败露了。

可可说，什么败露了？

朱丽意识到她说走嘴了。按弗洛伊德的理论，口误、玩笑之类，都是潜意识的显露。她的走嘴，说明潜意识中她是倾向于暴露这个秘密的。是的，是这样，她承认，她想说给可可听。再说了，可可也把自己的秘密说给她听，

我想把孩子生下来

比如，可可最近又找了个情人，她这个情人可厉害了，让可可体验到了她从没体验过的东西——高潮。可可愤愤不平地说，老娘总算知道了什么是高潮，原来我以为我那些就是高潮，其实只是快感罢了，高潮是这样，就像脊椎中在放焰火，哇，没体验真的是不知道，以前都白做了。

可可问，什么败露了？不能说吗?

你能猜到。

你是说——

是的。

不是林涛的？原来这才是问题的关键，也是朱丽的烦恼所在。

时间不对。朱丽说，我和林涛……是在安全期，不可能。

你又——

那是一周后的事，我和情人。这次危险。我知道危险，心存侥幸。想着这么大年纪，哪那么容易怀孕。妈的，邪了，一枪命中。朱丽哭笑不得，当她说粗话的时候，她仿佛在报复无奈的生活。

可可也笑起来，他可真厉害！可可讽刺道。

是厉害，把老娘害苦了。

你太大意了。

谁说不是呢。我昏了头，要赌一把。你说这事能赌吗？我在和谁赌？和上帝吗？和命运吗？不输才怪，不输才怪

　　　　　　　　　　撒谎的女人

哩。活该，我活该！这是我自找的，完全是我自找的。其实，事后还可以吃毓婷，我就是不愿意。我等着，提心吊胆，结果就等来了。你说，我不是自找的是什么。朱丽越说越激动，越说越懊恼，想到随后要面对的麻烦事，她感到生活越来越灰暗。这事……只能悄悄做，没法请假，也不能让他知道。还有公公婆婆也不能让知道。我得咬牙坚持，还得上课，还得洗衣做饭，还得让他……那个。我的身体又不是很好，落下病根，一来二去，一来二去，我岂不完蛋了。

可可完全被朱丽的话感染了，仿佛看到闺密正在死去，不由得黯然神伤，几乎落泪。真可怜，真可怜，她说。

朱丽反过来安慰可可，好像可可正在经历不幸。好了，没事，都会过去的。

手机响铃，朱丽看一下来电显示，是老公。她马上换了一个人似的，声音也变得甜美。

老公，今天怎么有空给我打电话了？林涛来电没别的事，只是核实一下刷信用卡的事，朱丽拿的信用卡是副卡，主卡在林涛那儿，绑定的是林涛的电话号码。她刷的每一笔钱，林涛的手机上都会显示。

挂断电话，朱丽抱怨，林涛关心的永远是钱。

可可说，我有一个办法，可以让你光明正大地去做。

朱丽还没从和老公通话中回过神来，有些恍惚，做什么？

我想把孩子生下来

人流啊，我们刚才正说的话题。

哦——

身体最重要，你要光明正大地做。该请假请假，该休息休息，该不让他那个就不让他那个。

我也想光明正大，可是……

不用担心，唐蒙答应帮忙，有她在，怕什么！妇科主任还摆不平这事吗？

朱丽看到了希望：亲爱的，我就靠你了。

可可为能帮到朱丽感到得意，她说，我刚才给唐蒙发微信了，我把我们微信的内容读给你听听吧。可可有意模仿妇科主任的声音，听上去很权威。她现在查出怀孕，就算一个月了。如果误差一两天可以，她这差半个月啊。我问她下个月给你老公说能混过去吗？她说，过半个月说，有的能蒙混过去。接着，她又说，有点冒险。有点冒险。

我在网上查过，B超一做就能发现孕期，混不过去。

科技这么厉害。

她还说什么？

她说，除非她老公什么都不懂，也不问医生。

这怎么可能。完了。完了。她有什么主意？

她问你最近一次月经是几号，月经周期是多少天？

上次来月经是8月7日，不对，8月6日，是的，8月6日，没错。6日来的，9日结束。老公10日回来，我们就……那个了。月经周期，最近几个月都是25天。

282   撒谎的女人

她又问……

可可不好意思说，把微信给朱丽看。

朱丽看后，转了一圈，拿定主意。

她是你朋友？

好朋友！

让她替我保密。

我没告诉她你是谁，我只说是一个好朋友，人特别好。

好吧。你发微信，就说我和老公是8月10日，我和情人是8月19日。

可可发出微信后，很快收到回复。

妇科主任回复：日子记这么准确。

哼——

如此看来怀的是情人的。

朱丽说，和我猜的一样，这可怎么办？

可可说，又有微信了。她说，听说过排卵期出血吗？

排卵期出血？朱丽没听说过。我问问度娘。

度娘回答如下：

在有规律的两次月经中期，即排卵期，由于排卵所致的雌激素水平短暂下降，使部分女性的子宫内膜失去雌激素的支持，而出现子宫内膜脱落，引起有规律的阴道出血，称为排卵期出血。中医学称之为"经间期出血"。

又有微信进来。

她说，只要把8月6日那次月经说成是排卵期出血，8

月 10 日那次爱爱就有可能怀孕。这样就能说成是你老公的，光明正大。

你以为他会信啊？

那就看你怎么表演了。再说了，我们还有专家，怕什么。

孕期对不上啊。

是啊，我再问问，这可不能出差错。

可可发微信，转眼，回复就来了。

她老公是妇科专家啊，干吗那么做贼心虚。又一条，下周，叫你朋友来一趟，我给她做个检查，再开个诊断证明。

你那个证明呢？

朱丽掏出证明。

撕了吧，可可说，这个没用了，留着干吗？

朱丽说，留着做个纪念。

二

第二天，可可就陪朱丽去第一医院找妇科主任唐蒙。

唐蒙向朱丽确认这个孩子一定会拿掉，才给她开了证明。她说，你可别反悔，把我也带坑里。可可说不会，绝对不会。

从医院出来，可可提议从河堤上走回去。河边风景优

　　　　　　　撒谎的女人

美，只是要绕点路。走走路正好，反正没什么事。她们就沿人民路向南走 200 米，折向东，再走 200 米，就是河边了。

河水被橡胶坝拦起来，水面宽阔，河两岸经过多年治理，垂柳、花卉、草地、雕塑、长椅、木头栈道、假山、修竹、长亭等，像公园一样。城市最美的地方，人们休闲的好去处。

由于天气太好了，她们就上了一条船，在河面上荡漾。船，总让人想到大事件，比如某个重要的会议。她们可不是要效仿什么，她们只是有这么点兴致罢了。接下来的策划，初看上去也像玩笑。

可可认为有了唐蒙的诊断证明，一切 OK，林涛即使怀疑，也说不出什么。朱丽却还是担心。可可说她是做贼心虚。她承认，做贼心虚。可可不了解林涛，林涛没那么好糊弄。自己吓自己吗？不。

可可说她这么没信心，林涛本来不怀疑，也要怀疑了。她揶揄朱丽，这么胆小，还敢偷腥。她猜测朱丽是心中有愧。她开导朱丽：亲爱的，你只是不想身体受伤害，健健康康的，老了还能照顾他，这是为他好，干吗要自责，你没必要这样。

朱丽说，说是这样说，就是心里不踏实。

他想要孩子吗？

不。一个就够了，这是他说的。公公和婆婆倒是想要，他不想。他说他不喜欢孩子，干吗给自己找麻烦。

他态度坚决吗？

还行吧。

这就好办。可可说，男人都是蠢货，你只要反着来，他一定抓狂，他一抓狂，哪还有心思想别的。

他不蠢。

男人都蠢。

怎么反着来？

你就说要把孩子生下来。

我要把孩子生下来？

对！你要把孩子生下来。你坚持，他反对。他反对，你坚持。你越坚持，他越反对。他越反对，你越坚持。这样一来，他的注意力集中在哪儿？是不是在要不要孩子上？这样，他还会问孩子是不是他的，会吗？绝对不会！

他知道我们是在安全期做的。

你们不是在安全期，是在排卵期！

做的时候，他问我要不要戴套，我说不用，刚结束，没事的，安全期，是我告诉他的。

妇科主任是怎么教你的？

排卵期出血。

你说你弄错了，是排卵期出血，你当成月经了。

我直接这样说吗？

那是此地无银三百两！

　　　　　　　　撒谎的女人

那怎么说？

不是说，是演！要演出来。

演出来？

演出来！

我不是演员，我不会演戏。

演砸会怎样？

我死定了。

人在生死关头会爆发出巨大潜能，你行的。

我行？

你行！

我怕不行。

我来给你排练。想象一下，你怎么告诉他你怀孕的事。这是诊断证明，你要相信这是真的。你就是这样怀孕的，是和林涛。你没有和别人来过，你没情人，更没一夜情。要理直气壮。错不在你，错在排卵期出血……

朱丽让她小声点，另一个游船离她们不远，船上一男一女，他们会听到的。

听到就听到，怕什么！可可压低声音说，说不定他们也是一对狗男女。

因为"狗男女"这个词，她们心照不宣地笑起来。她们私下里自嘲，称自己和情人是狗男女，也调侃闺密和情人是狗男女。狗男女，在她们的嘴里是一个可爱的暧昧的含意丰富的词。

回到家，可可自问：我是不是给朱丽出了一个馊主意？她想，如果打个颠倒，她处在朱丽的位置，怀孕了，不是丈夫的，她会在丈夫跟前演戏吗？想了一会儿，她说，会的，我会演戏，不演戏难道我还告诉他真相不成。这样一想，她心里踏实了。她觉得她对朋友是真诚的，问心无愧。另一方面，她告诫自己，千万要小心，不能怀孕。趁老公还没回来，她给情人发一条微信，三个字：我想要。瞬间，情人的微信回过来，两个字：过来！她又回一条微信：去！随即她把微信全删了。她想到"去"的双关性，哑然一笑，又想起一个笑话，说两种人容易被甩：一种是不知道什么叫作爱，另一种是不知道什么叫做爱。接着她又想到一个笑话：剩女产生的原因有两个，一是一个都看不上，二是一个都看不上。哈哈！

　　她在朱丽这件事上扮演的是什么角色，导师，闺密，教唆犯，表演艺术家（朱丽是牵线木偶）？她不能确定，也许都有吧。她边做饭，边想象朱丽如何演戏。下面这个画面完全出自她的头脑——

　　朱丽打电话给林涛，说有消息要告诉他。他呢？他关心的是信用卡，她会不会要申请买一件昂贵的东西，他们之间有约定，买昂贵的东西需要向他请示。她说不是，她不买东西。他松了一口气，在他眼中他妻子就是一个败家的娘儿们。他们通话从不说思念之类的话题，那太虚伪了。

　　　　　　　　　　　　　　　　　　撒谎的女人

他们说的都是钱和物。这些才是切实的东西。噢，说吧，他说。朱丽让他猜，他哪儿有心思去猜，他只想快点挂断电话。挂断电话最好的办法就是顺着她说，猜，那就猜吧。他猜：你捡到钱了？她说不是。又猜：你晋职称了？她说不是。又猜：你做头了？她说不是。他说实在猜不出，他的耐心已快耗没了，快说吧，我还有事。朱丽说，我……有了。什么？可以想象林涛的惊诧，他心里一定在想，见鬼，这什么情况。朱丽进一步刺激他，她强调说，我说我有了。有了，有了什么，不会是……朱丽说，就是！林涛声音都变了：你怀孕了？朱丽嗯了一声。林涛一定觉得朱丽是在和他开玩笑，不能上当，他告诉自己要冷静，他说，怎么可能，不可能，你开玩笑的，要不就是弄错了，我们那一次是安全期，不可能，不可能，你去医院检查了吗？朱丽说，我刚从医院回来。林涛的声音又变了，变得冷漠，或者冷酷，声音也是有温度的，这时他声音是零下四十摄氏度，他说，你认为安全期能怀孕吗？言下之意，别拿我当傻瓜。朱丽说，错了，那不是安全期。林涛说，你亲口说的，(学她的腔调)刚结束，没事的，你不会不记得吧。朱丽说，我和你一样，不相信！不可能，这怎么可能，我对医生说，这太荒唐了，肯定是弄错了，我不是怀孕，而是长了什么。医生很生气，说没错，你就是怀孕了，什么安全期，你听说过排卵期出血吗？我没听说过，问度娘，还真有这么回事。你也问问度娘，别那么阴阳怪气的。我受不了，我……这时候朱丽该号啕大哭了，要哭得委屈，委屈极了，根本哄不住。别的不好演，哭还不好演吗？只要哭就行……

这样太平淡了，可可想，来点刺激的吧。于是，她想象林涛接电话时的情景，他在干什么？

林涛正在脱衬衣，不，不是他在脱，是另一双纤细的手，女性的手，在将他的衬衣从裤子里往外搋，急不可耐……对，应该是这样的场面，香艳的，情色的……毫无疑问，那是林涛的情人，朱丽给她说过林涛有情人，但她没见过……林涛示意情人别出声，老婆的电话，他说。这个小妖精，一脸坏笑，她明白不能弄出声音，但手上的动作一刻也没停，不但没停，还变本加厉，剥去他的衬衣，又解开他的裤带，拉下他的裤子，示意他抬脚，先左脚，后右脚，她将他的裤子脱下，故意挑逗他……他不可能没有反应，男人嘛，怎么会没反应呢，越是这时候越是刺激。支帐篷了，她恶作剧般地看着他，用手指弹弹那斗志昂扬的东西……林涛任她挑逗，装作不在乎。他竭力将注意力集中到电话上，朱丽这次说的不是买东西的事，与钱无关，他以为应付几句就完了，后来她说的话让他很惊诧，她怀孕了，这怎么可能，她在开玩笑吗，看来不是，是真的，她又说了许多，他没听进去，他的头是蒙的，他一次消化不了那么多信息……朱丽号啕大哭，她为什么要哭呢，我冤枉她了吗？到底哪句话伤害她了？他哄她，先哄住再说

　　　　　　　　　　　　撒谎的女人

……小妖精不知道发生了什么事情，还在挑逗，或者说，越是不合时宜，她越要挑逗。她扒下他的内裤，他赤条条的，他顾不上阻止她。老婆让他问度娘什么，他想不起来了。她已经问过了吧，应该没错，也许……已经不是也许了，是真的，老婆怀孕了。他干的。如果不是他干的，老婆没胆给他说。她多半会悄悄打掉。既然老婆敢给他说，那就说明是他干的。这是他瞬间的推理。不是我的错，他想。那就姿态高一点吧。于是，他哄老婆：别哭了，亲爱的，我又没说什么，我没有怀疑你，我只是不太相信，对不起，是我不好，我不该怀疑你……他软了，小妖精拨了一会儿，毫无成就感，甩手而去，大概也生气了，拿起枕头狠狠砸向他……

可可不无恶意地想，这才是戏。林涛不是什么好鸟。有一次，她去他们家，上楼时，朱丽走在前面，她跟着，林涛走在后面，林涛竟然摸她的屁股。她感到恶心，她回头瞪林涛一眼。这件事她没给朱丽说。她怕说了朱丽误会。后来，只要林涛在家，她就不再去他们家。朱丽邀请她，她总找借口推辞。

对朱丽来说，撒谎并不难，难的是如何哭出来。她好久没哭过了。她也不知道是她变坚强了，还是生活中根本没什么事值得一哭。粗糙的生活已经把她的心磨出了茧子，哪里还会哭。看电影她倒是会流泪，但那不算哭，流泪和哭是有区别的。给林涛打电话前，她有过犹豫，她甚至想放弃这个计划。这太冒险了，悄悄打掉算了，不请假，不休息，林涛回来还是有办法拒绝他的，比如假装生病，说头疼，或者肚子疼，等等，他不会用强。小别胜新婚，他们已经一千次小别了，早就疲了。最后之所以打电话，并非全是可可的鼓动，还有她自己说不清道不明的原因。打电话的时候，她心虚得厉害，她想完了，完了，一定会露馅的。突然她恐惧得颤抖。接着，她哭起来，她也没想到她哭得这么容易，哭得这么逼真，哭得这么委屈。她不是在演戏，她是真哭。她哭，不是为了圆谎，而是哭自己的青春，哭自己的懦弱，哭自己的无力。她，曾经那么果敢、那么独立、那么自我的人，现在变得患得患失，斤斤计较，畏缩不前。她哭自己活得失败，她哭自己窝囊，她哭自己没有勇气。

他哄她，而她，要求等一下孩子，她说，现在政策允许，我也有精力，还有，爸妈一定非常高兴，他们会帮我们带孩子……你说，你想要男孩还是女孩，我们已经有儿子了，我想要个女儿，也不知能不能如愿……

这都是可可教她的，她口是心非地往外倾倒，看他怎么说。果然不出所料，他不想再要一个孩子。他越是不想，她心里越有数，反而越坚持。她说，你知道这个年龄怀孕有多难吗，这是上天赐给我们的孩子，没理由不生下来。

林涛说，你要生下来，我们的生活就全毁了，人生就完了……又是一把屎一把尿，又是起早贪黑……幼儿园每天接送，小学接送，上各种辅导班……中学压力山大，得想办法上好初中好高中……好不容易上了大学，他要出国，又得一大笔钱……大学毕业得帮他找工作，买房子，娶媳妇，抱孙子……你想想，你还有自己的时间吗？你还能出去旅游吗？你还能逛街吗？一切就绪，我们差不多该进坟墓了。

朱丽说，这些我都想过了。

想过，还愿意生吗？

愿意。朱丽说，我的生活毁了不要紧，这是一个生命，我不能不要。

林涛说，什么生命，现在连胎儿都算不上，甚至连小蝌蚪大都没有，权当是个蝌蚪，它游过来，在这儿停一下，你让它游走得了。

朱丽说，老公，你什么意思，难道你想扼杀自己的孩子？

亲爱的，我不是这个意思，我……是为你考虑。

老公，我吃多少苦都行，只要你答应我，留下这个孩子，我求你了，答应我吧。

……好，我答应你。

第二天，朱丽给可可发微信：都是你出的好主意！

刚开始可可以为朱丽是在夸奖她，等一会儿她才品出味来，不对，不像是表扬。

可可微信问：怎么了？

朱丽答：越来越糟了。

帮人帮到底，送佛到西天。半个小时后，可可来到朱丽家。朱丽给她讲了事情经过，最后对可可说，糟了，他竟然答应了，这可咋办？

原来如此，可可笑得捂住肚子在沙发上打滚，她说，你可真能演，演技爆棚啊，哈哈哈哈……

我掉进泥潭了，你还笑。

可可还止不住笑，她说掉进泥潭的另有其人。

我不明白。

可可勉强止住笑，你真是个天才，你竟然把他说服了。

弄巧成拙，这可咋整。

可可说，论穿衣品位我不如你，论阴谋诡计你不如我。她分析，林涛不想要孩子，他答应让朱丽生，是被逼的，并非他的真心。他还会做朱丽的工作。

朱丽说，要就坡下驴吗？

可可说，不，继续折磨他。

三

不能只是折磨林涛，还有一个人要折磨。朱丽给情人薛勇发微信，要求见面。薛勇开了房，将房号发给她，她

　　　　　　　　　撒谎的女人

打车过去。

　　房门虚掩着。她推门进去，薛勇一把抱住她，边亲吻，边锁上门。薛勇将她抱到床上，要剥她的衣服。她制止薛勇。怎么啦？薛勇说。她看着薛勇，不说话。咋，不开心？她还是不说话。谁惹你了？她仍然不说话。薛勇捧着她的脸端详，我看看，出了什么事。她直直地看着薛勇。说吧。她说，出事了。薛勇吓一跳，以为他们的事情败露了。他说，他发现了？她摇头，不是这事。那是什么？她将诊断证明掏出来给他看。当然是第一份诊断证明，真实的那个。薛勇一算时间，知道怎么回事。上次没来得及戴套，他就射了。他让她买事后避孕药，她说不会有事，这个年龄哪那么容易怀孕。他说不敢大意。她说没事。他没再说什么。这种事，女人应该更清楚自己的身体。他们赌一把。结果赌输了。对不起，他说。不怪你，朱丽说，都是我的错。别这样说，薛勇抓住她的手，给她力量。

　　怎么办？她说。

　　能怎么办？薛勇心里说，你总不会想把他生下来吧。

　　朱丽沉默。

　　薛勇觉得还是让女人自己说出来的好，他等着。

　　我害怕，朱丽说。

　　怕什么？薛勇说。他心里说，流产又不需要单位开证明，也没什么风险，有啥好怕的。但这话不能说出来。

　　怕……

怕疼吗?

疼……我怕……我还怕……

还怕什么?

怕……我不知道……我……我把事情弄糟了,我给林涛说了。

说了什么?薛勇不敢相信她的话,一个女人怎么会这么傻,傻到要把这样的事告诉丈夫,她疯了吗?

说了怀孕的事……我说是他的。

他信吗?

他开始不信,后来信了。

然后呢?

我要把孩子生下来。

你的主意,还是他的主意?

我的主意。

你以为纸能包住火?

我想要这个孩子。

你想过后果没有?

想过。

想过,你还要生?

是,他也同意。

这是一对什么人啊,薛勇想,林涛是个蠢货倒也罢了,朱丽,这个聪明又放荡的女人,怎么会有这种想法——把情人的孩子生下来,她不怕有朝一日事情败露,她吃不了兜着走吗？他竭力控制自己的情绪，不说出过激的话。但除了过激的话，他无话可说。

不要你负责，你怕什么。

不要我负责，说得倒轻巧，我能不负责吗？那是我的骨肉，我的孩子，我不能亲近，不能照顾，他不问我喊爸，问另一个男人喊爸，想到这些，你以为我能受得了吗？

你可以当他不存在。

怎么可能，不，不可能，我做不到。

那……你想怎么办？

不能要……不要让他毁了你的生活。

还有你的生活。

薛勇承认，是这样，没必要虚伪。如果生下来，这就是一个定时炸弹，不定什么时候爆炸，将他们的生活炸得四分五裂。

你怕了？

我能不怕吗？

朱丽说有些事她也想过，她不是没想过，但她觉得不会发生，他怎么会怀疑呢，他不可能怀疑。

薛勇说不怕一万，就怕万一，现在不光有血型，还有DNA（核糖核酸），如果有一天，他去做鉴定，真相大白，怎么办？我们可以不要婚姻，可是你想过没有，这对孩子公平吗？他要承担多少压力，他怎么看你这个母亲，怎么看我这个亲生父亲？

朱丽说她理解，这是很可怕，她没想到这一层。薛勇趁热打铁，劝她将孩子打掉，她接受了。但她说，我该怎么对林涛说呢？

四

　　周末，林涛回到家，掉入了陷阱。有两样东西在等着他，一是诊断证明，二是药。诊断证明，这个他必然会看到，不急。药，这是主要的，既要让他看到，又要自然而然，不着痕迹。不能不说朱丽做得很巧妙，她让林涛看到了药瓶，又"悄悄"将药瓶藏起来。这"悄悄"稍嫌笨拙，恰好被林涛瞥见。他问朱丽怎么了，哪儿不舒服。朱丽说没什么。他问吃的什么药。朱丽说普通药。这回答太笼统了，说了和没说一样。朱丽让他看诊断证明，没错，就是唐蒙开的那个。他一推算，正是自己的。他说，我原来以为不可能，根本不可能，没想到……是真的。朱丽说，我原来和你一样，也认为不可能，谁想到会怀孕，早知道……他说，这不怪你。她说，也不怪你。这个环节，他们达成了共识，即谁也没责任。那好吧，该往下说了。朱丽为林涛沏上茶，又说了点儿子的事。儿子住校，一个月回来一次，平时没什么事，聊天多是说成绩和伙食，偶尔也关注一下情绪。然后，朱丽一边准备做饭，一边将话题拉回来。

　　　　　　　　　　　　　　撒谎的女人

朱丽说，你说要打掉孩子，我还以为你不爱我了呢。

林涛说，哪儿能，我是怕再要个孩子毁了你的人生。

朱丽说，我也怕毁了我的人生。

林涛一阵惊喜：那……就……

朱丽说，可我宁愿毁掉人生，也要把孩子生下来，这是一个生命！

林涛说，还说不上吧，你有妊娠反应吗？

朱丽说，没有，能吃能睡，吃嘛嘛香。

林涛说，近来没事吧？

朱丽说，没事儿，就是想你，老公，越是这时候越想你。

林涛说，没吃药？

朱丽假装警惕，说，查出怀孕后，我就没再吃药。

之前呢？

之前？

之前。

之前……只是……其实也没什么了。

把你吃的药给我看看。

没啥好看的，就是普通的药。

给我看看。

查出怀孕后，我就没吃了。

给我看看。

朱丽想将话题岔开，老公，你累了吧，有热水，你冲个澡吧，等着吃饭。

不累，把药给我看看。

朱丽只好把药瓶掏给林涛，药就装在她口袋里。她说，很普通的药，查出怀孕后，我就没再吃了。她想将药瓶拿回去，林涛闪一下，没让她得逞。

林涛：氧氟沙星……你看过说明书吗？你看，这儿写着孕妇禁用，孕妇禁用。

朱丽剥洋葱，剥着剥着开始流泪。她知道这时候必须借助洋葱了。她不是演员，眼泪不是说来就能来的。从厨房出来，坐到沙发上抹眼泪。

林涛过去安慰朱丽，亲爱的，我答应你要这个孩子，说话算数。朱丽抬起头愕然地看着林涛，旋即哭起来。这次是真哭，她不知道该怎么收场了。林涛说，亲爱的，但是——听到"但是"，朱丽精神为之一振，且听林涛说下去——我们既然要，就得对孩子负责是吧？朱丽说，我会负责的。

林涛说，你看，我们缺少准备……

朱丽说，这是个惊喜。

林涛说，你吃的这种药是孕妇禁用。

朱丽说，我没吃多少，还不到一瓶。

林涛说，还不到一瓶？已经够多了。

朱丽说，上面没说吃这种药一定会生畸形儿。

林涛说，"孕妇禁用"是什么意思？

　　　　　　　　　　　撒谎的女人

朱丽说，老公，你还爱我吗？

林涛说，当然，我爱你。

朱丽说，我想把孩子生下来。

林涛说，我也想，可是——

朱丽说，我会对他负责。我可以不出国，不旅游，不上淘宝，不出去约……朋友逛街。

林涛说，可是——

朱丽说，我还会对他进行胎教，早教，让他成为一个聪明的孩子。

林涛说，可是——

朱丽说，我还会让你多和孩子亲近，都说父亲多和孩子亲近，孩子会更健康，更聪明……

林涛说，可是，停！我想说什么呢？

朱丽说，我会是一个好母亲，你也会是一个好父亲。

林涛想起来了，药，你怀孕期间吃过这种药，孕妇禁用的药。

朱丽委屈地哭，老公，我……吃药的时候不知道怀孕。知道后我……就没吃了。我向你保证，我说的全是真的，百分之二百真的。

我没说你骗我，问题是——

老公，我不是有意的。

我没怪你，只是——

老公，我求求你，别让我打掉孩子，我喜欢孩子。

你从什么时候开始喜欢孩子的？我记得你说过不想再生了。

那是没怀孕，一怀孕我就喜欢上了。就像不喜欢狗的人，一旦养了狗，必然会喜欢一样。

这比喻可真妙，不过这时候林涛顾不上欣赏比喻，他说，如果……我说如果……你知道我要说什么。

朱丽说，我不知道，我害怕从你口中听到残忍的话。

残忍的话，什么是残忍的话？

你知道。

林涛说，我不知道。没有什么是残忍的。我说的是"如果"，这只是一个假设，一种可能性，有可能发生，也有可能不发生。

朱丽说，"如果"，我听着害怕。

你知道我要说什么吗？

我不想知道。

林涛说，亲爱的，你听着，你不想知道，我还要说"如果"，如果你生下的是……

朱丽突然歇斯底里哭起来，她抢过他的话头儿，替他说：如果我生下的是个畸形儿，要还是不要？林涛，你为什么要诅咒我？你为什么要诅咒我们的宝宝？他是你的孩子，你怎能忍心诅咒他？

林涛为自己辩解，我没有诅咒你，也没有诅咒孩子，我……我说的是"如果"，你听不明白吗？如果，如果，如

　　　　　　　　撒谎的女人

果！

朱丽似乎下了决心，她说，老公，就是生个畸形儿，我也要生！我也要养！我也会对他负责！

林涛忍不住发怒，你疯了吗？你有什么权利生下一个……那样的孩子？这是你一个人的事吗？你生他养他就是对他负责吗？你知道他想不想来到这个世界？你知道他愿意不愿意承受可怕的命运？你对他负责，你能负起这个责吗？你知道这会给他造成多大的痛苦吗？你要把我们的生活全毁了吗？你要让我们跌入地狱吗？

朱丽愣住了，定定地看着老公。她被老公的气势吓倒，缩在沙发一角，瑟瑟发抖。

林涛并没意识到自己失态，仍然将满腔怒火往朱丽身上倾倒。他说，我一步步奋斗，一步步打拼，容易吗？当初你想离开我，还不是因为我穷。从那时起，我发誓，拼死拼活也要混出个人样儿。我要让人们看看，我林涛好样的。我开大奔，住大房子，开公司，生意做得风生水起，谁见我不点头哈腰。可是，风云突变。猛然间，你要毁掉这一切，要让我们回到二十年前，你竟然做得出来，你竟然要生下一个畸形儿……他重重把药瓶摔地上，继续发泄怒火，变成了一个完全失控的野兽，他说，这是我的错吗？为什么要惩罚我？你要不说是安全期，我会射里面吗？我会让你怀孕吗？我哪一次不是小心谨慎，害怕出事，结果还是出事了。这是我的错吗？这是我的错吗？再说了，我对你不够好吗？儿子送到了寄宿学校，你整天上淘宝，买这买那，全刷我的信用卡，我说过什么吗？你规格高，还不是钱堆出来的，没有我，你哪来的规格？见鬼，我到底作了什么孽，上天要惩罚我？林涛说到后面，抓住朱丽肩膀，整个人覆盖朱丽，仿佛要将她压扁。

朱丽从没见过林涛这样，她感到恐惧，她说，我……

林涛说，我什么？

朱丽说，我只是想把孩子生下来。

林涛说，你比石头还顽固。

朱丽说，还有，爸妈也想让我生下来。

也千不该万不该这时候提起爸妈。她说爸妈指的是公婆，说自己父母时，她会加上定语，我爸我妈。这微小的区别，体现出她与这个家族融为一体。她提爸妈也不是一时心血来潮，或者口误，而是计划的一部分。如可可说的，折磨他。她完全忽略了他的情绪已经失控。林涛看上去冷静了下来，这是假象。

爸妈，你给爸妈说了？

朱丽点头，我想让他们高兴高兴。

你……谁让你说的？

你答应让我生下来，我才说的。

你总是把爸妈搅和进来，可真行。

朱丽知道他说这话的潜台词是什么，上次处理他和筱筱同居那事，爸妈就站在朱丽这边，给他很大压力。他认

　　　　　　　　撒谎的女人

为现在她又来这手。她要为自己辩解，她说，上次不是我告诉爸妈的，你别冤枉我。林涛说，难道是我告诉爸妈，我在外面有女人了？朱丽希望不再提这件事。林涛说你嘴上不提，心里不定提多少遍，这是我的把柄，捏在你手里，你能不提吗？朱丽说，过去就过去了，我没再提过。林涛说，你是没再提过，但这并不等于你忘了。

朱丽说，林涛，你别太过分好不好？!我没揭你的短，也希望你自己尊重自己。

林涛说，嗬，说得真好听，你多伟大，多包容，真是贤妻良母。

朱丽站起来，她想摆脱这种被压制的境遇，她说，你今天回来干吗，就是为了和我吵架吗？

我没想和你吵架。

你提那事什么意思？你出轨，我把你拉回来，你心有不甘，是吧？

我没什么不甘，我心甘情愿回来，拜你所赐，我在父母眼中成了混蛋。他语带嘲讽地说，我没想到，你还愿意收留我，还愿意和我过下去，还愿意使这个家保持完整，你真了不起。

朱丽说，我知道你现在发达了，有钱了，有小姑娘往你身上扑……我，你早就厌倦了，可我还缠着你，不给你自由……

林涛故意跛着跛步，像个瘸子。这是在提醒朱丽，你要记住，我当初为你跳过楼，而你，当初做了什么？你和别人私通，还要私奔。尽管朱丽一次次纠正他，不是私奔，她是要正大光明地和他离婚，嫁给那个加拿大人，但林涛仍然咬定是私奔。为保住婚姻，他跳楼，把腿摔瘸了。这件事发生在十五年前，那时他们刚结婚三年。她遇上加拿大人迈克，她燃烧起来，爱得死去活来。她决定离婚，嫁给迈克。林涛不同意离婚。他原谅她的出轨，只求她回归家庭。他以死相威胁，并且真的从二楼跳了下去。那时他们住二楼。林涛很幸运，没摔死，也没摔残，只是跛了一段时间。她不想出人命，于是离开了迈克。那时候，她是可怜林涛。她没想到许多年后，这成了她的把柄和软肋。十五年来，社会变化天翻地覆，他们家里变化也是天翻地覆。林涛成了老板，开始报复她。他报复的方式是一次次出轨，这她早知道，只是睁一只眼闭一只眼。直到她发现林涛背着她为情人买房子，她才绝地反击。她做得很漂亮，将公公婆婆拉到她这边，让他们逼着林涛与情人断绝关系，把那套房子卖了，钱拿回来。朱丽只是想将林涛一军，她没想到林涛真做得出来：把情人赶走，把房子卖了。在这件事上，她佩服林涛的情人，真是个有种的女人。她倒是有些瞧不上林涛，给人家买了房子，还能无耻地要回来。

朱丽说，又来了，你能不能不这样走路？

林涛说，这样走路怎么了？我让你难堪了吗？

这事已经过去十五年了，能不能不提？

撒谎的女人

可以不提，可以不提，干吗要提。不过，那是你的光辉篇章，为什么不提呢？

我不想提。

你差点要了我的命。

为了把我留住，你竟然跳楼。

我很可笑是吧？林涛冷笑道，为了保住婚姻，竟然跳楼……竟然！

你把我感动了，我以为你爱我。

难道不是吗？

那不是爱，是占有！朱丽说，你以为你爱我，其实那不是，你很清楚。

林涛哈哈大笑，你给我上了一课，让我知道什么是爱，什么是占有。他突然挥手给朱丽一耳光。那么，这是什么？

朱丽捂住脸，看着林涛。这一耳光来得如此突然，她猝不及防。

林涛叫道，这是什么？

你……你打我？朱丽愤怒地瞪着他。

林涛如同从梦游中醒过来一般，对自己的行为感到惊讶，我……打你？

你打我！

林涛看着自己的手，我打你，我打了你，我怎么会打你？我爱你，媳妇。他上去搂抱朱丽，被朱丽推开。

朱丽歇斯底里，别碰我！

我想把孩子生下来

两个人都愣了，空气凝固起来。这是他们都没想到的局面，他们不知道该如何处理。朱丽骂自己，演，演，演，这下好了，自取其辱。她旋即又想，怕什么，没啥大不了。林涛想，惹祸了，这可不是他想要的，必须想办法挽回。他说，我错了，媳妇，我不是故意的。朱丽让他走，走，别回来，我不要见到你！

　　林涛给朱丽跪下，媳妇，我错了，我不该对你动手。他左右开弓打自己耳光，打得响亮。

　　朱丽上去拉住他的手，好了，够啦！他又抓住朱丽的手打自己，朱丽挣脱。他抱住朱丽的腿。媳妇，我爱你，我是因为爱你才打你的。这他妈什么逻辑。林涛说，你是我最爱的人，我可以为你去死，就像十五年前那样。媳妇，我爱你。他总是叫她媳妇，朱丽很反感这个称呼，但不屑于纠正。她知道他的小心眼。

　　风波终究要平息，两个人都不想将关系弄崩，真到了无法收拾的地步对谁都不好。再者，他们都没忘这次交流或交锋的主旨，那就是如何处置朱丽肚子里的那个"小蝌蚪"。也许筋疲力尽，也许水到渠成，他们最后达成协议，朱丽同意流产，林涛答应给她换个车，把QQ换成宝马。真是皆大欢喜。

　　　　　　　　　　　　　　撒谎的女人

五

几天后，朱丽在可可陪同下去医院做了流产手术。如今，这样的手术很简单，门诊就能做，做完即可回家。朱丽请了假，她可以休息几天。她没让公婆知道。之前，她说公婆支持她生孩子，是骗林涛的，她根本没和公婆说她怀孕的事。

从医院出来，经过花店，朱丽看到那个扎马尾辫的卖花女孩，便走进去。可可跟着进去。女孩认出朱丽，冲她甜甜一笑，说声来啦。这是个温暖时刻。朱丽感到心情舒畅。女孩问她要什么花，她说康乃馨。女孩很认真为她挑选花。其实，根本不用挑，每一枝都漂亮。但女孩要优中选优，好像只有这样才对得起她这个买花人。上次她走后，女孩很后悔一件事，那就是没有夸她漂亮，也没有夸她气质好。女孩嘴很甜，对一般的顾客都要夸两句。那天女孩不开心，不愿说话，便没有夸她。她走后，女孩有些懊悔。现在，机会来了。女孩说，您真美。朱丽微微一笑，谢谢！女孩说，您气质也好。她又说了谢谢。女孩补充说，我说的是心里话。朱丽说，你知道我很羡慕你吗？女孩吃了一惊，羡慕我，不会吧？我有什么好羡慕的？朱丽说，以后你会懂的。女孩害羞了。她问多少钱，女孩报了价钱，给她打七折。她说，这样做生意你会亏本的。女孩说，您是回头客，应该的。

我想把孩子生下来

抱着花束出来，一个少年骑着自行车风一般过去，朱丽愣住了。她站那儿看着少年远去。可可说，认识？朱丽摇摇头，她说，奇怪，上次买花我看到过他。可可说，这有啥奇怪的，只是一个小小的巧合罢了。朱丽说，是。背后，花店的女孩看着朱丽的背影，心想：她为什么要羡慕我？

可可很开心。闺密旗开得胜，她能不开心吗？朱丽真是个好演员。说来说去，还是她导演得好。没有她的指导，朱丽未必能演好。现在，闺密之间，她占上风。想到这里，她有点小得意。她问朱丽感觉如何，朱丽说怪怪的。为什么觉得怪怪的，朱丽说不上来。她要请朱丽吃火锅，朱丽说算了，还是回家吧。

好，回家，你歇着我来做。

回到家，朱丽将花瓶中半枯萎的百合换下，插上新鲜的康乃馨。

可可不让朱丽动手，她下厨做饭。朱丽倚着门框，看她忙碌。可可说，你不给林涛报告一下吗？朱丽说不急。等着他给你换车吗？那倒不是。他言而有信吗？当然。可可笑一下。你笑什么？没什么。

我不知怎么搞的，演着演着忘了是在演戏，朱丽说，真有点舍不得这个孩子，毕竟孩子是无辜的……

说明你演得炉火纯青，可可说，演员要是都像你这么入戏，戏咋能演不好呢。

　　　　　　　　　　　　撒谎的女人

你说，我现在是不是变成怂包了？

没有啊，旗开得胜，物质精神双丰收，地位不降反升，高手啊。

十几年前我可不这样，那时爱起来不顾一切，坦坦荡荡，哪儿像现在偷偷摸摸，像做贼一样。

三十年河东，三十年河西，那时的你，大学刚毕业，校花，工作好，万人迷。他呢？中专毕业，屌丝一个，除了长得帅，有什么。真不知你是怎么看上他的。大概你结婚后也后悔了，要不怎么会和加拿大人搞到一起，还要移民加拿大。那时，你高高在上，你是主导者。他……也真够绝的，跳楼，一跳成功，制住了你。

我被感动了。

其实是被要挟了。

你一开始就不喜欢他。

能为你跳楼的人，也能干出别的事，极端的事。

你对他有偏见。

但愿是偏见。我承认我不喜欢他。没有理由，就是不喜欢。我们多年不联系，就是为这。我不想见他。

我还以为你对我有什么误会。

没有，她说，我就是不想见他，我宁愿见一条……

她还是不想告诉朱丽林涛摸她屁股的事。

朱丽说，现在的林涛和过去不可同日而语。

那还不是你调教得好。可可说，没有你的支持，他会有今天？我真佩服你，愣是把一个屌丝培养成成功人士。

他有能力，只是起点低罢了，你不该看不起他。

我哪儿敢，人家现在是老板，我敢看不起？

哪天我们一起吃个饭，你会改变对他的看法。

得，饶了我吧。

你不了解他……

饭好了，我们吃饭吧，可可说，要不要喝点红酒？朱丽说，要。可可知道红酒在哪儿，她去打开红酒，为两人各倒一杯。

可可端起酒杯说，亲爱的，噩梦过去了，太阳出来，阳光灿烂，一切都是新的，多好啊！再说了，你还赚了一辆新车，那可是宝马啊。

朱丽说，我没想换车。

可可说，你早该换了，老公赚那么多钱，你开个QQ，那不是给他丢人吗？来，为成功庆贺一下。

二人碰杯。

可可说，现在，我看你是被他拿住了，偷个腥看看吓成啥样，小命都快没了。

此一时，彼一时。

那时你高高在上，现在，你低到尘埃中了。可可说，他敢对你说他离不开那个女人，搁过去他敢吗？

今非昔比。

我看你是越来越窝囊了，我得好好考虑考虑，还要不

　　　　　　　撒谎的女人

要和你继续做朋友。

你说什么？

我不想看到你这样。

我不这样又能怎样，你以为我想这样啊！不，我也看不起我自己。朱丽说，我原来多骄傲的一个人，我可以整个世界都不要，只要爱情。可是，岁月，日子，点点滴滴的时光，像看不见的磨，把我的美丽和尊严都磨碎了，磨没了。我成了生活的俘虏，我空虚，我无聊，我找不到生活的意义。我和林涛，我们之间早就没有爱情，或者从一开始就没有爱情。我们只是……在一起。对，在一起。你看我找到了一个多么准确的词。我将他培养成一个成功的老板。在外人看来我们生活美满，家庭和睦，人见人羡。可鞋合不合脚只有自己知道。张爱玲是怎么说的，"人生是一袭华美的袍子，里面爬满了虱子"。人生如此，婚姻更是如此！她越说越激动，爱情，该说说爱情了。你还相信爱情吗？你以为是爱情的，到头来，只是性，只是性而已。爱情，狗屁！你知道我怀的是谁的孩子吗？你没问，也许你已经猜到了。薛勇。是的，薛勇。他知道我怀孕，给我打了两万块钱。你看，这就是现实。她苦笑着说，老公给我车，情人给我钱……多划算啊，可是，我却一点也高兴不起来……

我想把孩子生下来

六

朱丽做了一个梦。梦是这样的——

朱丽拿起花瓶中枯萎的花，看了看，准备扔掉。该买花了，她想。这时，林涛怒气冲冲进来，手里拿着诊断证明，将证明举到朱丽面前。

认识这个吗？

朱丽看到他拿的是第一次的诊断证明，可可让她撕了，她要留作纪念的那张。她如遭雷击，僵住了。

能给个解释吗？

朱丽没法解释。

一个解释，一个解释，给我一个解释！林涛暴怒，他吼道，我要一个解释！

朱丽委顿下来，枯萎的花掉落在地。

说说你是怎么欺骗我的。呵呵，竟然想出了"排卵期出血"。不错，排卵期出血，度娘也说有这种现象。聪明，真聪明！我真佩服你啊，老婆，你越来越了不起了。不过，你是怎么想到的？真是处心积虑啊！

朱丽说不出话，也无话可说。

林涛看着朱丽，知道你错在哪儿吗？你把我当成了大傻瓜，大笨蛋，大白痴。好像我脑子进水了，或者我根本就没有脑子，我他妈的什么也不懂，是个白痴，不会思考，

314   撒谎的女人

不会怀疑，不会求证，你说什么就是什么。你做得天衣无缝，神不知鬼不觉，了无痕迹。真的天衣无缝吗？真的神不知鬼不觉吗？真的了无痕迹吗？哼，亏你和我一起生活这么多年，对我一点儿也不了解。嘿，你的眼睛长在头顶上吗？你看不到我吗？是不是漠视我的存在？

他抓住朱丽的头发，迫使朱丽看着他。

他说，看着我！你害怕了吗？你以为你是谁，还是过去那个校花吗？你还是吗？

朱丽哀求，放开我。

告诉我，你怀的是谁的种？

对不起。

别说对不起，你告诉我哪来的野种，嗯？

对不起对不起对不起……

林涛说，别他妈对不起对不起对不起，告诉我哪儿来的野种，说呀！你不记得吗？不知道是谁干的吗？这需要做DNA，不做DNA不知道谁的种。科学，这时候就需要相信科学了。他上去用力摇晃朱丽，说呀，是不是被我说对了，你就是这样的人，破鞋，婊子……

朱丽歇斯底里尖叫一声，吓林涛一跳。

够了，别说啦——

林涛退后一步，嗬，脾气还不小，我说得不对吗？

对，完全对！我就是这样的人，婊子，谁想上谁上……你满意了吧？

这可是你说的。

我说的！

真够贱！

对，贱，贱极了！

贱到家了。

是，贱到家了！

真是不要脸。

是，不要脸！

你……我怎么会娶了你这个烂货！

你当初为留住我，可是跳过楼的。

我鬼迷心窍！

你后悔了？

早就后悔了。你为什么不滚出这个家？我已经和别的女人好上了，你干吗还赖着不走？

朱丽说，你能挣钱，我干吗要走？我到哪儿再找一个这么能挣钱的老公？你能在外面鬼混，我也能。咱们扯平了，谁也不用说谁。

扯平？扯不平！林涛说，我跳过楼，你跳过吗？

你要我跳楼吗？

你跳楼，咱们就扯平，否则，别想扯平。

我不会跳楼。

你不是要扯平吗？

我认为已经扯平了。

　　　　　　　　撒谎的女人

那是你认为！

对，是我认为。

不是我认为！

不是你认为。

我该怎么惩罚你呢？

随便，我接受所有的惩罚。

死猪不怕开水烫啊。林涛说，好吧，来把我的皮鞋擦干净。他坐到沙发上，跷起二郎腿。朱丽拿出鞋油、刷子和擦鞋布，蹲下给他擦皮鞋，并打得锃亮。

要能照见人影。

朱丽用力擦。

舔！

朱丽愣了。

舔！听不懂汉字吗？用舌头，舔！

朱丽愤而扔掉擦鞋工具说，你别太过分！

林涛打个响指，筱筱出现。筱筱妖娆暴露，颇具侵犯性。她嗲声嗲气，亲爱的，叫我干吗？

林涛说，帮我把皮鞋舔干净。

筱筱看一眼朱丽，撒娇道，你坏，干吗不让这个贱人舔？

林涛说，我信不过她。

筱筱朝朱丽撇撇嘴，大幅度地舔鞋。朱丽想，怪不得林涛喜欢这个小妖精，原来她做不到的，这个小妖精能做到。筱筱把鞋舔干净后，坐到林涛怀里，与林涛亲吻。她连口都没漱。哎哟，这对狗男女可真是什么都做得出来。

朱丽看不下去，转过身，心里说，太不像话了，这成何体统。

林涛说，筱筱，你去把她的心挖出来，我看看是什么颜色。

朱丽十分震惊，他们竟然要挖她的心，这不是要杀人吗？筱筱过去挖朱丽的心。筱筱的手让她想到《射雕英雄传》中的九阴白骨爪，指甲又长又尖锋利如刃，她吓得往后退缩，想找地方躲起来。筱筱哪儿容她逃脱，手掌疾如闪电般地插入她的胸膛，但很快又将手抽出来。疼吗？朱丽没感觉到，她只感到惊诧。

筱筱说，她没有心，她那儿是空的。

林涛说，空的？

筱筱说，空的！

林涛大笑，哈哈哈哈，听到没有，贱人，你没有心，没有心，你是一个空心人，空心人！哈哈，空心人！

朱丽非常惊恐，她感到身体里出现一个巨大的空洞。

朱丽说，我没有心？我真的没有心吗？我……是的，我没有心，没有心。如果我有心，我怎么会忍受这样的现实，我怎么会！

林涛和筱筱围着她转，像看一个怪物。

朱丽说，我没有心还活着，多么奇怪啊。可可，救我——

她倒下。

可可出现，穿着那件黄裙子，这种行为本身即是冒犯，对她品位的冒犯。她走到朱丽跟前，林涛和筱筱围过来。

朱朱，你怎么啦？可可说。

我的心没了。

不会吧，让我摸摸。可可将手伸入朱丽的胸腔，什么也没摸到。这怎么可能，空的！朱朱，你的心呢？

我不知道。

何时发现的？

刚才。

林涛大笑，空心人，哈哈，空心人！

筱筱也说，空心人！

可可抓住林涛的衣襟，逼问他：你对她做了什么？她怎么会成为这个样子？

我什么也没做。

你这是犯罪，你知不知道！

林涛甩开可可：少给我来这一套！你是什么货色，以为我不知道？没有你，她会变成现在这个样子吗？你是什么人，自己不清楚吗？

我是什么人？

要我说吗？物以类聚，人以群分，她什么样，你就什么样！

她什么样？

烂货，破鞋，婊子！

你这样说你老婆？

我现在说的是你！

可可给林涛一个响亮的耳光：你这个渣男，垃圾，畜生，屎！你勾引我时，我怎么对你说的？我说，我他妈就是让全世界的男人上，也不让你上。

林涛皮笑肉不笑，你敢打我？

打你了，怎么着？

林涛把第一次的诊断证明亮出来，在朱丽面前晃一下：知道这个诊断证明哪来的吗？你闺密交给我的，她出卖了你！

可可说，那不是我干的！你别听她的，不是我……

筱筱说，就是她干的！

可可说，林涛，我们说好演戏的……

林涛说，这不是演戏吗？我们难道不是在演戏吗？

你欺骗我。

这出戏的主题是什么？不就是欺骗吗？

朱丽爬起来，神情恍惚，喃喃自语，欺骗，欺骗……

林涛说，没有欺骗，生活如何能够忍受。

筱筱说，没有欺骗，我们怎么活。

可可说，朱朱，我欺骗你，是因为我不想伤害你，我是善意的。

朱丽神情恍惚，喃喃自语，欺骗，欺骗……她拨开他们，朝窗子走去。

朱朱，你要干吗？可可说。

跳楼，我要跳楼。

可可要去拦挡，林涛抱住她说，只是跳楼而已。

筱筱说，让她跳吧，一跳解千愁。

朱丽转过身，将每个人打量一遍，没有人伸手挽留她，林涛没有，筱筱没有，可可也没有。她难掩对可可的失望。她心里说，别人要我死，是有所图的。你呢？我死对你有什么好处？你失去了一个闺密，以后你会孤独的。她有些可怜可可，好傻，你站到了他们一边。世间事就是这么难以理解。一切都是谜。我为什么没有心呢？没有心怎么活？她推开窗户，一跃而下。

她从噩梦中醒来，坐在沙发上，半天缓不过来神。她摸摸自己胸口，没有空洞，手也伸不进去。她想感受自己的心跳，可是由胸腔保持，她感受不到。她将手指搭在手腕上，像中医号脉那样，哦，脉在跳，这说明心脏在跳……

怎么会做这样一个梦？她弄不明白，她对弗洛伊德的理论一知半解，无法解析自己的梦。梦中可可为什么那么冷漠？她对可可有所怀疑吗？不，她没有。她宁愿怀疑整个世界，也不愿怀疑闺密。筱筱，她对那个女人并不了解，她爱林涛吗？还是被林涛骗了？她能让林涛把给她买的房子卖了，钱拿走，说明她是一个大气的女人，她看中的不是钱。或者，他们之间还有别的秘密，她不得而知。林涛，这个和她一起生活了十几年的男人，他们之间的爱情已经荡然无存，那么，还有感情吗？她不确定。

她想打电话和可可聊聊，调出号码后，犹豫一下，却没拨出。放下手机，她走到窗口，看向外面。暮色苍茫，放学的孩子正在回家。一个中年男人牵着三只大狗，孩子们都绕着狗走。一个烫着爆炸头穿着左右不对称的牛仔裤的女人昂首阔步地走着。一个少年骑着自行车飞驰而过……

（原载《莽原》2019年第5期）

撒谎的女人

图书在版编目（CIP）数据

撒谎的女人/赵大河著. —郑州:河南文艺出版社,2020.8(2021.1 重印)

（文鼎中原）

ISBN 978-7-5559-1029-9

Ⅰ.①撒… Ⅱ.①赵… Ⅲ.①中篇小说-小说集-中国-当代 Ⅳ.①I247.5

中国版本图书馆 CIP 数据核字(2020)第 115090 号

策　　划　李　勇
责任编辑　穆安庆　暴晓楠
书籍设计　小　花
责任校对　殷现堂
丛书统筹　李勇军

出版发行　河南文艺出版社
本社地址　郑州市郑东新区祥盛街 27 号 C 座 5 楼
邮政编码　450018
承印单位　河南新华印刷集团有限公司
经销单位　新华书店
纸张规格　890 毫米×1240 毫米　1/32
印　　张　10.25
字　　数　194 000
版　　次　2020 年 8 月第 1 版
印　　次　2021 年 1 月第 2 次印刷
定　　价　35.00 元